季羡林
自 / 传 / 文 / 集 / 系 / 列

病榻杂记

季羡林◎著
胡光利　姜永仁◎编

沈阳出版发行集团
沈阳出版社

图书在版编目（CIP）数据

病榻杂记 / 季羡林著；胡光利，姜永仁编. —沈阳：沈阳出版社，2017.2
（季羡林自传文集）
ISBN 978-7-5441-8244-7

Ⅰ. ①病… Ⅱ. ①季… ②胡… ③姜… Ⅲ. ①散文集—中国—当代 Ⅳ. ①I267

中国版本图书馆 CIP 数据核字（2017）第 034431 号

出版发行： 沈阳出版发行集团 | 沈阳出版社
（地址：沈阳市沈河区南翰林路 10 号　邮编：110011）
网　　址： http://www.sycbs.com
印　　刷： 辽宁泰阳广告彩色印刷有限公司
幅面尺寸： 165mm × 240mm
印　　张： 20.75
字　　数： 332 千字
出版时间： 2017 年 8 月第 1 版
印刷时间： 2017 年 8 月第 1 次印刷
责任编辑： 沈晓辉
封面设计： 润泽文化-杨雪
版式设计： 杨　旭
责任校对： 日　光
责任监印： 杨　旭

书　　号： ISBN 978-7-5441-8244-7
定　　价： 38.00 元

联系电话： 024-24112447　024-62564922
E-mail： sy24112447@163.com

本书若有印装质量问题，影响阅读，请与出版社联系调换。

编者前言

值此季羡林先生105华诞暨北大东语系成立70周年之际，为纪念和缅怀一代宗师的丰功伟业，继承和弘扬他的为人为学精神，谨向广大读者和各界朋友献上《季羡林自传文集系列》丛书。现就这套丛书的编选作如下说明：

一、在迄今出版的季羡林先生全部著作中，唯有《清华园日记》《留德十年》《学海泛槎》《牛棚杂忆》《病榻杂记》五部属自传体著作，颇具特色，堪称珍品。季羡林先生生前虽然未曾留下完整的涵盖其一生的自传著作，但这五部作品恰好能够全面具体地勾画出他在各个历史时期的人生轨迹、事业成就、人情冷暖、悲欢离合；真实生动地记录了不同时代的世象万千、学苑风情、历史沧桑、波澜沉浮，既向读者展示了一位学术巨匠、国学大师百载非凡人生的浩浩长卷，又演绎出具有历史纵深感的史诗般画面。

二、这五部自传体著作故事性强，生活气息浓，史料价值高，教育意义大，既能传承中华民族的优秀传统文化，又能适应新时代、新思想、新潮流的发展趋势，是季羡林先生著作中兼具历史性和时代性双重意义的作品，历久弥珍。

三、这五部自传体著作语言质朴，内容翔实，思想深刻，主题鲜明，读来如临其境，生动感人，贴近现实，贴近生活，雅俗共赏，老少咸宜。正如有学者评论的那样：季老的自传很低调，但是很真实，从中可以了解中国近代的一些风俗民情，世事沧桑，也可以通晓一些中国的人事现象与学术风气。季老的文字很洗练，想快读都不成，哪一段也舍不得跳过去，很耐看，读后深有感触，很有收获。

四、令人非常遗憾的是，这五部著作均为季羡林先生生前出版的单行本，虽然后来有的糅合进其他性质的文集中，但至今没有以自传体丛书的形式问世。我们认为，目前很有必要以新思路、新视角、新高度、新样式出版一套前所未有的《季羡林自传文集系列》丛书，将这五部著作收录其中，从而形成一套系统完整、独具风格的季羡林回忆录，填补国内外图书市场之空白。此举是有识之士与广大读者的共同心愿，也是作为季老弟子责无旁贷的迫切任务。

经过长期酝酿和精心策划，同时征得季承先生的同意并正式书面授权，在沈阳出版社出版该自传文集系列，以期满足广大读者的阅读需求，为激励和鞭策广大青少年艰苦奋斗，励志成才，培育和践行社会主义核心价值观，促进和推动精神文明建设发挥积极的作用。

胡光利

2015年10月24日

《病榻杂记》序

此书原拟定名为《新生集》，后来张世林兄建议改为“病榻杂记”。我稍一寻思，立即欣然赞同。我认为，世林兄不愧是内行，能点铁成金。“新生”二字干瘪无味，不知所云，经这样一改，则全书皆活矣。此书编纂过程中，我的助手李玉洁女士、杨锐女士付出了颇多的劳动，谨致谢意。为了保存历史原状，《新生集序》可作一单独的文章，仍然保留下来。

季羡林

2006年9月10日

《新生集》序

事前同张世林同志达成了君子协定，2002 年文章的结集就叫作《新纪元文存》(续编)。我原来以为，这也颇为顺理成章，并无异议。但是，不知从什么时候起，我也学会了一点生意经。我觉得，《新纪元文存》已经出版问世，大家是熟悉的，在封面上，这五个字特别大，赫然昭如日月，而“续编”二字只能颇小，暗淡若晨星。读者如果不细心，是很容易忽略的。他们会认为，此书已经买过，不必再买了。这对做生意是很不利的。

于是我就想改一个名。大家都知道，给新书起名是煞费周章的。我想来想去，想出了“新生”二字。这两个字太平庸了，太一般了。如果想在上面撒一点檀香末的话，有大文豪但丁的名著在。

可是我并不想撒檀香末，对我来讲，这是亲身的经历。2001～2002 年，我运交华盖，注定了是我的生病年。我曾三次住进 301 医院，其中有两次是抢救。在一篇文章中我写过，我曾到阎王爷殿前去报到。大概是因为手续不全，图章没有敲够数，或者是红包不丰，我被拒收。只好又溜达回来，躺在 301 的病床上。

常言道，天佑善人。我是个善人吗？不管怎样，两次抢救都奇迹般地成了功。我是不折不扣地获得了新生。

我就以“新生”名吾集，志喜也。

2003 年 1 月 13 日

目　录
CONTENTS

2003年

2004 年

2005 年

2006年

未注明写作时间

小 引

半年以前，我已经运交华盖。一进羊年，对别人是三羊开泰，对我则是三羊开灾，三羊开病。没有能够看到池塘生春草。没有能看到楼旁小土山上露出一丝绿意。更谈不到什么“沾衣欲湿杏花雨，吹面不寒杨柳风”了。我就病倒，被送进了 301 医院。到今天已经一百多天，不但春天已过，夏天也好像早已开始了。

春天是复苏，是醒悟，是希望，是光明。这几种东西都是人见人爱的。因此没有人不爱春天，我当然不能例外。

但是我有一个怪的想法，想参与春天的到来。春来春去，天地常规，人怎么能参与呢？我的意思并不是想去干预，我只是想利用自己的五官四肢的某一部分去感知春天的到来。古人诗：

尽日寻春不见春，芒鞋踏破陇头云。
归来笑拈梅花嗅，春在枝头已十分。

诗人的春天是嗅出来的。在过去的九十一年中，我大概每年都通过我的某一个感官，感知春天的到来，心中充满了喜悦和光明，眼前有无限的希望。偏偏今年出了娄子，没有能感知到春天的到来．就进了医院。

我有一个优（缺）点，就是永远不让脑海停止活动。在初进医院的时候，忙于同病魔做斗争，没有想多少东西。病势一稍缓，脑海又活动起来了。全身让人感到舒服的地方，几乎没有，独独思维偏不糊涂。除了有时还遗憾春天的逝去以外，脑袋里想了好多好多的东西。特别是在输液时，有六七大瓶药水高高地挂在自己头顶上，这有极大威慑力，自己心里想：这够你吃四五个小时的了。我还想到许许多多别的事情，包括古代的诗词。我于是想写一些文章，不是记录自己的医疗过程，而是记录自己想到的东西。结果文章确实写了不少。现在把这些文章收集起来，编成了一个集子，名之曰《病榻杂记》送给读者。

我知道，人世间大概还有一些关心我的朋友，他们有的会想到："季羡林哪里去了？"现在这一本小册子就可以告诉他们：季羡林还活着，不过是经过了一段颇长的疾病的炼狱。现在正从炼狱里走出来，想重振雄风了。

在 301 医院治病期间，受到了院领导、大夫们以及护士们的爱护，衷心感谢。

蒙新世界出版社的周奎杰和张世林两同志加以青睐，答应出版，十分感激。书中的照片大都是一直陪我住院的李玉洁女士精心挑选的。

2003 年 6 月 16 日于 301 医院

第一次 2001 年 12 月

第二次 2002 年 8 月

第三次 2002 年 11 月

第四次 2003 年 2 月

2002 年

季羡林在301医院仍然坚持读书和写作

我的小学和中学

小 引

最近几年，我逐渐注意到，校内外的许多青年朋友对我的学习历程颇感兴趣。也许对我的小学和中学更感兴趣。在这方面，蔡德贵先生的《季羡林传》和于青女士的《东方宏儒季羡林》，都有所涉及；但都由于缺少资料语焉不详。我自己出版了一部《留德十年》，把在哥廷根大学的学习过程写得比较详细。另一部书《清华园日记》即将出版，写的是四年清华大学读书的情况。至于小学和中学，前后共有十几年，都是在济南上的，除了在一些短文里涉及一点以外，系统的陈述尚付阙如。这似乎是一件必须加以弥补的憾事。

我现在就来做这件事情。

我在济南共上过五所中小学，时间跨度是从1918年至1930年，绝大部分时间是军阀混战时期，最后两年多是国民党统治，正是人民生活最不安定的时期。我叙述的主要对象当然会是我的学习情况；但是其中也难免涉及社会上的一些情况。这对研究山东现代教育史的学者来说当然会有些用处，即使对研究社会史的人也会有些参考价值。

我为什么在这个时候来写这样的文章呢？

原因就在眼前。我今年已经是九十晋一。查遍了季氏家谱，恐怕也难找出几个年龄这样老的人。可是我自己却并没有感受到这一点。我还正在“老骥伏枥，志在万里”哩。从健康情况来看，尽管身体上有这样那样的病——我认为，这是正常的；如果一点病都没有，反而反常——但没有致命的玩意儿。耳虽半聪，目虽半明，但脑袋还是“难得糊涂”的，距老年痴呆症还有一段距离，因此，自己就有点忘乎所以了。总认为，自己还有很多题目要做，比如佛教史上的大乘起源问题，稍有点佛教常识的人都会知道，这是一个重大的课题。但是，中国以及世界上其他一些国家研究佛教史的学者无虑数百人，却没有哪一个人对大乘起源问题能讲出一个令人信服的道理来，多数是隔靴搔痒，少数甚至不着边际。我自己想弥补这个缺失有年矣，已经积累了一些资料。最近我把资料拿出来看了看，立刻又放下，不由地叹上一口气，好像晚年的玄奘一样，觉得办不到了。再像七八年前那样每天跑上一趟大图书馆，腿脚已经不灵了；再看字极小的外文参考书，眼睛也不济了。在这样的情况下，我只有废书兴叹，即使志在十万里，也只是一种幻想了。

可我又偏是一个闲不住的人，每天不写点什么，不读点书，静夜自思，仿佛是犯了罪。现在，严肃的科研工作既然无力进行了，但是记忆还是有的，而且自信是准确而且清晰的。想来想去，何不把脑袋里的记忆移到纸上来，写一写我的小学和中学，弥补上我一生学习的经历呢？

这就是我写这几篇文章的原因。以上这些话就算是小引。

2002年3月3日

回忆一师附小

学校全名应该是“山东省立第一师范附属小学”。

我于 1917 年阴历年时分从老家山东清平（现划归临清市）到了济南，投靠叔父。大概就在这一年，念了几个月的私塾，地点在曹家巷。第二年，就上了一师附小。地点在南城门内升官街西头。所谓“升官街”，与升官发财毫无关系。“官”是“棺”的同音字，这一条街上棺材铺林立。大家忌讳这个“棺”字，所以改谓升官街，礼也。

附小好像是没有校长，由一师校长兼任。当时的一师校长是王士栋，字祝晨，绰号“王大生”。他是山东教育界的著名人物。民国一创建，他就是活跃的积极分子，担任过教育界的什么高官，同鞠思敏先生等同为山东教育界的元老，在学界享有盛誉。当时，一师和一中并称，都是山东省立重要的学校，因此，一师校长也是一个重要的职位。在一个七八岁的小学生眼中，校长宛如在九天之上，可望而不可即，可是命运真正会捉弄人，在十六年以后，在 1934 年，我在清华大学毕业后到山东省立济南高中来教书，王祝晨老师也在这里教历史，我们成了平起平坐的同事。在王老师方面，在一师附小时，他根本不会知道我这样一个小学生，他对此事，决不会有什么感触。而在我呢，情况却迥然不同，一方面我对他执弟子礼甚恭，一方面又是同事。心里直乐。

我大概在一师附小只待了一年多，不到两年，因为在我的记忆中换过一次教室，足见我在那里升过一次级。至于教学的情况，老师的情况，则一概记不起来了。唯一的残留在记忆中的一件小事，就是认识了一个“盔”字，也并不是在国文课堂上，而是在手工课堂上。老师教我们用纸折叠东西，其中有一个头盔，知道我们不会写这个字，所以用粉笔写在黑板上。这事情发生在一间大而长的教室中，室中光线不好，有点黯淡，学生人数不少。教员写完了这个字以后，回头看学生，戴着近视眼镜的脸上，有一丝笑容。

我在记忆里深挖，再深挖，实在挖不出多少东西来。学校的整个建筑，一团模糊。教室的情况，如云似雾。教师的名字，一个也记不住。学习的情况，如海上三山，糊里糊涂。总之是一点具体的影像也没有。我只记得，李长之是我的同班。因为他后来成了名人，所以才记得清楚，当时对他的印象也是模糊不清的。最奇怪的是，我记得了一个叫卞蕴珩的同学。他大概是长得非常漂亮，行为也极潇洒。对于一个七八岁的孩子来说，男女外表的美丑，他们是不关心的。可不知为什么，我竟记住了卞蕴珩，只是这个名字我就觉得美妙无比。此人后来再没有见过。对我来说，他成为一条神龙。

此外，关于我自己，还能回忆起几件小事。首先，我做过一次生意。我住在南关佛山街，走到西头，过马路就是正觉寺街。街东头有一个地方，叫新桥。这里有一所炒卖五香花生米的小铺子。铺子虽小，名气却极大。这里的五香花生米（济南俗称长果仁）又咸又香，远近驰名。我经常到这里来买。我上一师附小，一出佛山街就是新桥，可以称为顺路。有一天，不知为什么，我忽发奇想，用自己从早点费中积攒起来的一些小制钱（中间有四方孔的铜币）买了半斤五香长果仁，再用纸分包成若干包，带到学校里向小同学兜售。他们都震于新桥花生米的大名，纷纷抢购。结果我赚了一些小制钱，尝到做买卖的甜头，偷偷向我家的阿姨王妈报告。这样大概做了几次。我可真没有想到，自己在七八岁时竟显露出来了做生意的“天才”。可惜我已“误”入“歧途”，“天才”没有得到发展。否则，如果我投笔从贾，说不定我早已成为一个大款，挥金如土，不像现在这样柴、米、油、盐、酱、醋、茶都要斤斤计算了。我是一个被埋没了的“天才”。

还有一件小事，就是滚铁圈。我一闭眼，仿佛就能看到一个八岁的孩子，用一根前面弯成钩的铁条，推着一个铁圈，在升官街上从东向西飞跑，耳中仿佛还能听到铁圈在青石板路上滚动的声音。这就是我自己。有一阵子，我迷上了滚铁圈这种活动。在南门内外的大街上没法推滚，因为车马行人，喧闹拥挤。一转入升官街，车少人稀，英雄就大有用武之地了。我用不着拐弯，一气就推到附小的大门。

然而，世事多变，风云突起。为了一件没有法子说是大是小的、说起来简直是滑稽的事儿，我离开了一师附小，转了学。原来，当时正是“五四”运动风起云涌的时候，而一师校长王祝晨是新派人物，立即起来响应，改文言为白话。忘记了是哪个书局出版的国文教科书中选了一篇名传世界的童话“阿拉伯的骆驼”，内容讲的是：在沙漠大风暴中，主人躲进自己搭起来的帐篷，而把骆驼留在帐外。骆驼忍受不住风沙之苦，哀告主人说：“只让我把头放进帐篷行不行？”主人答应了。过了一会儿，骆驼又哀告说：“让我把前身放进去行不行？”主人又答应了。又过了一会儿，骆驼又哀告说：“让我全身都进去行不行？”主人答应后，自己却被骆驼挤出了帐篷。童话的意义是非常清楚的。但是天有不测风云，这篇课文竟让叔父看到了。他大为惊诧，高声说：“骆驼怎么能说话呢！荒唐！荒唐！转学！转学！”

于是我立即转了学。从此一师附小只留在我的记忆中了。

2002 年 2 月 28 日

回忆新育小学

我从一师附小转学出来，转到了新育小学，时间是在 1920 年，我九岁。我同一位长我两岁的亲戚同来报名。面试时我认识了一个“骡”字，定为高小一班。我的亲戚不认识，便定为初小三班，少我一字，一字之差我比他高了一班。

我们的校舍

新育小学坐落在南圩子门里，离我们家不算远。校内院子极大，空地很多。一进门，就是一大片空地，长满了青草，靠西边有一个干涸了的又圆又大的池塘，周围用砖石砌得整整齐齐，当年大概是什么大官的花园中的花池，说不定曾经有过荷香四溢，绿叶擎天的盛况，而今则是荒草凄迷，碎石满池了。

校门东向。进门左拐有几间平房，靠南墙是一排平房。这里住着我们的班主任李老师和后来是高中同学，北大毕业生宫兴廉的一家子，还有从曹州府来的三个姓李的同学，他们在家乡已经读过多年私塾，年龄比我们都大，国文水平比我们都高，他们大概是家乡的大地主子弟，在家乡读过书以后，为了顺应潮流，博取一个新功名便到济南来上小学。带着厨子和听差，住在校内。令我怀念难忘的是他们吃饭时那一蒸笼雪白的馒头。

进东门，向右拐，是一条青石板砌成的小路，路口有一座用木架子搭成的小门，门上有四个大字：循规蹈矩。我当时不知道是什么意思，但觉得这四个笔画繁多的字很好玩。进小门右侧是一个花园，有假山，用太湖石堆成，山半有亭，翼然挺立。假山前后，树木蓊郁。那里长着几棵树，能结出黄色的豆豆，至今我也不知道叫什么树。从规模来看，花园当年一定是繁荣过一阵的。是否有纳兰容若词中所写的“晚来风起撼花铃，人在碧山亭”那样的荣华，不得而知；但是，极有气派，则是至今仍然依稀可见的。可惜当时的校长既非诗人，也非词人，对于这样一个旧花园熟视无睹，任它荒凉衰败，垃圾成堆了。

花园对面，小径的左侧是一个没有围墙的大院子，没有多少房子，高台阶上耸立着一所极高极大的屋子，里面隔成了许多间，校长办公室，以及其他一些会计、总务之类的部门，分别占据。屋子正中墙上挂着一张韦校长的炭画像，据说是一位高年级的学生画的，我觉得，并不很像。走下大屋的南台阶，距离不远的地方，左右各有一座大花坛，春天栽上牡丹和芍药什么的，一团锦绣。出一个篱笆门，是一大片空地，上面说的大圆池就在这里。

出高台阶的东门，就是“循规蹈矩”小径的尽头。向北走进一个门是一个极大的院子，东西横排着两列大教室，每一列三大间，供全校六个班教学之用。进门左手是一列走廊，上面有屋顶遮盖，下雨淋不着。走廊墙上是贴布告之类的东西的地方。走过两排大教室，再向北，是一个大操场，对一个小学来说，操场是够大的了。有双杠之类设施，但是，不记得上过什么体育课。小学没有体育课是不可思议的。再向北，在西北角上，有几间房子，是教员住的。门前有一棵古槐，覆盖的面积极大，至今脑海里还留有一团蓊郁翠秀的影像。

校舍的情况就是这个样子，

教员和职员

按照班级的数目，全校教员应该不少于十几个的；但是，我能记住的只有几个。

我们的班主任是李老师，从来就不关心他叫什么名字，小学生对老师的名字是不会认真去记的。他大概有四十多岁，在一个九岁孩子的眼中就算是一个老人了。他人非常诚恳忠厚，朴实无华，从来没有训斥过学生，说话总是和颜悦色，让人感到亲切，他是我一生最难忘的老师之一。当时的小学教员，大概都是教多门课程的，什么国文、数学（当时好像是叫算术）、历史、地理等课程都一锅煮了。因为程度极浅，用不着有多么大的学问。一想到李老师，就想起了两件事。一件事是，某一年的初春的一天，大圆池旁的春草刚刚长齐，天上下着小雨，“沾衣欲湿杏花雨，吹面不寒杨柳风。”李老师带着我们全班到大圆池附近去种菜，自己挖地，自己下种，无非是扁豆、芸豆、辣椒、茄子之类。顺便说一句，当时西红柿还没有传入济南，北京如何，我不知道。于时碧草如茵，嫩柳鹅黄，一片绿色仿佛充塞了宇宙，伸手就能摸到。我们蹦蹦跳跳，快乐得像一群初入春江的小鸭，是我一生三万多天中最快活的一天。至今回想起来还兴奋不已。另一件事是，李老师辅导我们的英文。认识英文字母，他有妙法。他说，英文字母 f 就像一只大马蜂，两头长，中间腰细。这个比喻，我至今不忘。我不记得课堂上的英文是怎样教的。但既然李老师辅导我们，则必然有这样一堂课无疑。好像还有一个英文补习班。这桩事下面再谈。

另一位教员是教珠算（打算盘）的，好像是姓孙，名字当然不知道了。此人脸盘长得像知了，知了在济南叫 shao qian，就是蝉，因此学生们就给他起了一个外号，叫 shao qian，我到现在也不知道这两个字是怎样写。此人好像是一个迫害狂，一个法西斯分子，对学生从来没有笑脸。打算盘本来是一个技术活，原理并不复杂，只要稍加讲解，就足够了，至于准确纯熟的问题，在运用中就可以解决。可是这一位 shao qian 公，对初学的小孩子制定出了极残酷不合理的规定：打错一个数，打一板子。在算盘上差一行，就差十个数，结果就是十板子。上一堂课下来，每个人几乎都得挨板子。如果错到几十个到一百个数，那板子不知打多久，才能打完。有时老师打累了，才板下开恩。那时候认为体罚是合情合理的，八九岁十来岁的孩子到哪里去告状呀！而且造反有理的最高指示还没有出来。小学生被赶到穷途末路，起来造了一次反。这件事也在下面再谈。

其余的教师都想不起来了。

那时候，新育已经有男女同学了，还有缠着小脚去上学的女生，大家也不以为怪。大约在我高小二年级时，学校里忽然来了一个女教师，年纪不大，教美术和音乐。我们班没有上过她的课，不知姓字名谁。除了初来时颇引起了一阵街谈巷议之外，不久也就习以为常了。

至于职员，我们只认识一位，是管庶务的。我们当时都写大字，叫作写“仿”。仿纸由学生出钱，学校代买。这一位庶务，大概是多克扣了点钱，买的纸像大便后用的手纸一样粗糙。山东把手纸叫草纸。学生们就把“草纸”的尊号上给了这一位庶务先生。

我的学习和生活

在我的小学和中学中，新育小学不能说是一所关键的学校。可是不知为什么，我对新育三年记忆得特别清楚。一闭眼，一幅完整的新育图景就展现在我的眼前，仿佛是昨天才离开那里的，校舍和人物，以及我的学习和生活，巨细不遗，均深刻地印在我的记忆中。更奇怪的是，我上新育与一师附小紧密相连，时间不过是几天的工夫，而后者则模糊成一团，几乎是什么也记不起来。其原因到现在我也无法解释。

新育三年，斑斓多彩，文章谈到我自己、我的家庭、当时的社会情况，内容异常丰富，只能再细分成小题目，加以叙述。

学习的一般情况

总之，一句话，我是不喜欢念正课的。对所有的正课，我都采取对付的办法。上课时，不是玩小动作，就是不专心致志地听老师讲，脑袋里不知道是想些什么，常常走神儿，斜眼看到教室窗外四时景色的变化，春天繁花似锦，夏天绿柳成荫，秋天风卷落叶，冬天白雪皑皑。旧日有一首诗："春天不是读书天，夏日迟迟正好眠，秋有蚊虫冬有雪，收拾书包好过年。"可以为我写照。当时写作文都用文言，语言障碍当然是有的。最困难的是不知道怎样起头。老师出的作文题写在黑板上，我立即在作文簿上写上"人生于世"四个字，下面就穷了词儿，仿佛永远要"生"下去似的。以后憋好久，才能憋出一篇文章。万没有想到，以后自己竟一辈子舞笔弄墨。我逐渐体会到，写文章是要讲究结构的，而开头与结尾最难，这现象在古代大作家笔下经常可见。然而，到了今天，知道这种情况的人似乎已不多了。也许有人竟认为这是怪论，是迂腐之谈，我真欲无言了。有一次作文，我不知从什么书里抄了一段话："空气受热而上升，他处空气来补其缺，遂流动而成风。"句子通顺，受到了老师的赞扬。可我一想起来，心里就不是滋味，愧悔有加。在今天，这也可能算是文坛的腐败现象吧。可我只是十岁的孩子，不知道什么叫文坛，我一不图名，二不图利，完全为了好玩儿。但自己也知道，这样做是不对的，所以才悔愧，从那以后，一生中再没有剽窃过别人的文字。

小学也是每学期考试一次，每年两次，三年共有六次，我的名次总盘旋在甲等三四名和乙等前几名之间。甲等第一名被一个叫李玉和的同学包办。他比我大几岁，是一个拼命读书的学生。我从来也没有争第一名的念头，我对此事极不感兴趣。根据我后来的经验，小学考试的名次对一个学生一生的生命历程没有多少影响。家庭出身和机遇影响更大。我从前看过一幅丰子恺的漫画，标题是"小学的同学"，画着一副卖吃食的担子，旁边站着两个人，颇能引人深思。但是，我个人有一次经历，比丰老画得深刻多了。有一天晚上，我在济南院前大街雇洋车回佛山街，在黑暗中没有看清车夫是什么人。到了佛山街下车付钱的时候，蓦抬头，看到是我新育小学的同班同学！我又惊讶又尴尬，一时说不出话来。我如果是漫画家，画上一幅画，一辆人力车，两个人，一人掏钱，一人接钱。相信会比丰老的画更能令人深思。

我的性格

我一生自认为是一个性格内向的人，一个上不得台盘的人。每次参加大会，在大庭广众中，浑身觉得不自在，总想找一个旮旯儿藏在那里，少与人打交道。“今天天气，哈，哈，哈”一类的话，我不愿意说，说出来也不地道。每每看到一些男女交际花，在人群中走来走去，如鱼得水，左边点头，右边哈腰，脸上做微笑状，纵横捭阖，折冲樽俎，得意洋洋，顾盼自雄，我真是羡慕得要死，可我做不到。我现在之所以被人看作社会活动家，甚至国际活动家，完全是环境造成的。是时势造“英雄”，我是一只被赶上了架的鸭子。

可是现在回想起来，我在新育小学时期，性格好像不是这个样子，一点也不内向，外向得很。我喜欢打架，欺负人，也被人欺负。有一个男孩子，比我大几岁，个子比我高半头，总好欺负我。最初我有点怕他，他比我劲儿大。时间久了，我忍无可忍，同他干了一架。他个子高，打我的上身。我个子矮，打他的下身。后来搂抱住滚在双杠下面的沙土堆里，有时候他在上面，有时候我在上面，没有决出胜负。上课铃响了，各回自己的教室。从此他再也不敢欺负我，天下太平了。

我却反过头来又欺负别的孩子。被我欺负最厉害的是一个名叫刘志学的小学生，岁数可能比我小，个头差不多，但是懦弱无能，一眼被我看中，就欺负起他来。根据我的体会，小学生欺负人并没有任何原因，也没有什么仇恨。只是个人有劲使不出，无处发泄，便寻求发泄的对象了。刘志学就是我寻求的对象，于是便开始欺负他，命令他跪在地下，不听就拳打脚踢。如果他鼓起勇气，抵抗一次，我也许就会停止，至少会收敛一些。然而他是个窝囊废，一丝抵抗的意思都没有。这当然更增加了我的气焰，欺负的次数和力度都增加了。刘志学家同婶母是拐弯抹角的亲戚。他向家里告状，他父母便来我家告状。结果是我挨了婶母一阵数落，这一幕悲喜剧才告终。

从这一件小事来看，我无论如何也不能算是一个内向的孩子。怎么会一下子转成内向了呢？这问题我从来没有想到过。现在忽然想起来了，也就顺便给它一个解答。我认为，《三字经》中有两句话：“性相近，习相远。”“习”是能改造“性”的。我六岁离开母亲，童心的发展在无形中受到了阻碍。我能躺在一个非母亲的人的怀抱中打滚撒娇吗?这是不能够想象的。我不能说，叔婶虐待我，那样说是谎言；但是在日常生活中小小的歧视，却是可以感觉得到的，比如说，做衣服，有时就不给我做。在平常琐末的小事中，偏心自己的亲生女儿，这也是人之常情，不足为怪。一个七八岁的孩子对于这些事情并不敏感。但是，积之既久，在自己潜意识中难免留下些印记，从而影响到自己的行动。我清晰地记得，向婶母张口要早点钱，在我竟成了难题。有一个夏天的晚上，我们都在院子里铺上席，躺在上面纳凉。我想到要早点钱，但不敢张口，几次欲言又止，最后时间已接近深夜，才鼓起了最大的勇气，说要几个小制钱。钱拿到手，心中狂喜，立即躺下，进入梦乡，睡了一整夜。对一件事来说，这样的心理状态是影响不大的，但是时间一长，性格就会受到影响。我觉得，这个解释是合情合理的。

我在这里必须补充几句。我为什么能够从乡下到济南来呢?原因极为简单。我的上一辈大排行兄弟十一位，行一的大大爷和行二的二大爷是亲兄弟，是举人的儿子。我父亲行七，叔父行九，还有一个十一叔，是一母一父所生。最后一个因为穷，而且父母双亡，送给了别人，改姓刁。其余的行三四五六八十的都因穷下了关东，以后失去了联系，不知下落。留下的五个兄弟，大大爷有一个儿子，早早死去。我生下来时，全族男孩就我一个，成了稀有金属，传宗接代的大任全压在我一个人身上。在我生前很多年，父亲和九叔不到二十岁的时候，失怙失恃，无衣无食，兄弟俩被迫到济南去闯荡，经过了千辛万苦，九叔立定了脚跟。我生下来六岁时，把我接到济南。如果当时他有一个男孩的话，我是到不了济南的。如果我到不了济南，也不会有今天的我。我大概会终生成为一个介乎贫雇农之间的文盲，也许早已不在人世，墓木久拱了。所以我毕生感谢九叔。上面说到的那一些家庭待遇，并没有逾越人情的常轨，我并不怀恨在心。不过，既然说到我的小学和我的性格，不得不说说而已。

回家路上

我的家距离新育小学并不算远。虽然有的地方巷子很窄，但都是青石铺路，走上去极为平坦，舒适，并没有难走的地方。

我同一般的比较调皮的小孩子一样，除非肚子真饿了，放学后往往不立即回家，在路上同一些小朋友打打闹闹，磨蹭着不肯回家。见到什么新鲜事儿，必然挤上去围观。看到争吵打架的，就更令我们兴奋，非看个水落石出不行。这一切都是男孩子共有的现象，不足为怪。但是，我们也有特立独行的地方。济南地势，南高北低。到了夏天下大雨的时候，城南群山的雨水汇流成河，顺着一条大沙沟，奔腾而北，进了圩子墙，穿过朝山街、正觉寺街等马路东边房子后面的水沟，再向前流去，济南人把这一条沙沟叫“山水沟”。山水每年夏季才有，平常日子这条沟是干的。附近的居民就把垃圾，以及死狗死猫丢在沟里，根本没有人走这里。可我就选了朝山街的山水沟作回家去的路，里面沙石满地，臭不可闻，根本没有走人的路。我同几个小伙伴就从这里走回家。虽然不是每天如此，次数也不会太少。八九十来岁的男孩子的行动是不可以理喻的。

看捆猪

还有不可以理喻的一些行动，其中之一就是看捆猪。

新育小学的西邻是一个养猪场，规模大概相当大，我从来没有进去过。大概是屠宰业的规定，第二天早晨杀猪，头一天下午接近黄昏的时候就把猪捆好。但是，捆猪并不容易，猪同羊和牛都不一样。当它们感到末日来临时，是会用超常的力量来奋起抵抗的。我和几位调皮的小伙伴往往在放学后不立即回家，而是一听隔壁猪叫就立即爬上校内的柳树，坐在树的最高处，看猪场捉猪。有的猪劲极大，不太矮的木栅栏一跃而过，然后满院飞奔。捉猪人使用极其残暴的手段和极端残忍的工具—— 一条长竿顶端有两个铁钩，努力把猪捉住。有时候竿顶上的铁钩深刺猪的身躯上的某一部分，鲜血立即喷出。猪仍然不肯屈服，带血狂奔，流血满地，直到筋疲力尽，才被人捆绑起来，嘴里仍然嚎叫不止，有的可能叫上一夜，等到第二天早晨挨上那一刀，灵魂或者进入地狱，或者进入天堂，除了印度相信轮回转生者以外，没有人能够知道了。这实在是极端残忍的行为。在高级的雍容华贵的餐厅里就着葡萄美酒吃猪排的美食者，大概从来不会想到这一点的。还是中国古代的君子聪明：他们“远庖厨”，眼不见为净。

我现在——不是当年，当年是没有这样敏感的——浮想联翩，想到了很多事情。首先我想到造物主——我是不相信有这玩意儿的——实在是非常残酷不仁。他一定要让动物互相吞噬，才能生活下去。难道不能用另外一种方法来创造动物界吗？即使退一步想，让动物像牛羊一样只吃植物行不行呢？当然，植物也是生物，也有生命；但是，我们看不到植物流泪，听不到它们嚎叫，至少落个耳根清净吧。

我又想到，同样是人类，对猪的态度也不尽相同。我曾在德国住过多年。那里的农民有的也养猪。怎样养法，用什么饲料，我一概不知。养到一定的重量，就举行一次 Schlachtfest（屠宰节），邀请至亲好友，共同欢聚一次。我的女房东有时候就下乡参加这样的欢聚。她告诉我，先把猪赶过来，乘其不备，用手枪在猪头上打上一枪，俟其倒毙，再来动手宰割，将猪身上不同部位的肉和内脏，加工制成不同的食品，然后大家暂时或长期享用。猪被人吃，合乎人情事理，但不让猪长时间受苦，德国人这种猪道主义是颇值得我们学习的。至于在手枪发明以前德国人是怎样杀猪的，就没有研究过，只好请猪学专家去考证研究了。

看杀人

最不可以理喻的行动是喜欢看杀人。其实，这可能是最可以理喻的；因为大人们也都喜欢看。

新育小学坐落在南圩子门里。圩子门是朝山街的末端。出圩子门向右拐，有一条通往齐鲁大学的大道。大道中段要经过上面提到的山水沟，右侧有一座小小的龙王庙，左侧则是一大片荒滩，对面土堤很高，这里就是当时的刑场，是处决犯人的地方。犯人出发的地方是城里院东大街路北山东警察厅内的监狱。出大厅向右走一段路，再左拐至舜井街，然后出南城门，经过朝山街，出南圩子门，照上面的说法走，就到了目的地。

朝山街是我上学必经之路。有时候，看到街道两旁都挤满了人，就知道，今天又要杀人了。我于是立即兴奋起来，把上学的事早已忘到九霄云外去了。挤在人群里，伸长了脖子，等候着，等候着。此时，只有街道两旁人山人海，街道中间则既无行人，也无车马。不久，看到一个衣着破烂的人，喝得醉醺醺的，右肩背着一支步枪，慢腾腾地走了过去。大家知道，这就是刽子手。再过不久，就看到大队警察，簇拥着待决的囚犯，一个或多个，走了过来，囚犯是五花大绑，背上插着一根木牌，上面写着他的名字，名字上面用朱笔画上了一个红×。在“十年浩劫”中，我的名字也曾多次被画上红×，表示罪该万死的意思。红卫兵们是很善于学习的。闲言少叙，书归正传。且说犯人过去了以后，街上的秩序立即大乱。人群纷纷向街中间，拥拥挤挤，摩肩接踵，跟着警察大队，挤出南圩子门，纷纷抢占高地制高点，能清晰看到刑场的情况，但又不敢离得太近，理由自明。警察押着犯人走向刑场，犯人向南跪在高崖下面，枪声一响，仪式完毕，警察撤走。这时一部分群众又拥向刑场，观看躺在地上的死尸。枪毙土匪，是没有人来收尸的。我们几个顽皮的孩子当然不甘落后，也随着大家往前拥。经过了这整个过程，才想起上学的事来。走回学校，免不了受到教员的斥责。然而却决不改悔，下一次碰到这样的事，仍然照看不误。

当时军阀混战，中原板荡，农村政权，形同虚设。县太爷龟缩在县城内，广大农村地区不见一个警察。坏人或者为穷所逼铤而走险的人，变成了土匪（山东话叫“老缺”），横行乡里。从来没听说，哪一帮土匪劫富济贫，替天行道。他们绑票勒索，十分残酷。我的一个堂兄林字辈的第一人季元林，家里比较富裕，被土匪绑走，勒索巨款。家人交上了赎票的钱，但仍被撕票，家人找到了他的尸体，惨不忍睹，双眼上各贴一张狗皮膏药，两耳中灌满了蜡烛油。可见元林在匪穴中是受了多么大的痛苦。这样的土匪偶尔也会被捉住几个，送到济南来，就演出一出上面描写的那样的悲喜剧。我在新育三年，这样的剧颇看了不少。对一个十一二岁的孩子来说，了解社会这一方面的情况，并无任何坏处。

马　市

马市指的是旧社会定期举行的买卖骡马的集市。新育小学大门外空地上就有这样的马市。忘记是多久举行一次了。到了这一天，空地上挤满了人和马、骡、驴等，不记得有牛。这里马嘶驴鸣，人声鼎沸，一片繁忙热闹的景象。骡马的高低肥瘦，一看便知；但是年龄却是看不出来的。经纪人也自有办法。骡、马、驴都是吃草的动物，吃草要用牙，草吃多了，牙齿就受到磨损。专家们从牙齿磨损的程度上就能看出它们的年龄。于是，在看好了骡马的外相之后，就用手扒开它们的嘴，仔细观看牙齿。等到这一些手续都完了以后，就开始讨价还价了。在这里，不像在蔬菜市场上或其他市场上那样，用语言，用嘴来讨价还价，而是用手，经纪人和卖主或他的经纪人，把手伸入袖筒里，用手指头来讨论价格，口中则一言不发。如果袖筒中价钱谈妥，则退出手来，交钱牵牲口。这些都是没有见过世面的“下等人”，不懂开什么香槟酒来庆祝胜利。甚至有的价格还抵不上一瓶昂贵的香槟酒。如果袖筒会谈没有结果，则另起炉灶，找另外的人去谈了。至于袖筒中怎样谈法，这是经纪人垄断的秘密，我们局外人是无法知道的。这同中国佛教禅宗的薪火相传，颇有些类似之处。

九月九庙会

每年到了旧历九月初九日，是所谓重阳节，是登高的好日子。这个节日来源很古，可能已有几千年的历史。济南的重阳节庙会（实际上并没有庙，姑妄随俗称之）是在南圩子门外大片空地上，西边一直到山水沟。每年，进入夏历九月不久，就有从全省一些地方，甚至全国一些地方来的艺人会聚此地，有马戏团、杂技团、地方剧团、变戏法的、练武术的、说山东快书的、玩猴的、耍狗熊的等等，应有尽有。他们各圈地搭席棚围起来，留一出入口，卖门票收钱。规模大小不同，席棚也就有大有小，总数至少有几十座。在夜里有没有“夜深千帐灯”的气派，我没有看到过，不敢瞎说。反正白天看上去，方圆几十里，颇有点动人的气势。再加上临时赶来的，卖米粉、炸丸子和豆腐脑等的担子，卖花生和糖果的摊子，特别显眼的柿子摊——柿子是南山特产，个大色黄，非常吸引人，这一切混合起来，形成了一种人声嘈杂，歌吹沸天的气势，仿佛能南摇千佛山，北震大明湖，声撼济南城了。

我们的学校,同庙会仅一墙（圩子墙）之隔,会上的声音依稀可闻。我们这些顽皮的孩子能安心上课吗？即使勉强坐在那里，也是身在课堂心在会。因此，一有机会，我们就溜出学校，又嫌走圩子门太远，就近爬过圩子墙，飞奔到庙会上，一睹为快。席棚很多，我们光捡大的去看。我们谁身上也没有一文钱，门票买不起。好在我们都是三块豆腐干高的小孩子，混在购票观众中挤了进去，也并不难。进去以后，就成了我们的天地，不管耍的是什么，我们总要看个够。看完了，走出来，再钻另外一个棚，几乎没有钻不进去的。实在钻不进去，就绕棚一周，看看哪一个地方有小洞，我们就透过小洞往里面看，也要看个够。在十几天的庙会中，我们钻遍了大大小小的棚，对整个庙会一览无余，一文钱也没有掏过。可是，对那些卖吃食的摊子和担子，则没有法钻空子，只好口流涎水，望望然而去之。虽然不无遗憾，也只能忍气吞声了。

看 戏

这一次不是在城外了，而是在城内，就在我们住的佛山街中段一座火神庙前。这里有一座旧戏台，已经破旧不堪，门窗有的已不存在，看上去，离开倒塌的时候已经不太远了。我每天走过这里，不免看上几眼；但是，好多年过去了，没有看到过一次演戏。有一年，还在我在新育小学念书的时候，不知道是哪一位善男信女，忽发大愿，要给火神爷唱上一天戏，就把旧戏台稍稍修饰了一下，在戏台和火神庙门之间，左右两旁搭上了两座木台子，上设座位，为贵显者所专用。其余的观众就站在台下观看。我们家里，规矩极严，看戏是决不允许的。我哪里能忍受得了呢？没有办法，只有在奉命到下洼子来买油、打醋、买肉、买菜的时候，乘机到台下溜上几眼，得到一点满足。有一次，回家晚了，还挨了一顿数落。至于台上唱的究竟是什么戏，我完全不懂。剧种也不知道，反正不会是京剧，也不会是昆曲，更不像后来的柳子戏，大概是山东梆子吧。前二者属于阳春白雪之列，而这样的戏台上只能演下里巴人的戏。对于我来说，我只瞥见台上敲锣拉胡琴儿的坐在一旁，中间站着一位演员在哼哼唧唧地唱，唱词完全不懂；还有红绿的门帘，尽管陈旧，也总能给寥落古老的戏台增添一点彩色，吹进一点生气，我心中也莫名其妙地感到一点兴奋，这样我就十分满足了。

不知道什么原因，一些演员的名字我至今记忆犹新。女角叫云金兰，老生叫耿永奎，丑角叫胡风亭。胡就住在正谊中学附近，我后来到正谊念书时，还见到过他，看来并不富裕，同后来的京剧名演员梅兰芳、马连良等阔得流油的情况相比，有天渊之别了。

学英文

我在上面曾说到李老师辅导我们学英文字母的事情。英文补习班似乎真有过，但具体的情况则完全回忆不起来了。时间大概是在晚上。我的记忆中有很清晰的一幕：在春天的晚间，上过课以后，在校长办公室高房子前面的两座花坛中间，我同几个小伙伴在说笑，花坛里的芍药或牡丹的大花朵和大叶子，在暗淡的灯光中，分不清红色和绿色，但是鼻子中似乎能嗅到香味。芍药和牡丹都不以香名。唐人诗：“国色朝酣酒，天香夜染衣。”其中用“天香”二字，似指花香。不管怎样，当时，在料峭的春夜中，眼前是迷离的花影，鼻子里是淡淡的清香，脑袋里是刚才学过的英文单词，此身如遗世独立。这一幅电影画面以后常在我眼中展现，至今不绝。我大概确实学了不少的英文单词。毕业后报考正谊中学时，不意他们竟考英文，题目是翻译几句话：“我新得了一本书，已经读了几页；不过有些字我不认识。”我大概是翻出来了，所以才考了一个一年半级。

国文竞赛

有一年，在秋天，学校组织全校学生游开元寺。

开元寺是济南名胜之一，坐落在千佛山东群山环抱之中。这是我经常来玩的地方。寺上面的大佛头尤其著名，是把一面巨大的山崖雕凿成了一个佛头，其规模虽然比不上四川的乐山大佛，但是在全国的石雕大佛中也是颇有一点名气的。从开元寺上面的山坡往上爬，路并不崎岖，爬起来比较容易。爬上一刻钟到半个小时就到了佛头下。据说佛头的一个耳朵眼里能够摆一桌酒席。我没有试验过，反正其大概可想见了。从大佛头再往上爬，山路当然崎岖，山石更加亮滑，爬起来颇为吃力。我曾爬上来过多次，颇有驾轻就熟之感，感觉不到多么吃力。爬到山顶上，有一座用石块垒起来的塔似的东西。从济南城里看过去，好像是一个橛子，所以这一座山就得名橛山。同泰山比起来，橛山不过是小巫见大巫；但在济南南部群山中，橛山却是鸡群之鹤，登上山顶，望千佛山顶如在肘下，大有“一览众山小”之慨了。可惜的是，这里一棵树都没有，不但没有松柏，连槐柳也没有，只有衰草遍山，看上去有点童山濯濯了。

从橛山山顶，经过大佛头，走了下来，地势渐低，树木渐多，走到一个山坳里，就是开元寺。这里松柏参天，柳槐成行，一片浓绿，间以红墙，仿佛在沙漠里走进了一片绿洲。虽然大庙那样的琳宫梵宇，崇阁高塔在这里找不到；但是也颇有几处佛殿，佛像庄严。院子里有一座亭子，名叫静虚亭。最难得最引人注目的是一泓泉水，在东面石壁的一个不深的圆洞中。水不是从下面向上涌，而是从上面石缝里向下滴，积之既久，遂成清池，名之曰秋棠池，洞中水池的东面岸上长着一片青苔，栽着数株秋海棠。泉水是上面群山中积存下来的雨水，汇聚在池上，一滴一滴地往下滴。泉水甘甜冷洌，冬不结冰。庙里住持的僧人和络绎不绝的游人，都从泉中取水喝。用此水煮开泡茶，也是茶香水甜，不亚于全国任何名泉。有许多游人是专门为此泉而来开元寺的。我个人很喜欢开元寺这个地方，过去曾多次来过。这一次随全校来游，兴致仍然极高，虽归而兴未尽。

回校后，学校出了一个作文题目《游开元寺记》，举行全校作文比赛，把最好的文章张贴在教室西头走廊的墙壁上。前三名都是我在上面提到过的从曹州府来的三位姓李的同学所得。第一名作文后面教师的评语是“颇有欧苏真气”。我也榜上有名，但却在八九名之后了。

一次失败的“造反”

我在上面介绍教员时，曾提到一位教珠算的绰号叫 shao qian 的教员。他那法西斯式的教学方法引起了全班学生的愤怒。哪里有压迫，哪里就有抵抗。对于小孩子也不例外。大家挨够了他的戒尺，控诉无门。告诉家长，没有用处。告诉校长，我们那位校长是一个小官僚主义者，既不教书，也不面对学生，不知道他整天干些什么。告诉他也不会有用。我们小小的脑袋瓜里没有多少策略，想来想去，只有一条路，就是造反，把他“架”（赶走）了。比我大几岁的几个男孩子带头提出了行动方略：在上课前把教师用的教桌倒翻过来，让它四脚朝天。我们学生都离开教室，躲到那一个寥落的花园假山附近的树丛中，每人口袋里装满了上面提到的那些树上结满了的黄色的豆豆，准备用来打 shao qian 的脑袋。但是，十一二岁的孩子们不懂什么组织要细密，行动要统一，意见要一致，便贸然行事。我喜欢热闹，便随着那几个大孩子，离开了教室，躲在乱树丛中，口袋里装满了黄豆豆，准备迎接胜利。但是，过了半个多小时，我们都回到教室里，准备用黄豆豆打教师的脑袋时，我们都傻了眼。大约有三分之一的学生安然坐在那里，听老师讲课，教桌也早已翻了过来。原来能形成的统一战线，现在彻底崩溃了。学生分成了两类：良民与罪犯。我们想造反的人当然都属于后者。shao qian 本来就不是什么好东西，现在看到有人居然想砸他的饭碗，其忿怒之情概可想见，他满面怒容，威风凛凛地坐在那里，竹板戒尺拿在手中，在等候我们这一批自投罗网的小罪犯。他看个子大小，就知道，谁是主犯，谁是从犯。他先把主犯叫过去，他们自动伸出了右手。只听到重而响的啪啪的板子声响彻了没有人敢喘大气的寂静的教室。那几个男孩子也真有“种”，被打得龇牙咧嘴，却不哼一声。轮到我了，我也照样把右手伸出去，啪啪十声，算是从轻发落，但手也立即红肿起来，刺骨地热辣辣地痛。我走出教室，用一只红肿的手，把口袋里的黄豆豆倒在地上，走回家去，右手一直痛了几天。

我的第一次“造反”就这样失败了。

我想，如果是在四十多年后发生的“文革”中，像 shao qian 这样的老师，一定会被小学生打死的。

现在回想起来，大概我们都不是造反的材料。我们谁也没有研究、总结一下失败的教训：出了“叛徒”？没有做好“统战”工作？事过之后，谁都老老实实地上珠算课，心甘情愿地挨 shao qian 的竹板子打，从此以后，天下太平了。

偷看小说

那时候，在我们家，小说被称为“闲书” 是绝对禁止看的。但是，我和秋妹都酷爱看“闲书”，高级的“闲书”，像《红楼梦》《西游记》之类，我们看不懂，也得不到，所以不看。我们专看低级的“闲书”，如《彭公案》《施公案》《济公传》《七侠五义》《小五义》《东周列国志》《说唐》《封神榜》等等。我们都是小学水平，秋妹更差，只有初小水平，我们认识的字都有限。当时没有什么词典，有一部《康熙字典》，我们也不会也不肯去查。经常念别字，比如把“飞檐走壁”念成了“飞 dan 走壁”，把“气往上冲”念成了“气住上冲”。反正，即使有些字不认识，内容还是能看懂的。我们经常开玩笑说：“你是用笤帚扫，还是用扫帚扫？”不认识的字少了，就是笤帚，多了就用扫帚。尽管如此，我们看闲书的瘾头仍然极大。那时候，我们家没有电灯，晚上，把煤油灯吹灭后，躺在被窝里，用手电筒来看。那些闲书，都是洋光纸石印的，字极小，有时候还不清楚。看了几年，我居然没有变成近视眼，实在是出我意料。

我不但在家里偷看，还把书带到学校里去，偷空就看上一段。校门外左手空地上，正在施工盖房子。运来了很多红砖，摞在那里，不是一摞，而是很多摞，中间有空隙，坐在那里，外面谁也看不见。我就搬几块砖下来，坐在上面，在下课之后，且不回家，掏出闲书，大看特看。书中侠客们的飞檐走壁，刀光剑影，仿佛就在我眼前晃动，我似乎也参与其间，乐不可支。等到脑筋清醒了一点，回家已经过了吃饭的时间，常常挨数落。

这样的闲书，我看的数量极大，种类极多。光是一部《彭公案》，我就看到了四十几续。越说越荒唐，越说越神奇，到了后来，书中的侠客个个赛过《西游记》的孙猴子。但这有什么害处呢？我认为没有。除了我一度想练铁砂掌以外，并没有持刀杀人，劫富济贫，做出一些荒唐的事情，危害社会。不但没有害处，我还认为有好处。记得鲁迅先生在答复别人问他怎样才能写通写好文章的时候说过，要多读多看。千万不要相信《文章作法》一类的书籍。我认为，这是至理名言。现在，对小学生，在课外阅读方面，同在别的方面一样，管得过多，管得过严，管得过死，这不一定就是正确的方法。无为而治，我并不完全赞成，但为的太多，我是不敢苟同的。

蚂蚱进城

还有一件小事，我必须在这里讲上一讲。因为我一生只见过一次，可能不能称为小事了，这就是蚂蚱进城。这种事，我在报纸上读到过，却还没有亲眼见过。

有一天，我去上学，刚拐进曹家巷，就看到地上蹦的跳的全是蚂蚱，不是有翅膀的那一种大个的，而是浑身光溜溜的小个的那一种。越往前走，蚂蚱越多，到朝山街口上，地上已经密密麻麻的全是蚂蚱了。人马要想走路，路上根本没有落脚之地，一脚下去，至少要踩死十几二十个。地上已经积尸成堆，如果蚂蚱有血的话，那就必然是血流成河了。但是小蚂蚱们对此视若无睹。它们是从南圩子门跳进城来的，目的是北进，不管有多大阻碍，它们硬是向北跳跃，可以说是置生死于不顾，其势是想直捣黄龙，锐不可当。我没有到南圩子门外去看，不知道那里的情况怎样。我也不知道，这一路蝗虫纵队是在哪里形成的，是怎样形成的。听说，它们所到之处，见绿色植物就吃，蝗群过后，庄稼一片荒芜。如果是长着翅膀的蝗群，连树上的叶子一律吃光，算是一种十分可怕的天灾。我踩着蚂蚱，走进学校，学校里一只也没有。看来学校因为离圩子门还有一段路，是处在蝗虫冲击波以外的地方，所以才能幸免。上午的课程结束后，在回家的路上，我又走过朝山街。此时蝗虫冲击波已经过去。至于这个波冲击多远，是否已经到了城门里面，我不知道。只见街上全是蚂蚱的尸体，令人见了发怵。有的地方，尸体已被扫成了堆，扫入山水沟内。有的地方则仍然是尸体遍野，任人践踏。看来这一次进城的蚂蚱，不能以万计，而只能以亿计。这一幕蚂蚱进城的闹剧突然而起，戛然而止。我当时只是觉得好玩而已，没有更多的想法。现在回想起来，我觉得，大自然这玩意儿是难以理解，难以揣摩的。它是慈祥的，人类的衣食住行无不仰给于大自然。这时的大自然风和日丽。但它又是残酷的，有时候对人类加以报复，这时的大自然阴霾蔽天。人类千万不要翘尾巴，讲什么“征服自然”。人类要想继续生存下去，只能设法理解自然，同自然交朋友，这就是我最近若干年来努力宣扬的“天人合一”。

想念母亲

我六岁离开了母亲，初到济南时曾痛哭过一夜。上新育小学时是九岁至十二岁。中间曾因大奶奶病故，回家过一次，是在哪一年，却记不起来了。常言道：“孩儿见娘，无事哭三场。”我见到了日夜思念的母亲，并没有哭；但是，我却看到母亲眼里溢满了泪水。

那时候，我虽然年纪尚小，但依稀看到了家里日子的艰难。根据叔父的诗集，民国元年，他被迫下了关东，用身上仅有的五角大洋买了十分之一张湖北水灾奖券，居然中了头奖。虽然只拿到了十分之一的奖金，但数目已极可观。他写道，一夜做梦，梦到举人伯父教他作诗，有两句诗，醒来还记得："阴阳往复竟无穷，否极泰来造化工。"后来中了奖，以为是先人呵护。他用这些钱在故乡买了地，盖了房，很阔过一阵。我父亲游手好闲，农活干不了很多，又喜欢结交朋友，结果拆了房子，卖了地，一个好好的家，让他挥霍殆尽，又穷得只剩半亩地，依旧靠济南的叔父接济。我在新育小学时，常见到他到济南来，住上几天，拿着钱又回老家了。有一次，他又来了，住在北屋里，同我一张床。住在西房里的婶母高声大叫，指桑骂槐，数落了一通。这种做法，旧社会的妇女是常常使用的。我父亲当然懂得的，于是辞别回家，以后几乎没见他再来过。失掉了叔父的接济，他在乡下同母亲怎样过日子，我一点都不知道。尽管不知道，我仍然想念母亲。可是，我"身无彩凤双飞翼"，我飞不回乡下，想念只是白白地想念了。

我对新育小学的回忆，就到此为止了。我写得冗长而又拉杂。这对今天的青少年们，也许还会有点好处。他们可以通过我的回忆了解一下七十年前的旧社会，从侧面了解一下中国近现代史。对我自己来说，在写作的过程中，我仿佛又回到了七十多年前，又变成了一个小孩子，重新度过那可爱又并不怎么可爱的三年。

2002 年 3 月 15 日写完

回忆正谊中学

在过去的济南，正谊中学最多只能算是一所三流学校，绰号“破正谊”，与“烂育英”凑成一对，成为难兄难弟。但是，正谊三年毕竟是我生命中一个阶段，即使不是重要的阶段，也总能算是一个有意义的阶段。因此，我在过去写的许多文章中都谈到了正谊；但是，谈得很不全面，很不系统。现在想比较全面地，比较系统地叙述一下我在正谊三年的过程。

正谊中学坐落在济南大明湖南岸阎公祠（阎敬铭的纪念祠堂）内。原有一座高楼还保存着，另外又建了两座楼和一些平房。这些房子是什么时候建造的，我不清楚，也没有研究过。校内的景色是非常美的，特别是北半部靠近原阎公祠的那一部分。绿杨撑天，碧水流地。一条清溪从西向东流，尾部有假山一座，小溪穿山而过。登上阎公祠的大楼，可以看到很远的地方，向北望，大明湖碧波潋滟，水光接天。夏天则是荷香十里，绿叶擎天。向南望，是否能看到千佛山，我没有注意过。我那时才十三四岁，旧诗读得不多，对古代诗人对自然美景的描述和赞美，不甚了了，也没有兴趣。我的兴趣是在大楼后的大明湖岸边上。每到夏天，湖中长满了芦苇。芦苇丛中到处是蛤蟆和虾。这两种东西都是水族中的笨伯。在家里偷一根针，把针尖砸弯，拴上一条绳，顺手拔一条苇子，就成了钓竿似的东西。蛤蟆端坐在荷叶上，你只需抓一只苍蝇，穿在针尖上，把钓竿伸向它抖上两抖，蛤蟆就一跃而起，意思是想捕捉苍蝇，然而却被针尖钩住，捉上岸来。我也并不伤害它，仍把它放回水中。有了这个教训的蛤蟆是否接受教训，不再上当，我没法研究。这疑难问题，虽然比不上相对论，但要想研究也并不容易，只有请美国科学家们代劳了。最笨的还是虾。这种虾是长着一对长夹的那一种，齐白石画的虾就是这样的。对付它们，更不费吹灰之力，只需顺手拔一支苇子，看到虾，往水里一伸，虾们便用长夹夹住苇秆，死不放松，让我拖出水来。我仍然把它们再放回水中。我是醉翁之意不在酒，而在戏要也。上下午课间的几个小时，我就是这样打发的。

我家住在南城，要穿过整个济南城才能到大明湖畔，因此中午不回家吃饭。婶母每天给两个铜元当午餐费，一个铜元买一块锅饼，大概不能全吃饱，另一个铜元买一碗豆腐脑或一碗炸丸子，就站在校门外众多的担子旁边，狼吞虎咽，算是午饭，心里记挂的还是蛤蟆和虾。看到路旁小铺里卖的一个铜元一碟的小葱拌豆腐，简直是垂涎三尺。至于那几个破烂小馆里的炒木樨肉等炒菜，香溢门外，则更是如望海上三山，可望而不可即了。有一次，从家里偷了一个馒头带在身边，中午可以节约一个铜元，多喝一碗豆腐脑或炸丸子。惹得婶母老大不高兴。古话说：君子不二过，从此不敢再偷了。又有一次，学校里举办什么庆祝会，我参加帮忙。中午每人奖餐券一张，到附近一个小馆里去吃一顿午饭。我如获至宝，昔日可望而不可即的地方，今天我终于来了，饱饱地吃了一顿，以至晚上回家，连晚饭都吃不下了。这也许是我生平吃得最饱的一顿饭。

我当时并不喜欢念书。我对课堂和老师的重视远远比不上我对蛤蟆和虾的兴趣。每次考试，好了可以考到甲等三四名，坏了就只能考到乙等前几名，在班上总还是高才生。其实我根本不计较这些东西。提到正谊的师资，因为是私立，工资不高，请不到好教员。班主任叫王烈卿，绰号“王劣子”，不记得他教过什么课，大概是一位没有什么学问的人，很不受学生的欢迎。有一位教生物学的教员，姓名全忘记了。他不认识“玫瑰”二字，读之为“久块”，其他概可想象了。

杜老师

但也确有饱学之士。有一位教国文的老先生，姓杜，名字忘记了，也许当时就没有注意，只记得他的绰号“杜大肚子”。此人确系饱学之士，熟读经书，兼通古文，一手小楷写得俊秀遒劲，不亚于今天的任何书法家。听说前清时还有过什么功名。但是，他生不逢时，命途多舛，毕生浮沉于小学教员与中学教员之间，后不知所终。他教我的时候是我在高一的那一年。我考入正谊中学，录取的不是一年级，而是一年半级，由秋季始业改为春季始业。我只待了两年半，初中就毕业了。毕业后又留在正谊，念了半年高一。杜老师就是在这个时候教我们班的。时间是 1926 年，我十五岁。他出了一个作文题目与描绘风景抒发感情有关。我不知天高地厚，写了一篇带有骈体文味道的作文。我在这里补说一句：那时候作文都是文言文，没有写白话文的。我对自己那一篇作文并没有沾沾自喜，只是写这样的作文，我还是第一次尝试，颇有期待老师表态的想法。发作文簿的时候，看到杜老师在上面写满了密密麻麻的字，等于他重新写了一篇文章。他的批语是：“要做花样文章，非多记古典不可。”短短一句话，可以说是正击中了我的要害。古文我读过不少，骈文却只读过几篇。这些东西对我的吸引力远远比不上《彭公案》《济公传》《七侠五义》等等一类的武侠神怪小说。这些东西被叔父贬为“闲书”，是禁止阅读的，我却偏乐此不疲，有时候读起了劲，躲在被窝里利用手电筒来读。我脑袋里哪能有多少古典呢？仅仅凭着那几个古典和骈文习用的辞句就想写“花样文章”，岂非是一个典型的癞蛤蟆吗？看到了杜老师批改的作文，心中又是惭愧，又是高兴。惭愧的原因，用不着说。高兴的原因则是杜老师已年届花甲竟不嫌麻烦这样修改我的文章，我焉得不高兴呢?离开正谊以后，好多年没有回去，当然也就见不到杜老师了。我不知道他后来怎样了。但是，我却不时怀念他。他那挺着大肚皮步履蹒跚地走过操场去上课的形象，将永远留在我的记忆中。

郑又桥老师

另外一个让我难以忘怀的老师，就是教英文的郑又桥先生。他是南方人，不是江苏，就是浙江。他的出身和经历，我完全不知道，只知道他英文非常好，大概是专教高年级的。他教我们的时间，同杜老师同时，也是在高中一年级，当时那是正谊的最高年级。我自从进正谊中学将近三年以来，英文课本都是现成的：《天方夜谭》《泰西五十轶事》，语法则是《纳氏文法》(Nesfield Grammar)。大概所有的中学都一样。郑老师用的也不外是这些课本。至于究竟是哪一本，现在完全忘记了。郑老师教书的特点，突出地表现在改作文上。别的同学的作文本我没有注意，我自己的作文，则是郑老师一字不改，而是根据我的原意另外写一篇。现在回想起来，这有很大的好处。我情动于中，形成了思想，其基础或者依据当然是母语，对我来说就是汉语，写成了英文，当然要受汉语的制约，结果就是中国式的英文。这种中国式的英文，一直到今天，还没有能消除。郑老师的改写是地道的英文，这是多年学养修炼成的，并不是每个人都能做到的。拿我自己的作文和郑先生的改作细心对比，可以悟到许多东西，简直可以说是一把开门的钥匙。可惜只跟郑老师学了一个学期，就离开了正谊。再一次见面已经是二十多年以后的事情了。1947 年暑假，我从北京回到了济南。到母校正谊去探望。万没有想到竟见到了郑老师。我经过了三年高中，四年清华，十年德国，已经从一个小孩子变成了一个小伙子，而郑老师则已垂垂老矣。他住在靠大明湖的那座楼上中间一间屋子里，两旁以及楼下全是教室，南望千佛山，北倚大明湖，景色十分宜人。师徒二十多年没有见面，其喜悦可知。我曾改写杜诗："人生不相见，动如参与商。今夕复何夕，共此明湖光。"他大概对我这个徒弟很感到骄傲，曾在教课的班上，手持我的名片，激动得向同学介绍了一番。从那以后，"世事两茫茫"，再没有见到郑老师，也不知道他的下落。直到今天，我对他仍然是忆念难忘。

徐金台老师

徐老师大概是正谊的资深的教员，很受到师生的尊敬。我没有上过他的课，但是，他在课外办了一个古文补习班。愿意学习的学生，只需每月交上几块大洋，就能够随班上课了。上课时间是下午放学以后，地点是阎公祠大楼的一间教室里，念的书是《左传》《史记》一类的古籍，讲授者当然就是徐金台老师了。叔父听到我谈这一件事，很高兴，立即让我报了名。具体的时间忘记了，反正是在那三年中。记得办班的时间并不长，不知道是由于什么原因，突然结束了。大概读了几篇《左传》和《史记》。对我究竟有多大影响，很难说清楚。反正读了几篇古文，总比不读要好吧。

叔父对我的古文学习，还是非常重视的。就在我在正谊读书的时候，他忽然心血来潮，亲自选编，亲自手抄了一本厚厚的《课侄选文》，并亲自给我讲解。选的文章都是理学方面的，唐宋八大家的文章一篇也没有选。说句老实话，我并不喜欢这类的文章。好在他只讲解过几次之后就置诸脑后，再也不提了。这对我是一件十分值得庆幸的事情，我仿佛得到了解放。

鞠思敏先生

要谈正谊中学，必不能忘掉她的创办人和校长鞠思敏（承颖）先生。由于我同他年龄差距过大，他大概大我五十岁，我对他早年的活动知之甚少。只听说，他是民国初年山东教育界的领袖人物之一，当过什么长。后来自己创办了正谊中学，一直担任校长。我十二岁入正谊，他大概已经有六十来岁了，当然不可能引起他的注意，没有谈过话。我每次见到他，就油然起敬仰之情。他个子颇高，身材魁梧，走路极慢，威仪俨然。穿着极为朴素，夏天布大褂，冬天布棉袄，脚上穿着一双黑布鞋，袜子是布做的。现在机器织成的袜子，当时叫作洋袜子，已经颇为流行了。可鞠先生的脚上却仍然是布袜子，可见他简朴之一斑。

鞠先生每天必到学校里来，好像并不担任什么课程，只是来办公。我还是一个孩子，不了解办学的困难。在军阀的统治之下，军用票满天飞，时局板荡，民不聊生。在这样的情况下，维持一所有几十名教员、有上千名学生的私立中学，谈何容易。鞠先生身上的担子重到什么程度，我简直无法想象了。然而，他仍然极端关心青年学生们的成长，特别是在道德素质方面，他更倾注了全部的心血，想把学生培养成有文化有道德的人。每周的星期一上午八时至九时，全校学生都必须集合在操场上。他站在台阶上对全校学生讲话，内容无非是怎样做人，怎样爱国，怎样讲公德、守纪律，怎样严以律己，宽以待人，怎样孝顺父母，怎样尊敬师长，怎样与同学和睦相处，总之，不外是一些在家庭中也常能听到的道德教条，没有什么新东西。他简直像一个絮絮叨叨的老太婆，而且每次讲话内容都差不多。事实上，内容就只有这些，他根本不可能花样翻新。当时还没有什么扩音器等洋玩意儿。他的嗓子并不洪亮，站的地方也不高。我不知道，全体学生是否都能够听到？听到后的感觉如何?我在正谊三年，听了三年。有时候确也感到絮叨。但是，自认是有收获的。他讲的那一些普普通通做人的道理，都是金玉良言，我也受到了潜移默化的影响。

我在正谊待了三年以后，1926年，我十五岁，考入山东大学附设高中。鞠思敏先生应聘担任了这里的教员，教的是伦理学，课本用的是蔡元培的《中国伦理学史》。他衣着朴素如故，威仪俨然如故，讲课慢条斯理，但是句句真诚动听。他这样一个人本身简直就是伦理的化身。其效果当时是不可能立竿见影的，但是，我相信，它将影响我们的终身。

我在山大附中待了两年，1928年，日寇占领了济南，我当了一年亡国奴，九死一生，躲过了那一场灾难。从1929年起，我在省立济南高中读了一年书，在清华读了四年，又回高中教了一年书，然后到德国去待了十年，于1947年才再回到济南。沧海桑田，鞠老师早已不在人间。但是，人们并没有忘记他，他在日寇占领期间，大义凛然，不畏日寇的威胁利诱，誓死不出任伪职，穷到每天只能用盐水泡煎饼果腹，终至贫困而死，为中华民族留正气，为后世子孙树楷模。

我听了这些话，不禁肃然起敬，较之朱自清先生，鞠老师似尤过之。为了纪念这一位伟大的爱国主义教育家，人民政府把正谊中学前面的一条马路改称鞠思敏街，这实在是令人敬佩之举。但是，不幸的是，正谊中学已经改了校名。又听说，鞠思敏街也已换了街名。我个人认为，这都是十分不妥的。后者，如果是真的话，尤其令人不解。难道是有关当局通过内查外调，发现了鞠思敏先生有什么对不起中国人民的行动吗？我希望，山东省的有关当局能够恢复正谊中学的建制，而且——如果真正去掉的话——能够恢复鞠思敏街的名称。现在，我国人民生活大大地提高，国势日隆，真正是换了人间。但是，外敌环伺，他们不愿意看到我们中华民族的崛起。在这样的关键时刻，中央发布的公民道德建设的简短的条文中，第一就是爱国，这实在是切中要害的英明之举。在山东宣传一下鞠思敏，用身边的例子来教育人民，必然是事半而功倍。为山东人，为中国人，留下这一股爱国主义的浩然正气，是会有悠久而深远的意义的。

鞠思敏先生将永远活在我的心中。

尚实英文学社

写完了正谊中学，必须写一写与正谊同时的尚实英文学社。

这是一个私人办的学社，坐落在济南城内按察司街南口一条巷子的拐角处。创办人叫冯鹏展，是广东人，不知道何时流寓在北方，英文也不知道是在哪里学的，水平大概是相当高的。他白天在几个中学兼任英文教员，晚上则在自己家里的前院里招生教英文。学生每月记得是交三块大洋。教员只有三位：冯鹏展先生、钮威如先生、陈鹤巢先生，他们都各有工作，晚上教英文算是副业；但是，他们教书都相当卖力气。学子趋之若鹜，总人数大概有七八十人。别人我不清楚，我自己是很有收获的。我在正谊之所以能在英文方面居全班之首，同尚实是分不开的。在中小学里，课程与课程在得分方面是很不相同的。历史、地理等课程，考试前只需临时抱佛脚死背一气，就必能得高分。而英文和国文则必须有根柢才能得高分，而根柢却是在相当长的时间内打下的，现上轿现扎耳朵眼是办不到的。在北园山大高中时期，我有一个同班同学，名叫叶建玙，记忆力特强。但是，两年考了四次，我总是全班状元，他总屈居榜眼，原因就是其他杂课他都能得高分，独独英文和国文，他再聪明也是上不去，就因为他根柢不行。我的英文之所以能有点根柢，同尚实的教育是紧密相连的。国文则同叔父的教育和徐金台先生是分不开的。

说句老实话，我当时并不喜欢读书，也无意争强，对大明湖蛤蟆的兴趣远远超过书本。现在回想起来，当时对我的压力真够大的。每天（星期天当然除外）早上从南关穿过全城走到大明湖，晚上五点再走回南关。吃完晚饭，立刻就又进城走到尚实英文学社，晚九点回家，真可谓马不停蹄了。但是，我并没有感觉到什么压力，在精神上和肉体上都没有。每天晚上，尚实下课后，我并不急于回家，往往是一个人沿着院东大街向西走，挨个儿看马路两旁的大小铺面，有的还在营业。当时电灯并不明亮。大铺子，特别是那些卖水果的大铺子，门口挂上一盏大的煤气灯，照耀得如同白昼，下面摆着摊子，在冬天也陈列着从南方运来的香蕉和橘子，再衬上本地产的苹果和梨，红绿分明，五光十色，真正诱人。我身上连一个铜板都没有，只能过屠门而大嚼，徒饱眼福。然而却百看不厌，每天晚上必到。一直磨蹭到十点多才回到家中。第二天一大早就又要长途跋涉了。

我就是这样度过了三年的正谊中学时期和几乎同样长的尚实英文学社时期，我十二岁到十五岁。

2002 年 2 月 1 日写完

回忆北园山大附中

1926年，我十五岁，在正谊中学春季始业的高中待了半年，秋天考入山东大学附设高中一年级。入正谊时占了半年的便宜，结果形同泡影，一扫而光了。

山大高中坐落在济南北园白鹤庄。泉城济南的地势，南高北低。常言道："水往低处流"。泉城七十二名泉的水，流出地面以后，一股脑儿都向北流来。连泰山北麓的泉水也通过黑虎泉、龙洞等处，注入护城河，最终流向北园，一部分注入小清河，向大海流去。因此，北园成了水乡，到处荷塘密布，碧波潋滟。风乍起，吹皱一塘清水。无风时则如一片明镜，可以看到二十里外的千佛山的倒影。有人怀疑这种说法，最初我也是怀疑派。后来我亲眼看到了，始知此语非虚。塘边绿柳成行。在夏天，绿叶葳蕤，铺天盖地，都是绿雾，仿佛把宇宙也染成了绿色的。虽然不能"烟笼十里堤"，也自风光旖旎，悦人心目。记得叔父有一首七绝：

杨花流尽菜花香，
弱柳扶疏傍寒塘。
蛙鼓声声向人语，
此间即是避秦乡。

虽然写的是春天的景色，完全可以举一反三，看看北园究竟是一个什么样的地方。

白鹤庄就是处在绿杨深处，荷塘环绕的一个小村庄。高中所在地是村中的一处大宅院。当年初建时，据说是一个什么农业专科学校，后来关门了，山大高中初建就选定了这一座宅院作校址。这真是一个念书的绝妙的好地方。我们到的时候，学校已经有三年级一个班，二年级一个班，我们一年级共分四个班，总共六个班，学生二百余人。

教员队伍

高中是公立的学校，经费不发生问题。因此，师资队伍可谓极一时之选，远非正谊中学所可比。在下面，我先把留给我印象最深的几位老师简要地介绍一下：

鞠思敏先生

在回忆正谊中学的时候，我已经写到了鞠思敏先生，有比较详细的介绍，我在这里不再重复。

在正谊中学，鞠思敏先生是校长，不教书。在北园高中，他是教员，讲授伦理学，仍然兼任正谊校长。他仍然穿着一身布衣，朴素庄重。他仍然是不苟言笑。但是，根据我的观察，所有的教员对他都十分尊敬。从辈分上来讲，他是山东教育界的元老。其他教员都可能是他的学生一辈。作为讲课的教员，鞠先生可能不是最优秀的。他没有自己的讲义，使用的课本是蔡元培的《中国伦理学史》，他只是加以阐发。讲话的声调，同在正谊每周一训话时一模一样，不像是悬河泻水，滔滔不绝，没有什么抑扬顿挫。但是我们都听得清，听得进。我们当时年龄虽小，但是信息还是灵通的。每一位教员是什么样子，有什么德行，我们还是一清二楚的。鞠先生的过去，以及他在山东教育界的地位，我们心中都有数。所以学生们都对他表示出极高的敬意。

祁蕴璞先生

在山东中学教育界，祁蕴璞先生是鼎鼎大名的人物。他大概毕生都是著名的一中的教员，讲授历史和地理。在历史和地理的教学中，他是状元，无人能出其右者。

在课堂上，祁老师不是一个口才很好的人，说话还有点磕巴。他的讲义每年都根据世界形势的变化和考古发掘的最新结果以及学术界的最新学说加以补充修改。所以他教给学生的知识都是最新的知识。这种做法，不但在中学是绝无仅有，即使在大学中也十分少见。原因就是祁老师精通日文。自从明治维新以后，日本最积极地，最热情地，最及时地吸收欧美的新知识。而祁先生则订有多种日文杂志，还随时购买日本新书。有时候他把新书拿到课堂上给我们看。他怕沾有粉笔末的手弄脏了新书，战战兢兢地用袖子托着书。这种细微的动作并没能逃过我的眼睛。可以看到他对书籍是怎样地爱护。如果是在今天的话，他早已成了什么特级教师，并会有许多论文发表，还结成了多少集子。他的大名会出现在什么《剑桥名人录》上，还有花钱买来的《名人录》上，堂而皇之地印在名片上，成为“名人”。然而祁先生对这种事情他决不会干。他读新书是为了教好学生，没有今天学术界这种浮躁的学风。同今天比起来，那时候的人实在是淳朴到可爱的程度了。

上面曾说到，祁先生不是一个口才很好的人，还有点磕巴。他讲课时，声调高扬，语音铿锵，但为了避免磕巴，他自己发明了一个办法，不时垫上三个字 shi lin la，有音无字，不知道应该怎样写。乍听时，确实觉得有点怪，但听惯了，只需在我们耳朵中把这三个音删掉，就一切正常了。

祁老师教的是历史和地理。他关心国家大事，关心世界大事。眼前的世界形势随时变动，没有法子在正课中讲。他于是另在课外举办世界新形势讲座。学生中愿意听者可以自由去听，不算正课，不考试，没有分数。先生讲演，只有提纲，没有写成文章。讲演时指定两个被认为文笔比较好的学生做记录，然后整理成文，交先生改正后，再油印成讲义，发给全体学生。我是被指定的两个学生之一。当时不记得有什么报纸，反正在北园两年，没看过报。国内大事都极模糊，何况世界大事！祁老师的讲演开阔了我们的视野，增加了我们的知识，对我们的学习有极大的帮助。

1928年，日寇占领了济南，学校停办。从那以后，再没有见到祁蕴璞老师。但是他却永远活在我的记忆中，一直到现在。

王崑玉先生

王老师是国文教员，是山东莱阳人，父亲是当地有名的文士，也写古文。所以王先生家学渊源深广，从小受过良好的教育，特别是古文写作方面更为突出。他为文遵桐城派文法，结构谨严，惜墨如金，逻辑性很强。我不研究中国文学史，但有一些胡思乱想的看法。我认为，桐城派古文同八股文有紧密的联系。其区别只在于，八股文必须代圣人立言，《四书》以朱子注为标准，不容改变。桐城派古文，虽然也是“文以载道”，但允许抒发个人感情。二者的差别，实在是微乎其微。王老师有自己的文集，都是自己手抄的，从来没有出版过，也根本没有出版的可能。他曾把文集拿给我看过。几十年的写作，只有薄薄一小本。现在这文集不知到哪里去了。惜哉！

王老师上课，课本就使用现成的《古文观止》。不是每篇都讲，而是由他自己挑选出来若干篇，加以讲解。文中的典故，当然在必讲之列。而重点则在文章义法。他讲的义法，已如我在上面讲到的那样，基本是桐城派，虽然他自己从来没有这样说过。《古文观止》里的文章是按年代顺序排列的。不知道什么原因王老师选讲的第一篇文章是比较晚的明代袁中郎的《徐文长传》。讲完后出了一个作文题目《读徐文长传书后》。我从小学起作文都用文言，到了高中仍然未变。我仿佛驾轻就熟般地写了一篇《书后》，自觉并没有什么了不起，不意竟获得了王老师的青睐，定为全班压卷之作，评语是“亦简劲，亦畅达。”我当然很高兴。我不是一个没有虚荣心的人，老师这一捧，我就来了劲儿。于是就拿来韩、柳、欧、苏的文集，认真读过一阵儿。实际上，全班国文最好的是一个叫韩云鹄的同学。可惜他别的课程成绩不好，考试总居下游。王老师有一个习惯，每次把学生的作文簿批改完后，总在课堂上占用一些时间，亲手发给每一个同学。排列是有顺序的，把不好的排在最上面，依次而下，把最好的放在最后。作文后面都有批语，但有时候他还会当面说上几句。我的作文和韩云鹄的作文总是排在最后一二名，最后一名当然就算是状元，韩云鹄当状元的时候比我多。但是一二名总是被我们俩垄断，几年从来没有过例外。

我在上面已经谈到过，北园的风光是非常美丽的。每到春秋佳日，风光更为旖旎。最难忘记的是夏末初秋时分，炎夏初过，金秋降临。秋风微凉，冷暖宜人。每天晚上，夜深以后，同学们大都走出校门，到门前荷塘边上去散步，消除一整天学习的疲乏。于时月明星稀，柳影在地，草色凄迷，荷香四溢。如果我是一个诗人的话，定会好诗百篇。可惜我从来就不是什么诗人，只空怀满腹诗意而已。王崑玉老师大概也是常在这样的时候出来散步的。他抓住这个机会，出了一个作文题目："夜课后闲步校前溪观捕蟹记"。我生平最讨厌写论理的文章。对哲学家们那一套自认为是极为机智的分析，我十分头痛。除非有文采，像庄子、孟子等，其他我都看不下去。我喜欢写的是抒情或写景的散文，有时候还能情景交融，颇有点沾沾自喜。王老师这个作文题目正合吾意，因此写起来很顺畅，很惬意。我的作文又一次成为全班压卷之作。

自从北园高中解散以后，再没有见到过王崑玉老师。后来听说，他到山东大学（当时还在青岛）中文系去教书，只给了一个讲师的头衔。我心中愤愤不平。像王老师那样的学问和人品，比某一些教授要高得多。现在有什么人真懂而且又能欣赏桐城派的古文呢？王老师郁郁不得志，也在情理之中。但是，在我的心中，王老师形象却始终是高大的，学问是非常好的，是一个真正的读书人。王老师将永远活在我的心中。

完颜祥卿先生

完颜这个姓，在中国是非常少见的，大概是"胡人"之后。其实我们每个人，在长期民族融合之后，差不多都有"胡"血。完颜祥卿先生是一中的校长，被聘到山大高中来教论理学，也就是逻辑学。这不是一门重要的课，学生也都不十分注意和重视。因此我对完颜祥卿先生没有多少可以叙述的材料。但是，有一件事我必须讲一讲。完颜先生讲的当然是旧式的形式逻辑。考入清华大学以后，学校规定，文科学生必须选一门理科的课，逻辑可以代替。于是只有四五个教授的哲学系要派出三个教授讲逻辑，其中最受欢迎的是金岳霖先生，我也选了他的课。我原以为自己在高中已经学过逻辑，现在是驾轻就熟。焉知金先生讲的不是形式逻辑。是不是接近数理逻辑？我至今仍搞不清楚，反正是同完颜先生讲的大异其趣。最初我还没有完全感觉到，乃至答题碰了几个钉子，我才幡然悔悟，改弦更张，才达到了“预流”的水平。

王老师

教数学，名字忘记了，好像当时就不清楚。他是一中的教员，到高中来兼课。在山东中学界，他大名鼎鼎，威信很高。原因只能有一个，就是他教得好。在北园高中，他教的不外三角、小代数和平面几何之类。他讲解十分清楚，学生不需用多大劲，就都能听懂。但是，文科学生对数学是不重视的，大都是敷衍了事。后来考大学，却吃了大亏。出的题目比我们在高中学的要深得多。理科高中的毕业生比我们这些文科高中的毕业生在分数方面沾了大光。

刘老师

教英文，名字也忘记了。他是北大英文系毕业的，英文非常好，也是一中的教员。因为他的身躯相当矮，学生就给他起了一个外号，叫作“×豆”，是非常低级，非常肮脏的。但是，这些十七八岁的大孩子毫无污辱之意，我们对刘老师还是非常敬重的，由于我有尚实英文学社的底子，在班上英文是绝对的状元，连跟我分数比较接近的人都没有。刘老师有一个习惯，每当学生在课堂上提出问题，他自己先不答复，而是指定学生答复。指定的顺序是按照英文的水平的高低。关于这问题他心里似乎有一本账。他指定比问问题者略高的人来答复。如果答复不了，他再依次向上指定学生答复。往往最后是指定我，这算是到了头。一般我都能够答复，但也有露怯的时候。有一次，一个同学站起来问：not at all 是什么意思，这本来不能算是一个严重的问题；但是，我却一时糊涂油蒙了心，没有解释对，最后刘老师只好自己解答。

尤桐先生

教英文。听口音是南方人。我不记得他教过我们班。但是，我们都很敬重他。1928 年，日寇占领了济南，高中停办。教师和学生都风流云散。我们听说，尤先生还留在学校，原因不清楚。有一天我就同我的表兄孙襄城，不远十里，来到白鹤庄看望尤老师。昔日喧腾热闹的大院子里静悄悄的，好像只有尤老师和一个工友。我感觉到非常凄凉，心里不是滋味。我们陪尤老师谈了很久。离开以后，再没有见过面，也不知道他的下落。

大清国先生

教经学的老师。天底下没有“大清国”这样的姓名，一看就知道是一个诨名。来源是他经常爱说这几个字，学生们就以其人之道还治其人之身，干脆就叫他“大清国”，结果是，不但他的名字我们不知道，连他的姓我也忘了。他年纪已经很大，超过六十了吧。在前清好像得到过什么功名，最大是个秀才。他在课堂上讲话，张口就是“你们民国，我们大清国，怎样怎样……”“大清国”这个诨名就是这样来的。他经书的确读得很多，五经、四书，本文加注疏，都能背诵如流。据说还能倒背。我真不知道，倒背是怎样一个背法？究竟有什么意义？所谓“倒背”，大家可能不理解是什么玩意儿。我举一个例子。《论语》：“子曰：学而时习之……”倒背就是：“之习时而学……”这不是毫无意义的瞎胡闹吗？他以此来表示自己的学问大。他对经书确实很熟，上课从来不带课本。《诗》《书》《易》《礼》他都给我们讲过一点，完全按照注疏讲。谁是谁非，我们十几岁的孩子也完全懵然。但是，在当时当局大力提倡读经的情况下，经学是一门重要课程。

附带说一句，当时教经学的还有一位老师，是前清翰林，年纪已经八十多，由他的孙子讲注。因为没有教过我们，情况不了解。

德文老师

德文不是正课，是一门选修课。所以不大受到重视。教德文的老师是胶东人，方面大耳，留着一撮黑胡子，长得很像一个德国人。大概在青岛德国洋行里做过什么事，因而学会了一点德文，所以就被请来教我们德文。我选了这一门课，可惜连他的姓名都没有记住，他也没有诨名。他的德文大概确实很有限，发音更差。他有一次在课堂上大声抱怨，有人说他发音不好。他把德文的 gut（好，英文的 good）读为“古吃”。这确实不是正确的发音，但是他却愤愤不平，满面愠色。德文课本用的是一个天主教堂编的。里面的汉语陈腐不堪，好像是前清时代编成的，一直未改。这位德文教员，德文虽然不怎么样，杂学却有一两下子。他专门搜集十七字诗，印成了一本书，完全自费，他送给我一本。因为滑稽有趣，我看了一遍就背住了一些首，直至七十年后的今天还能成诵。我举一首，以概其余：

> 发配到云阳
> 见舅如见娘
> 两人齐下泪
> 三行

因为这位舅父瞎了一只眼，我当时在家中颇受到歧视，心有所感，也作了一首十七字诗：

> 叔婶不我爱
> 于我何有哉
> 但知尽孝道
> 应该

没有多少趣味，只是略抒心中的不平而已。这一首诗曾惹得叔父的亲女儿秋妹的不满。

王老师

教诸子的老师，名字忘记了，北大毕业，戴一副深度的近视眼镜。书读得很多，也有学问。他曾写了篇长文《孔子的仁学》，把《论语》中讲到“仁”的地方全部搜集起，加以综合分析，然后得出结论。此文曾写成讲义，印发给学生们。我的叔父读了以后，大为赞赏，可能是写得很不错的。但是此文未见发表。王老师大概是不谙文坛登龙术，不会吹拍，所以没有能获得什么名声，只浮沉于中学教师中。从那以后，我再也没得到他的消息。

高中教员介绍到此为止。

我们的校舍

校舍很大，据说原来是一所什么农业专科学校。现在用作高中的校舍，是很适当的。

从城里走来，一走进白鹤庄，如果是在春、夏、秋三季，碧柳撑天，绿溪潺湲，如入图画中。向左一拐，是一大片空地，然后是坐北朝南的大门。进门向左拐是一个大院子，左边是一排南房，第一间房子里住的是监学。其余的房子里住着几位教员。靠西墙是一间大教室，一年级三班就在那里上课。向北走，走过一个通道，两边是两间大教室，右手的一间是一班，也就是我所在的班；左手是二班。走出通道是一个院子，靠东边是四班的教室。中间有几棵参天的大树，后面有几间房子，大清国、王崑玉和那位翰林住在里面。再向左拐是一个跨院，有几间房子。再往北走，迎面是一间大教室，曾经做过学生宿舍，住着二十多人。向东走，是一间教室，二年级的唯一的一个班在这里上课。再向东走，走过几间房子，有一个旁门，走出去是学生食堂，这已经属于校外了。回头向西走，经过住学生的大教室，有一个旁门，出去有几排平房，这是真正的学生宿舍。校舍的情况，大体上就是这个样子。应该说，里面的空间是相当大的，住着二三百学生并无拥挤之感。

学校管理和学生生活

现在回想起来，学校的管理是非常奇特的。应该有而且好像也真有一个校长，但是从来没有露过面，至于姓什么叫什么，统统忘掉了。学生们平常接触的学校领导人是一位监学。这个官衔过去没有碰到过，不知道是几品几级；也不知道他应该管什么事。当时的监学姓刘，名字忘记了。这个人人头极次，人缘不好，因为几乎全秃了顶，学生们赠以诨名“刘秃蛋”，竟以此名行。他经常住在学校中，好像什么事情都管。按理说，他应该是专管学生的操行和纪律的，教学应该由教务长管。可是这位监学也常到课堂上去听课，老师正在讲课，他站在讲台下面，环视全室，面露奸笑，感觉极为良好，大有天上天下，唯我独尊之势。学生没有一个人喜欢他的，他对此毫无感受。我现在深挖我的记忆，挖得再深，也挖不出一个刘秃蛋到学生宿舍或学生食堂的镜头。现在回想起来，这简直是不可思议的事情。足见他对学生的生活毫无兴趣，而对课堂上的事情却极端注意。每一个班的班长都由他指定。我因为学习成绩好，在两年四个学期中，我始终被他指定为班长。他之所以这样做，是“司马昭之心路人皆知”的，无非是想拉拢我，做他的心腹，向他打小报告，报告学生行动的动向。但是，我鄙其为人，这样的小报告，一次也没有打过。在校两年中，仅有一次学生“闹事”的事件，是三班学生想“架”（当时的学生话，意思是“赶走”）一位英文教员。刘秃蛋想方设法动员我们几个学生支持他。我终于也没有上他的圈套。

我无论怎么想，也想不起学校有一间办公室，有什么教务员、会计、出纳之类的小职员。对一所有几百人的学校来说，这应该是不能缺的。学校是公立，不收学费，所以没有同会计打过交道。但是，其他行政和教学事务应该还是有的；可我无论如何也回忆不起来了。

至于学生生活，最重要的无非是两项：住和吃。住的问题，上面已经谈到，都住宿舍中，除了比较拥挤之外，没有别的问题。吃是吃食堂，当时叫作“饭团”。学校根本不管，由学生自己同承包商打交道。学生当然不能每人都管，由他们每月选出一名伙食委员，管理食堂。这是很复杂很麻烦的工作，谁也不愿意干。被选上了，只好干上一个月。但是，行行出状元。二年级有一个同学，名叫徐春藻，他对此既有兴趣，也有天才。他每夜起来巡视厨房，看看有没有厨子偷肉偷粮的事件。有一次还真让他抓到了。承包人把肉藏在酱油桶里，准备偷运出去，被他抓住，罚了款。从此伙食质量大有提高，经常能吃到肉和黄花鱼。徐春藻连选连任，他乐此不疲，一时成了风流人物。

我的生活和学习

关于生活，上面谈到的学生生活，我都有份儿，这里用不着再来重复。

但是，我也有独特的地方，我喜欢自然风光，特别是早晨和夜晚。早晨，在吃过早饭以后上课之前，在春秋佳日，我常一个人到校舍南面和西面的小溪旁去散步，看小溪中碧水潺潺，绿藻漂动，顾而乐之，往往看上很久。到了秋天，夜课以后，我往往一个人走出校门在小溪边上徘徊流连。上面我曾提到王崑玉老师出的作文题“夜课后闲步校前溪观捕蟹记”，讲的就是这个情景。我最喜欢看的就是捕蟹。附近的农民每晚来到这里，用苇箔插在溪中，小溪很窄，用不了多少苇箔，水能通过苇箔流动，但是鱼蟹则是过不去的。农民点一盏煤油灯，放在岸边。我在回忆正谊中学的文章中，曾说到蛤蟆和虾是动物中的笨伯。现在我要说，螃蟹绝不比它们聪明。在夜里，只要看见一点亮，就从芦苇丛中爬出来，奋力爬去，爬到灯边，农民一伸手就把它捉住，放在水桶里，等待上蒸笼。间或也有大鱼游来，被苇箔挡住，游不过去，又不知回头，只在箔前跳动。这时候农民就不能像捉螃蟹那样，一举手，一投足，就能捉到一只，必须动真格的了。只见他站起身来，举起带网的长竿，鱼越大，劲越大，它不会束“手”待捉，奋起抵抗，往往斗争很久，才能把它捉住。这是我最爱看的一幕。我往往蹲在小溪边上，直到夜深。

在学习方面，我现在开始买英文书。我经济大概是好了一点，不像上正谊时那么窘，节衣缩食，每年大约能省出二三块大洋，我就用这钱去买英文书。买英文书，只有一个地方，就是日本东京的丸善书店。办法很简便，只需写一张明信片，写上书名，再加上三个英文字母 COD（cash on delivery），日文叫作“代金引换”，意思就是：书到了以后，拿着钱到邮局去取书。我记得，在两年之内，我只买过两三次书，其中至少有一次买的是英国作家 kipling 的短篇小说集。不知道为什么我当时竟迷上了 kipling。后来学了西洋文学，才知道，他在英国文学史上是一个上不得大台盘的作家。我还试着翻译过他的小说，只译了一半，稿子早就不知道丢到哪里去了。反正我每次接到丸善书店的回信，就像过年一般地欢喜。我立即约上一个比较要好的同学，午饭后，立刻出发，沿着胶济铁路，步行走向颇远的商埠，到邮政总局去取书，当然不会忘记带上两三元大洋。走在铁路上的时候，如果适逢有火车开过，我们就把一枚铜元放在铁轨上，火车一过，拿来一看，已经压成了扁的，这个铜元当然就作废了，这完全是损己而不利人的恶作剧。要知道，当时我们才十五六岁，正是顽皮的时候，不足深责的。有一次，我特别惊喜。我们在走上铁路之前，走在一块荷塘边上。此时塘里什么都没有，荷叶、苇子和稻子都没有。一片清水像明镜一般展现在眼前，“天光云影共徘徊”。风光极为秀丽。我忽然见（不是看）到离开这二三十里路的千佛山的倒影清晰地印在水中，我大为惊喜。记得刘铁云《老残游记》中曾写到在大明湖看到千佛山的倒影。有人认为荒唐，离开二十多里，怎能在大明湖中看到倒影呢？我也迟疑不决。今天竟于无意中看到了，证明刘铁云观察得细致和准确，我怎能不狂喜呢？

从邮政总局取出了丸善书店寄来的书以后，虽然不过是薄薄的一本，然而内心里却似乎增添了极大的力量。一种语言文字无法传达的幸福之感油然溢满心中。在走回学校的路上，虽然已经步行了二十多里路，却一点也感不到疲倦。同来时比较起来，仿佛感到天空更蓝，白云更白，绿水更绿，草色更青，荷花更红，荷叶更圆，蝉声更响亮，鸟鸣更悦耳，连刚才看过的千佛山倒影也显得更清晰，脚下的黄土也都变成了绿茵，踏上去软绵绵的，走路一点也不吃力。这是我第一次用自己省下来的钱买自己心爱的英文书的感觉，七十多年以后的今天，一回忆起来，仍仿佛就在眼前。这种好买书的习惯一直伴随着我，至今丝毫没有减退。

北园高中对我一生的影响，还不仅仅是培养购书的兴趣一项，还有更重要的影响。这种影响是关键性的，夸大一点说是一种质变。

我在许多文章中都写到过，我幼无大志。小学毕业后，我连报考著名的一中的勇气都没有，可见我懦弱、自卑到什么程度。在回忆新育小学和正谊中学的文章中，特别是在第二篇中，我曾写到，当时表面上看起来很忙；但是我并不喜欢念书，只是贪玩。考试时虽然成绩颇佳，距离全班状元道路十分近，可我从来没有产生过当状元的野心，对那玩意儿一点兴趣都没有。钓虾、捉蛤蟆对我的引诱力更大。至于什么学者，我更不沾边儿，我根本不知道天壤间还有学者这一类人物。自己这一辈子究竟想干什么，也从来没有想过。朦朦胧胧地似乎觉得，自己反正是一个上不得台盘的人，一辈子能混上一个小职员当当，也就心满意足了。我常想，自己是有自知之明的，但是自知得过了头，变成了自卑。家里的经济情况始终不算好。叔父对我大概也并不望子成龙。婶母则是希望我尽早能挣钱。正谊中学毕业后（应为济南高中毕业后——编者），我曾被迫去考邮政局，邮政局当时是在外国人手中，公认是铁饭碗。幸而我没有被录取，否则我就会干一辈子邮政局，完全走另外一条路了。

但是，人的想法是能改变的，有时甚至是一百八十度的改变。我在北园高中就经历了这样的改变。这一次改变，不是由于我参禅打坐顿悟而来的，也不是由于天外飞来的什么神力，而完全是由于一件非常偶然的事件。

北园高中是附设在山东大学之下的。当时山大校长是山东教育厅长王寿彭，是前清倒数第二或第三位状元，是有名的书法家，提倡尊孔读经。我在上面曾介绍过高中的教员，教经学的教员就有两位，可见对读经的重视，我想这与状元公不无关联。这时的山东督军是东北军的张宗昌，绿林出身，绰号狗肉将军，不知道自己有多少兵，不知道自己有多少钱，不知道自己有多少姨太太，以这“三不知”蜚声全国。他虽一字不识，也想附庸风雅。有一次竟在山东大学校本部举行祭孔大典，状元公当然必须陪同。督军和校长一律长袍马褂，威仪俨然。我们附中学生十五六岁的大孩子也奉命参加，大概想对我们进行尊孔的教育吧。可惜对我们这一群不识抬举的顽童来说，无疑是对牛弹琴。我们感兴趣的不是三跪九叩，而是院子里的金线泉。我们围在泉旁，看一条金线从泉底袅袅地向上飘动，觉得十分可爱，久久不想离去。

在第一年级第一学期结束时考试完毕以后，状元公忽然要表彰学生了。大学的情况我不清楚，恐怕同高中差不多。高中表彰的标准是每一班的甲等第一名，平均分数达到或超过 95 分者，可以受到表彰。表彰的办法是得到状元公亲书的一个扇面和一副对联。王寿彭的书法本来就极有名，再加上状元这一个吓人的光环，因此他的墨宝就极具有经济价值和荣誉意义，很不容易得到的。高中共有六个班，当然就有六个甲等第一名；但他们的平均分数都没有达到 95 分。只有我这个甲等第一名平均分数是 97 分，超过了标准，因此，我就成了全校中唯一获得状元公墨宝的人，这当然算是极高的荣誉。不知是何方神灵呵护，经过了七十多年，经过了不知道多少世局动荡，这一个扇面竟然保留了下来，一直保留到今天。扇面的全文是：

净几单床月上初
主人对客似僧庐
春来预作看花约
贫去宜求种树书
隔巷旧游成结托
十年豪气早销除
依然不坠风流处
五亩园开手剪蔬

录樊榭山房诗丁卯夏五
羡林老弟正王寿彭

至于那一副对联，似尚存在于天壤间。但踪迹虽有，尚未到手。大概当年家中绝粮时，婶母取出来送给了名闻全国的大财主山东章丘旧津孟家，换面粉一袋，孟家是婶母的亲戚。这个踪迹是友人山大蔡德贵教授侦查出来的。我非常感激他；但是，从寄来的对联照片来看，字迹不类王寿彭，而且没有“羡林老弟”这几个字。因此，我有点怀疑。我已经发出了“再探”的请求，将来究竟如何，只有“且看下回分解”了。

王状元这一个扇面和一副对联对我的影响万分巨大，这看似出乎意料，实际上却在意料之中。虚荣心恐怕人人都有一点的，我自问自己的虚荣心不比任何人小。我屡次讲到幼无大志，讲到自卑。这其实就是有虚荣心的一种表现。如果一点虚荣心都没有，哪里还会有什么自卑呢？

这里面有三层意思。第一层意思是，97 分这个平均分数给了我许多启发和暗示。我在上面已经说到过，分数与分数之间是不相同的。像历史、地理等的课程，只要不是懒虫或者笨伯，考试前，临时抱一下佛脚，硬背一通，得个高分并不难。但是，像国文和英文这样的课程，必须有长期的积累和勤奋，还须有一定的天资，才能有所成就，得到高分。如果没有基础，临时无论怎样努力，也是无济于事的。我大概是在这方面有比较坚实的基础，非其他五个甲等第一名可比。他们的国文和英文也决不会太差，否则就考不到第一名。但是，同我相比，恐怕要稍逊一筹。言念及此，心中未免有点沾沾自喜，觉得过去的自卑实在有点莫名其妙，甚至有点可笑了。

第二层意思是，这样的荣誉过去从未得到过，它是来之不易的。现在于无意中得之，就不能让它再丢掉，如果下一学期我考不到甲等第一，我这一张脸往哪里搁呀！这是最原始最简单的虚荣心，然而就是这一点虚荣心，促使我在学习上改弦更张，要认真埋头读书了。就在不到一年前的正谊中学时期，虾和蛤蟆对我的引诱力远远超过书本。眼前的北园，荷塘纵横，并不缺少虾和蛤蟆，然而我却视而不见了。俗话说：“浪子回头金不换”，我现在成了回头的浪子，勤奋用功的好学生了。

第三层意思是，我原来的想法是，中学毕业后，当上一个小职员，抢到一只饭碗，浑浑噩噩地，甚至窝窝囊囊地过上一辈子，算了。我只是一条小蛇，从来没有幻想成为一条大龙。这一次表彰却改变了我的想法：自己即使不是一条大龙，也绝不是一条平庸的小蛇。最明显的例证是几年以后我到北京来报考大学的情况。当时北京的大学五花八门，鱼龙混杂，有的从几十个报考者中选一人，而有的则是来者不拒，因为多一个学生就多一份学费。从山东来的几十名学员中大都报考六七个大学，我则信心十足地只报考了北大和清华。这同小学毕业时不敢报考一中，形成了鲜明的对比。好像我变了一个人。

以上三层意思说明了我从自卑到自信，从不认真读书到勤奋学习，一个关键就是虚荣心。是虚荣心作祟呢？还是虚荣心作福?我认为是后者。虚荣心是不应当一概贬低的。王状元表彰学生可能完全是出于偶然性。他万万不会想到，一个被他称为“老弟”的十五岁的大孩子，竟由于这个偶然事件而改变为另一个人。我永远不会忘记王寿彭老先生。

北园高中可回忆的东西还有一些，但是最重要的印象最深的印象上面都已经写到了。因此，我的回忆就写到这里为止。

我在北园白鹤庄的两年，我十五岁到十六岁，正是英国人称之为turn的年龄，也就是人生最美好的年龄。我的少年，因为不在母亲身边，并不能说是幸福。但是，我在白鹤庄，却只能说是幸福的。只是“白鹤庄”这个名字，就能引起人们许多美丽的幻影。古人诗：“西塞山前白鹭飞”，多么美妙绝伦的情境。我不记得在白鹤庄曾见到白鹭；但是，从整个北园的景色来看，有白鹭飞来是必然会发生的。到了现在，我离开北园已经七十多年了，再没有回去过。可是我每每会想到北园，想到我的turn，每一次想到，心头总会油然漾起一股无比温馨无比幸福的感情，这感情将会伴我终生。

2002年2月24日写完

羡林案：以上一段文字是去年二月写的。到今天还不到一年的时间。前几天，李玉洁和杨锐整理我的破旧东西，突然发现了王状元的这副对联。打开一看，楮墨如新。写的是：

美林老弟雅holder

才华舒展临风锦

意气昂藏出岫云

王寿彭

我们都大喜过望。一个六十岁老状元对一个十六岁的大孩子的赞誉使我忐忑不安，真仿佛有神灵呵护，才出现了这样一个奇迹。

2003 年 1 月 9 日补记

回忆济南高中

1928年，日寇占领了济南，我被迫停学一年。

1929年，日军撤走，国民党的军队进城，从此结束了军阀割据混战的局面，基本上由一个军阀统治中国。

北园高中撤销，成立了全山东省唯一的一个高中：山东省立济南高中，全省各县的初中毕业生，想要上进的，必须到这里来，这里是通向大学（主要是北京的）的唯一桥梁。

校　舍

山东省立济南高中，坐落在济南西城杆石桥马路上，在路北的一所极大的院落内。原来这里是一个什么衙门，这问题当时我就不清楚，我对它没有什么兴趣。校门前有一个斜坡，要先走一段坡路，然后才能进入大门。大门洞的左侧有一个很大的传达室。进了大门，是一个极大的院子，东西两侧都有许多房子，东边的一间是教员游艺室，里面摆着乒乓球台。从院子西侧再向前走，上几个台阶，就是另一个不大的院子。南侧有房子一排，北侧高台阶上有房子一排。是单身教员住的地方。1934～1935年，我回母校任国文教员时，曾在其中的一间中住过一年。房子前，台阶下，种着一排木槿花。春天开花时，花光照亮了整个院子。院子西头，有一个大圆门，进门是一座大花园。现在虽已破旧，但树木依然蓊郁，绿满全园。有一个大荷塘，现已干涸，当年全盛时，必然是波光潋滟，荷香四溢。现在学生仍然喜欢到里面去游玩。从这个不大的院子登上台阶向北走，有一个门洞，门洞右侧有一间大房子，曾经是学生宿舍，我曾在里面住过一段时间。出了这个门洞，豁然开朗，全校规模，顿现眼前。到这里来，上面讲的那一个门洞不是唯一的路。进校门直接向前走，走上台阶，是几间极高大的北屋，校长办公室、教务主任办公室、教务处、训导处、庶务处等都在这里。从这里向西走，下了台阶，就是全校规模最大的院子，许多间大教室和学生宿舍都在这里。学生宿舍靠西边，是许多排平房。宿舍的外面是一条上面盖有屋顶的极宽极长的走廊，右面是一大排教室。沿走廊向北走，走到尽头，右面就是山东省立一中。原来这一座极大的房子是为济南省立高中和一中（只有初中）所占用。有几座大楼，两校平分。

校舍总的情况就是这个样子。

教员和职员

有一个颇怪的现象，先提出来说一说。在时间顺序中，济南高中是在最后，也就是说，离现在最近，应该回忆得最清晰。可是，事实上，至少对教职员的回忆，却最模糊。其中道理，我至今不解。

高中初创办时，校长姓彭，是南方人，美国留学生，名字忘记了。不久就调山东省教育厅任科长。在现在的衙门里，科长是一个小萝卜头。但在当时的教育厅中却是一个大官，因为没有处长，科长直通厅长。接任的是张默生，山东人，大学国文系毕业，曾写过一本书《王大牛传》，传主是原第一师范校长王世栋（祝晨），上面已经提到过。“王大牛”是一个绰号，表示他的形象，又表示他的脾气倔强。他自己非常欣赏，所以采用作书名，不表示轻蔑，而表示尊敬。我不记得，张校长是否也教书。

教务主任是蒋程九先生，山东人，法国留学生，教物理或化学，记不清楚了。我们是高中文科，没有上过他的课。

有一位李清泉先生，法国留学生，教物理，我没有上过他的课。

我记得最详细最清楚的是教国文的老师。总共有四位，一律是上海滩上的作家。当时流行的想法是，只要是作家，就必然能教国文。因此，我觉得，当时对国文这一学科的目的和作用，是并不清楚的。只要能写出好文章，目的就算是达到了。北园高中也有同样的情况，唯一的区别只在于，那里的教员是桐城派的古文作家，学生作文是用文言文。国民党一进城，就仿佛是换了一个世界，文言变为白话文。

我们班第一个国文教员是胡也频先生，从上海来的作家，年纪很轻，个子不高，但浑身充满了活力。上课时不记得他选过什么课文。他经常是在黑板上写上几个大字："现代文艺的使命"。所谓现代文艺，也叫普罗文学，就是无产阶级文学。其使命就是无产阶级革命。市场上流行着几本普罗文学理论的译文，作者叫弗理契，大概是苏联人，原文为俄文，由日译本转译为汉文，佶屈聱牙，难以看懂。原因大概是，日本人本来就没有完全看懂俄文，再由日文转译为汉文，当然就驴唇不对马嘴，被人称之为天书了。估计胡老师在课堂上讲的普罗文学的理论，也不出这几本书。我相信，没有一个学生能听懂的。但这并没有减低我们的热情。我们知道的第一个是革命，第二个是革命，第三个仍然是革命，这就足够了。胡老师把他的夫人丁玲从上海接到济南暂住。丁玲当时正在走红，红得发紫。中学生大都是追星族。见到了丁玲，我们兴奋得难以形容了。但是，国民党当局焉能容忍有人在自己鼻子底下革命，于是下令通缉胡也频。胡老师逃到了上海去，一年多以后就给国民党杀害了。

接替胡先生的是董秋芳先生。董先生，笔名冬芬，北大英文系毕业，译有《争自由的波浪》一书，鲁迅先生作序。他写给鲁迅的一封长信，现保存于《鲁迅全集》中。董老师的教学风格同胡老师完全不同。他不讲什么现代文艺，不讲什么革命，而是老老实实地教书。他选用了日本厨川白村著、鲁迅译的《苦闷的象征》作教材，仔细分析讲授。作文不出题目，而是在黑板上大写四个字："随便写来"。意思就是，你愿意写什么就写什么。有一次，我竟用这四个字为题目写了一篇作文。董老师也没有提出什么意见。

高中国文教员，除了董秋芳先生之外，还有几位。一位是董每戡先生，一位是夏莱蒂，都是从上海来的小有名气的作家。他们的作品，我并没有读过。董每戡在济南一家报纸上办过一个文学副刊。二十多年以后，我在一张报纸上看到了他的消息，他在广州的某一所大学里当了教授。

除了上述几位教员以外，我一个教员的名字都回忆不起来了。按高中的规模至少应该有几十位教员的。起码教英文的教员应该有四五位的，我们这一班也必然有英文教员，这同我的关系至为密切，因为我在全校学生中英文水平是佼佼者，可是我现在无论怎样向记忆里去挖掘，却是连教我们英文的教员都想不起来了。我觉得，这真是一件怪事。

我的学习和生活

荣誉感继续作美

我在上面回忆北园高中时，曾用过“虚荣心”这个词儿。到现在时间过了不久，我却觉得使用这个词儿，是不准确的，应改为“荣誉感”。

懂汉语的人，只从语感上就能体会出这两个词儿的不同。所谓“虚荣心”是指羡慕高官厚禄，大名盛誉，男人梦想“红袖添香夜读书”，女人梦想白马王子，最后踞坐在万人之上，众人则局踏自己脚下。走正路达不到，则走歪路，甚至弄虚作假，吹拍并举。这就是虚荣心的表现，害己又害人，没有一点好处。荣誉感则另是一码事。一个人在某一方面做出了成绩，有关人士予以表彰，给以荣誉。这种荣誉不是营求得来的，完全是水到渠成。这同虚荣心有质的不同。我在北园高中受到王状元的表彰，应该属于这一个范畴，使用“虚荣心”这一个词儿，是不恰当的。虚荣心只能作祟，荣誉感才能作美。

我到了桿石桥高中，荣誉感继续作美。念了一年书，考了两个甲等第一。

要革命

我在上面已经说到，我在济南高中有两个国文老师，第一个是胡也频先生。他在高中待的时间极短，大概在 1929 年秋天开学后只教了几个月。我从他那里没有学到什么国文的知识，而只学到了一件事，就是要革命，无产阶级革命。他在课堂上只讲普罗文学，也就是无产阶级文学，为了给自己披上一件不太刺激人的外衣，称之为现代文艺。现代文艺的理论也不大讲，重点讲的是它的目的或者使命，说白了，就是要革命。胡老师不但在堂上讲，而且在课外还有行动。他召集了几个学生，想组织一个现代文艺研究会。公然在宿舍外大走廊上摆开桌子，铺上纸，接收会员，引起了极大的轰动，一时聚观者数百人。他还曾同上海某一个出版社联系，准备出版一个刊物，宣传现代文艺。我在组织方面和出版刊物方面都是一个积极分子。我参加了招收会员的工作，并为将要出版的刊物的创刊号写了一篇文章，题目干脆就叫《现代文艺的使命》，内容已经记不清楚，大概不外是革命，革命，革命。也许还有一点理论，也不过是从弗理契书中抄来的连自己都不甚了了的“理论”。不幸（对我来说也许是幸）被国民党当局制止，胡老师逃往上海，群龙无首，烟消云散。否则，倘若这个刊物真正出版成功，我的那一篇论文落到敌人手里，无疑是最好的罪证，我被列入黑名单也说不定。我常自嘲这是一场类似阿 Q 要革命的悲喜剧。在自己糊里糊涂中就成了“革命家”，遭到迫害。同时，我对胡也频先生这样真正的革命家又从心眼里佩服。他们视国民党若无物，这种革命的气概真可以惊天地，泣鬼神。从战术上来讲，难免幼稚；但是，在革命的过程中，这也是难以避免的，我甚至想说这是必要的。没有这种气概，强大的敌人是打不倒的。

上国文课

胡也频先生教的是国文；但是，正如上面所讲的那样，他从来没有认真讲过国文。胡去董来，教学风格大变。董老师认认真真地讲解文艺理论，仔仔细细地修改学生的作文。他为人本分，老实，忠厚，纯诚，不慕荣利，淡泊宁静，在课堂上不说一句闲话，从而受到了学生们的爱戴。至于我自己，从写文言文转到写白话文，按理说，这个转变过程应该带给我极大的困难。然而，实际上我却一点困难都没有。原因并不复杂。从我在一师附小读书起，“五四”新文化运动的大潮，汹涌澎湃，向全国蔓延。“骆驼说话事件”发生以后，我对阅读“五四”初期文坛上各大家的文章，极感兴趣。不能想象，我完全能看懂；但是，不管我手里拿的是笤帚或是扫帚，我总能看懂一些的。再加上我在新育小学时看的那些“闲书”，《彭公案》《济公传》之类，文体用的都是接近白话的。所以由文言转向白话文，我不但一点勉强的意思都没有，而且还颇有一点水到渠成的感觉。

写到这里，我想写几句题外的话。现在的儿童比我们那时幸福多了。书店里不知道有多少专为少年和儿童编著的读物，什么小儿书，什么连环画，什么看图识字，等等，印刷都极精美，插图都极漂亮，同我们当年读的用油光纸石印的《彭公案》一类的“闲书”相比，简直有天渊之别。当年也有带画的“闲书”，叫作绣像什么什么，也只在头几页上印上一些人物像，至于每一页上上图下文的书也是有的，但十分稀少。我觉得，今天的少儿读物图画太多，文字过少，这是过低估量了少儿的吸收能力，不利于他们写文章，不利于他们增强读书能力。这些话看上去似属题外，但仔细一想也实在题内。

我觉得，我由写文言文改写白话文而丝毫没有感到什么不顺手，与我看“闲书”多有关，我不能说，每一部这样的“闲书”文章都很漂亮，都是生花妙笔。但是，一般说起来，文章都是文从字顺，相当流利。而且对文章的结构也十分注意，绝不是头上一榔头，屁股上一棒槌。此外，我读中国的古文，几乎每一篇流传几百年一两千年的文章在结构方面都十分重视。在潜移默化中，在我根本没有意识到的情况下，我无论是写文言文，或是写白话文，都非常注意文章的结构，要层次分明，要有节奏感。对文章的开头与结尾更特别注意。开头如能横空出硬语，自为佳构。但是，貌似平淡也无不可，但要平淡得有意味。让读者读了前几句必须继续读下去。结尾的诀窍是言有尽而意无穷，如食橄榄，余味更美。到了今天，在写了七十多年散文之后，我的这些意见不但没有减退，而且更加坚固，更加清晰。我曾在许多篇文章中主张惨淡经营，反对松松垮垮，反对生造词句。我力劝青年学生，特别是青年作家多读些中国古文和中国过去的小说；如有可能，多读些外国作品，以提高自己的文化修养和审美情趣。我这种对文章结构匀称的追求，特别是对文章节奏感的追求，在我自己还没有完全清楚之前，一语破的点破的是董秋芳老师。在一篇比较长的作文中，董老师在作文簿每一页上端的空白处批上了“一处节奏”，“又一处节奏”等等的批语。他敏锐地发现了我作文中的节奏，使我惊喜若狂。自己还没能意识到的东西，竟蒙老师一语点破，能不狂喜吗？这一件事影响了我一生的写作。我的作文，董老师大概非常欣赏。在一篇作文的后面，他在作文簿上写了一段很长的批语，其中有几句话是：“季羡林的作文，同理科一班王联榜的一样，大概是全班之冠，也可以说是全校之冠吧。”这几句话，同王状元的对联和扇面差不多，大大地增强了我的荣誉感。虽然我在高中毕业后在清华学西洋文学，在德国治印度及中亚古代文字，但文学创作始终未停。我觉得，科学研究与文学创作不但没有矛盾，而且可以互济互补，身心两利。所有这一切都同董老师的鼓励是分不开的，我终生不忘。

学生对外打群架

我在上面谈到上新育小学时学生互相欺负打架的情况。这恐怕是男孩子八九十来岁时不可避免的现象。他们有过多的剩余精力又不大懂道理，总想找一个机会发泄一下。到了高中阶段，已经十七八岁了，有了一点理智，同学互相打架的事情就几乎没有了。我在济南高中待了一年，却亲眼看到了两次对外打群架的事。

一次是同校外的回民。

济南，同中国其他一些大城市一样，是汉回杂居的。回民大都聚住在西城一带，杆石桥内外居住的几乎都是回民。回汉两个民族风俗习惯颇有些不同之处，最显著的是回民不吃猪肉。可是在高中学生中汉族占绝对多数，必须吃猪肉，而吃猪肉又必须出去买，而买又必须经过回族的聚居区。矛盾就由此发生。如果在当时能有现在这样多塑料布，放在洋车上的成片的猪肉只需用塑料布一盖，就不至于暴露于光天化日之下，招摇过市，引起回民的不满。日子一久，回民心中积满了怒火。有一天，几个高中学生去采购猪肉，回来时走过杆石桥大街，被一群虔诚的穆斯林痛打了一顿。在旧社会，最不敢惹的人是军人，是兵，他们人多势众也。因此得了一个绰号“丘八”。其次最难惹的人是学生，也是由于人多势众，因此得了一个绰号“丘九”。这一次，高中学生在街上遭到了回民的毒打，焉能善罢甘休。被打的学生回校一宣扬，立刻有几百个学生聚集起来，每人手持木棒之类的东西，涌出校门，走到回民居住区，不管青红皂白，遇到凡是鼻子有点高貌似回民的人，举棒便打。回民一时聚集不起来，否则一场大规模的械斗就难以避免了。我没有参加这一场出击，我是事后才听说的。我个人认为，凡是宗教信仰不同的国家或地区，行为准则的第一条应该是互相尊重对方的生活习惯和宗教信仰。可惜这一句话说起来容易做起来极难，天下从此多事矣。

另一次打群架是同西邻的育英中学。

有一天，不知由于什么事由，育英中学举办了一个文艺晚会。高中有几个学生想进去看，但又没有票。于是引起了口角，一群育英学生把高中的学生打了一顿。高中学生回校后，在宿舍区大声号召，于是响应者云起，又是各持木棒什么的，涌出学校，涌向育英，见人便打，一直打进会场，把一场晚会搅乱，得胜回朝，这是大丘九打小丘九，十七八岁的孩子打十四五岁的孩子，没有多少道理可讲的。

从此济南高中成了济南的西霸天，没有人敢在太岁头上动土了。

毕业旅行筹款晚会

我在济南高中一年，最重大最棘手的事莫过毕业旅行筹款晚会的经营组织。

不知道是谁忽然心血来潮，想在毕业后出去旅行一番。这立即得到了全班同学的热烈响应。但是，旅行是需要钱的，我们大多数的家长是不肯也没有能力出这个钱的。于是我们只有一条路可走：自己筹款。那时候还没有像现在这样多的暴发户大款，劝募无门。想筹款只能举办文艺晚会，卖票集资。于是全班选出了一个筹委会，主任一人，是比我大四五岁的一位诸城来的学生，他的名字我不说。为什么不说，我也不说。我也是一个积极分子，在筹委会里担任组织工作。晚会的内容不外是京剧、山东快书、相声、杂耍之类。演员都是我们自己请。我只记得，唱京剧的主要演员是二年级的台镇中同学，剧目是失、空、斩。台镇中京剧唱得确极有味，曾在学校登台演出过，其他节目的演员我就全记不清了。总之，筹备工作进行得顺利而迅速。连入场券都已印好，而且已经送出去了一部分。但是，万事俱备，只欠东风，东风就是校长的批准。张默生校长是一个老实人，活动能力不强，他同教育厅长何思源的关系也并不密切，远远比不上他的前任。他实在无法帮助推销这样多的入场券。但他又不肯给学生们泼冷水，实在是进退两难。只好采用拖的办法，能拖一天，就拖一天。后来我们逐渐看出了这个苗头。我们几经讨论，出于对张校长的同情，我简直想说，出于对他的怜悯，我们决定停止这一场紧锣密鼓的闹剧。我们每个人都空做了一场旅行梦。

以上就是我对济南高中的回忆。虽然只有一年，但是能够回忆能够写出的东西，绝不止上面这一些。可是那些鸡毛蒜皮的小事，写出来了无意义。于是我的回忆就到此为止了。

2002 年 3 月 25 日写完

结　语

我在上面用了四万三千字相当长的篇幅回忆了我从小学到中学的经历，是我九岁到十九岁，整整十年。也或许有人要问：有这个必要吗？就我个人来讲，确乎无此必要。但是，最近几年来，坊间颇出了几本有关我的传记，电视纪录片的数目就更多，社会上似乎还有人对我的生平感到兴趣。别人说，不如我自己说，于是就拿起笔来。那些传记和电视片我一部也没有完全看过。对于报刊杂志上那些大量关于我的报道或者描绘，我也看得很少。原因并不复杂：我害怕那些溢美之词，有一些头衔让我看了脸红。我感谢他们对我的鼓励；但我必须声明，我绝不是什么天才。现在学术界和文学艺术界这个坛上或那个坛上自命天才的大有人在，满脸天才之气可掬，可是这玩意儿“只堪自怡悦”，勉强别人是不行的。真正的天才还在我的期望中。为了澄清事实，避免误会。我就自己来，用平凡而真实的笔墨讲述一下自己平凡的经历。对别人也许会有点好处。

另外一个动手写作的原因是，我还有写作的要求。我今年已经是九十晋一，年龄够大了。可是耳尚能半聪，目尚能半明，脑袋还是“难得糊涂”。写作的可能还是有的。我一生舞笔弄墨，所写的东西大体上可以分为两种：一种是严肃的科学研究的论文或专著，一种比较轻松的散文、随笔之类。这两种东西我往往同时进行。而把主要精力用在前者上，后者往往只是调剂，只是陪衬。可是，到了今天，尽管我写作的要求和可能都还是有的，尽管我仍然希望同以前一样把重点放在严肃的科学研究的文章上，不过却是力不从心了。举一个简单的例子，七八年前，我还能每天跑一趟北大图书馆，现在却是办不到了，腿脚已经不行了，我脑袋里还留有不少科学研究的问题，要同那些稀奇古怪的死文字拼命，实际上，脑筋却不够用了，只能希望青年人继续做下去了。总而言之，要想满足自己写作的欲望，只能选取比较轻松的题目，写一些散文、随笔之类的文章，对小学和中学的回忆正属于这一类，这可以说是天作之合，我只有顺应天意了。

小学和中学，九岁（一般人是六岁）到十九岁，正是人生的初级阶段。还没有入世，对世情的冷暖没有什么了解。这些大孩子大都富于幻想，好像他们眼前的路上长的全是玫瑰花，色彩鲜艳，芬芳扑鼻，一点荆棘都没有。我也基本上属于这个范畴；但是，我的环境同绝大多数的孩子都不一样。我也并不缺乏幻想，缺乏希望；但是，在我面前的路上，只有淡淡的玫瑰花的影子，更多的似乎是荆棘。尽管我的高中三年是我生平最辉煌的时期之一，在考试方面，我是绝对的冠军，无人敢撄其锋者，但这并没有改变我那幼无大志的心态，我从来没有梦想成为什么学者，什么作家，什么大人物。家庭对我的期望是娶妻生子，能够传宗接代；做一个小职员，能够养家糊口，如此而已。到了晚年，竟还有写自己的小学和中学十年的必要，是我当时完全没有想到的。

不管怎样，我的小学和中学十年的经历写完了。要问写这些东西有什么好处的话，我的回答是有好处，有原来完全没有想到的好处。我仿佛又回到了七八十年前去，又重新生活了十年。喜当年之所喜，怒当年之所怒，哀当年之所哀，乐当年之所乐。如果不写这一段回忆，如果不向记忆里挖了再挖，这些情况都是不会出现的。苏东坡词：

> 谁道人生无再少？
> 门前流水尚能西，
> 休将白发唱黄鸡。

时间是一种无始无终、永远不停地前进的东西，过去了一秒，就永远过去了，虽有翻天覆地的手段也是拉不回来的。东坡的“再少”是指精神上的，我们不知道他是否有具体的经验。在我写这十年回忆的时候，我确实感觉到，自己是“再少”了十年。仅仅这一点，就值得自己大大地欣慰了。

2002 年 3 月 28 日写完

高中国文教员一年

1934年夏季，我毕业于清华大学西洋文学系（后改名外国语文系）。当时社会上流行着一句话："毕业即失业"，可见毕业后找工作——当时叫抢一只饭碗——之难。对我来说，这个问题尤其严重。家庭经济已濒临破产，盼望我挣钱，如大旱之望云霓。而我却一无奥援，二不会拍马。我好像是孤身一人在荒原上苦斗，后顾无人，前路茫茫。心中郁闷，概可想见。这种心情，从前一年就有了。一句常用的话"未雨绸缪"或可形容这种心情于万一。

但是，这种"未雨绸缪"毫无结果。时间越接近毕业，我的心情越沉重，简直到了食不甘味的程度。如果真正应了"毕业即失业"那一句话，我恐怕连回山东的勇气都没有，我有何面目见山东父老!我上有老人，下有子女，一家五口，嗷嗷待哺。如果找不到工作，我自己吃饭都成问题，遑论他人！我真正陷入走投无路的绝境。

然而，正如常言所说的那样："天无绝人之路"，在这危机存亡的时刻，好机遇似乎是从天而降。北大历史系毕业生梁竹航先生，有一天忽然来到清华，告诉我，我的母校山东济南高中校长宋还吾先生托他来问我，是否愿意回母校任国文教员。这真是我做梦也想不到的喜讯，我大喜若狂。但立刻又省悟到，自己学的是西洋文学，教高中国文能行吗？当时确有一种颇为流行的看法和做法，认为只要是作家就能教国文。这个看法本身就是不科学的，能写的人不一定能教。何况我只不过是出于个人爱好，在高中时又受到了董秋芳先生的影响，在大报上和高级刊物上发表过一些篇散文，那些都是"只堪自怡悦"

的东西，离开一个真正的作家还有一段颇长的距离。像我这样的人怎么能到高中去担任国文教员呢？而且我还听说，我的前任是让学生“架”走的，足见这些学生极难对付，我贸然去了，一无信心，二无本钱，岂非自己去到太岁头上动土吗?想来想去，忐忑不安。虽然狂喜，未敢遽应。梁君大我几岁，稳健持重，有行政才能。看到了我的情况，让我再考虑一下。这个考虑实际上是一场思想斗争。最后下定决心，接受济南高中之聘，我心里想：“你敢请我，我就敢去！”实际上，除了这条路以外，我已无路可走。于是我就于 1934 年秋天，到了济南高中。

校　长

校长宋还吾先生是北大毕业生，为人豁达大度，好交朋友，因为姓宋，大家送上绰号曰“宋江”。既然有了宋江，必有阎婆惜，逢巧宋夫人就姓阎，于是大家就称她为“阎婆惜”。宋先生在山东，甚至全国教育界广有名声。因为他在孔子故乡曲阜当校长时演出了林语堂写的剧本《子见南山》，剧本对孔子颇有失敬之处，因此受到孔子族人的攻击。此事引起了鲁迅先生的注意与愤慨，在《鲁迅全集》中对此事有详细的叙述。请有兴趣者自行参阅。我一进学校就受到了宋校长的热烈欢迎。他特在济南著名的铁路宾馆设西餐宴为我接风，热情可感。

教　员

我离开高中四年了。四年的时间，应该说并不算太长。但是，在我的感觉上却仿佛是换了人间。虽然校舍依旧巍峨雄伟，树木花丛、一草、一木依旧蓊郁葳蕤；但在人事方面却看不到几张旧面孔了。校长换了人，一套行政领导班子统统换掉。在教员中，我当学生时期的老教员没有留下几个。当年的国文教员董秋芳、董每戡、夏莱蒂诸先生都已杳如黄鹤，不知所往。此时，我的心情十分复杂，在兴奋欣慰之中又杂有凄凉寂寞之感。

在国文教员方面，全校共有三个年级，每个年级四个班，共有十二个班，每一位国文教员教三个班，共有国文教员四名。除我以外应该还有三名。但是，我现在能回忆起来的却只有两名。一位是冉姓伯先生，是山东人，是一位资深的国文教员。另一位是童经立先生，是江西人，什么时候到高中来的，我完全不知道。他们两位都不是作家，都是地地道道大学国文系的毕业生，教国文是内行里手。这同四年前完全不一样了。

英文教员我只能记起两位，都不是山东人。一位是张友松，一位是顾绥昌。前者后来到北京来，好像是在人民文学出版社当编审。后者则在广东中山大学做了教授。有一年，我到广州中大时，到他家去拜望过他，相见极欢，留下吃了一顿非常丰盛的晚餐。从这两位先生身上可以看到，当时济南高中的英文教员的水平是相当高的。

至于其他课程的教员，我回忆不起来多少。和我同时进校的梁竹航先生是历史教员，他大概是宋校长的嫡系，关系异常密切。一位姓周的，名字忘记了，是物理教员，我们之间的关系颇好。1934 年秋天，我曾同周和另外一位教员共同游览泰山，一口气登上了南天门，在一个鸡毛小店里住了一夜，第二天凌晨登上玉皇顶，可惜没能看到日出。我离开高中以后，不知道周的情况如何，从此杳如黄鹤了。最让我觉得有趣的是，我八九岁入济南一师附小，当时的校长是一师校长王祝晨（士栋，绰号王大牛）先生兼任，我一个乳臭未干的顽童与校长之间宛如天地悬隔，我从来没有见过他的面，曾几何时，我们今天竟成了同事。他是山东教育界的元老之一，热情地支持“五四”运动，脾气倔犟耿直，不讲假话，后来在五七年反右时，被划为右派。他对我怎么看，我不知道。我对他则是执弟子礼甚恭，我尊敬他的为人，至于他的学问怎么样，我就不敢妄加评论了。

同我往来最密切的是张叙青先生，他是训育主任，主管学生的思想工作，讲党义一课。他大概是何思源（山东教育厅长）、宋还吾的嫡系部队的成员。我 1946 年在去国十一年之后回到北平的时候，何思源是北平市长，张叙青是秘书长。在高中时，他虽然主管国民党的工作；但是脸上没有党气，为人极为洒脱随和，因此，同教员和学生关系都很好。他常到我屋里来闲聊。我们同另外几个教员经常出去下馆子。济南一些只有本地人才知道的小馆子，由于我是本地人，我们都去过。那时高中教员工资相当高，我的工资是每月一百六十元，是大学助教的一倍。每人请客一次不过二三元，谁也不在乎。我虽然同张叙青先生等志趣不同，背景不同；但是，作为朋友，我们是能谈得来的。有一次，我们几个人骑自行车到济南南面众山丛中去游玩，骑了四五十里路，一路爬高，极为吃力，经过八里窪、土屋，最终到了终军镇（在济南人口中读若仲宫）。终军是汉代人，这是他降生的地方，可见此镇之古老。镇上中学里的一位教员热情地接待了我们，设盛宴表示欢迎之意。晚饭之后，早已过了黄昏时分。我们走出校门，走到唯一的一条横贯全镇的由南向北的大路上，想领略一下古镇傍晚的韵味。此时，全镇一片黢黑，不见一个人影，没有一丝光亮。黑暗仿佛凝结成了固体，伸手可摸。仰望天空，没有月亮，群星似更光明。身旁大树的枝影撑入天空，巍然，森然。万籁俱寂，耳中只能听到远处泉声潺湲。我想套用一句唐诗："泉响山愈静"，在这样的情况下，我真仿佛远离尘境，遗世而独立了。我们在学校的一座小楼上住了一夜。这是我一生最难忘的一夜。第二天早晨，我们又骑上自行车向南行去，走了二三十里路，到了柳堡，已经是泰山背后了。抬头仰望，泰山就在眼前。"岱宗夫如何？齐鲁青未了。"泰山的青仿佛就扑在我们背上。我们都不敢再前进了。拨转车头，向北骑去，骑了将近百里，回到了学校。这次出游，终生难忘。过了不久，我们又联袂游览了济南与泰山之间的灵岩古寺，也是我多年向往而未能到过的地方。从上面的叙述可以看到，我同高中的教员之间的关系是十分融洽的。

上　课

我在上面已经提到过，高中共有三个年级，十二个班；包括我在内，有国文教员四人，每人教三个班。原有的三个教员每人包一个年级的三个班，换句话说，就是每一个年级剩下一个班，三个年级共三个班，划归我的名下。有点教书经验的人都知道，这给我造成了颇大的困难，他们三位每位都只有一个头，而我则须起三个头。这算不算“欺生”的一种表现呢？我不敢说，但这个感觉我是有的。可也只能哑子吃黄连了。

好在我选教材有我自己的标准。我在清华时，已经读了不少中国古典文学作品。我最欣赏我称之为唯美派的诗歌，以唐代李义山为代表，西方则以英国的 Swinlurn、法国的象征派为代表。此外，我还非常喜欢明末的小品文。我选教材，除了普遍地各方面都要照顾到以外，重点就是选这些文章。我相信，在这一点上，我同其他几位国文教员是不会相同的。

我没有教国文的经验，但是学国文的经验却是颇为丰富的。正谊中学杜老师选了些什么教材，我已经完全记不清了。北园高中王崑玉老师教材皆选自《古文观止》。济南高中胡也频老师没有教材，堂上只讲普罗文学。董秋芳老师以《苦闷的象征》为教材。清华大学刘文典老师一学年只讲了江淹的《恨赋》和《别赋》以及陶渊明的《闲情赋》，课堂上常常骂蒋介石。我这些学国文的经验对我有点借鉴的作用，但是用处不大。按道理，教育当局和学校当局都应该为国文这一门课提出具体的要求，但是都没有。教员成了独裁者，愿意怎么教就怎么教，天马行空，一无阻碍。我当然也想不到这些问题。我根据自己的兴趣，选了一些中国古典诗文。我的任务就是解释文中的典故和难解的词句。我虽读过不少古典诗文，但腹笥并不充盈。我备课时主要靠《辞源》和其他几部类书。有些典故自己是理解的，但是颇为“数典忘祖”，说不出来源，于是《辞源》和几部类书就成了我不可须臾离开的宝贝。我查《辞源》速度之快达到了出神入化的境界。为了应付学生毕业后考大学的需要，我还自作主张，在课堂上讲了一点西方文学的概况。

我在清华大学最后两年写了十几篇散文，都是惨淡经营的结果，都发表在全国一流的报刊和文学杂志上，因此，即使是名不见经传，也被认为是一个“作家”。到了济南，就有报纸的主编来找我，约我编一个文学副刊。我愉快地答应了，就在当时一个最著名的报纸上办了一个文学副刊，取名《留夷》，这是楚辞上一个香花的名字，意在表明，我们的副刊将会香气四溢。作者主要是我的学生。文章刊出后有稿酬，每千字一元。当时的一元可以买到很多东西，穷学生拿到后，不无小补。我的文章也发表在上面，有一篇《游灵岩》，是精心之作，可惜今天遍寻不得了。

我同学生的关系

总起来说，我同学生的关系是相当融洽的。我那年是二十三岁，也还是一个大孩子，同学生的年龄相差不了几岁，有的从农村来的学生比我年龄还大。所以，我在潜意识中觉得同学生们是同伴，不懂怎样去摆教员的谱儿。我常同他们闲聊，上天下地，无所不侃，也常同他们打乒乓球，有一位年龄不大而聪明可爱的叫吴传文的学生经常来找我去打乒乓球。有时候我正忙着备课或写文章，只要他一来，我必然立即放下手中的活，陪他一同到游艺室去打球，一打就是半天。

我在上面已经提到过，我的前任一位姓王的国文教员是被学生“架”走的。我知道这几班的学生是极难对付的，因此，我一上任，就有戒心，战战兢兢，如履薄冰，避免蹈我的前任的覆辙。但我清醒地意识到，处理好同学生的关系，首先必须把书教好，这是重中之重。有一次，我把一个典故解释错了，第二天上课堂，我立即加以改正。这也许能给学生留下一点印象：季教师不是一个骗子。我对学生绝不阿谀奉承，讲解课文，批改作业，我总是实事求是，绝不讲溢美之词。

我同校长的关系

宋还吾校长是我的师辈，他聘我到高中来，又可以说是有恩于我，所以我对他非常尊敬。他为人宽宏豁达，颇有豪气，真有与宋江相似之处，接近他并不难。他是山东教育厅长何思源的亲信，曾在山东许多地方，比如青岛、曲阜、济南等地做过中学校长。他当然有一个自己的班底，走到哪里，带到哪里，其中除庶务人员外，也有几个教员。我大概也被看作是宋家军的，但只是一个初出茅庐的杂牌。到了学校以后，我隐隐约约地听人说，宋校长的想法是想让我出面组织一个济南高中校友会，以壮大宋家军的军威。但是，可惜的是，我是一个上不得台盘的人，不善活动，高中校友会终于没有组织成。实在辜负了宋校长的期望。

听说，宋夫人"阎婆惜"酷爱打麻将，大概是每一个星期日都必须打的。当时济南中学教员打麻将之风颇烈。原因大概是，当过几年中学教员之后，业务比较纯熟了，瞻望前途，不过是一辈子中学教员。常言道："水往低处流，人往高处走。"他们的"高处"在什么地方呢？渺茫到几乎没有。"不为无益之事，何以遣有涯之生！"于是打麻将之风尚矣。据说，有一位中学教员打了一夜麻将，第二天上午有课，他懵懵懂懂地走上讲台。学生问了一个问题："X是什么？"他脱口而出回答说："二饼。"他的灵魂还没有离开牌桌哩。在高中，特别是在发工资的那一个星期，必须进行"原包大战"，"包"者，工资包也。意思就是，带着原工资包，里面至少有一百六十元，走上牌桌。这个钱数在当时是颇高的，每个人的生活费每月也不过五六元。鏖战必定通宵，这不成问题。幸而还没有出现"二饼"的笑话。我们国文教员中有一位我的师辈的老教员也是牌桌上的嫡系部队。我不是不会打麻将，但是让我去参加这一支麻将大军，陪校长夫人戏耍，我却是做不到的。

根据上述种种情况，宋校长对我的评价是："羡林很安静。""安静"二字实是绝妙好词，含义很深远。这一点请读者去琢磨吧。

我的苦闷

我在清华毕业后，不但没有毕业即失业，而且抢到了一只比大学助教的饭碗还要大一倍的饭碗。我应该满意了。在家庭里，我现在成了经济方面的顶梁柱，看不见婶母脸上多少年来那种难以形容的脸色。按理说，我应该十分满意了。

然而，事实却不是这样。我有我的苦闷。

首先，我认为，一个人不管闯荡江湖有多少危险和困难，只要他有一个类似避风港样的安身立命之地，他就不会失掉前进的勇气，他就会得到安慰。按一般的情况来说，家庭应该起这个作用。然而我的家庭却不行。虽然同在一个城内，我却搬到学校里来住，只在星期日回家一次。我并不觉得，家庭是我的安身立命之地。

其次是前途问题。我虽然抢到了一只十分优越的饭碗，但是，我能当一辈子国文教员吗？当时，我只有二十三岁，并没有什么远大的理想，也没有梦想当什么学者；可是看到我的国文老师那样，一辈子庸庸碌碌，有的除了陪校长夫人打麻将之外，一事无成，我确实不甘心过那样的生活。那么，我究竟想干什么呢？说渺茫，确实很渺茫；但是，说具体，其实也很具体。我希望出国留学。

留学的梦想，我早就有的。当年我舍北大而取清华，动机也就在入清华留学的梦容易圆一些。现在回想起来，我之所以痴心妄想想留学，与其说是为了自己，还不如说是为了别人。原因是，我看到那些主要是到美国留学的人，拿了博士学位，或者连博士学位也没有拿到的，回国以后，立即当上了教授，月薪三四百元大洋，手挎美妇，在清华园内昂首阔步，旁若无人，实在会让人羡煞。至于学问怎样呢？据过去的老学生说，也并不怎么样。我觉得不平，想写文章刺他们一下。但是，如果自己不是留学生，别人会认为你说葡萄是酸的，贻笑大方。所以我就梦寐以求想去留学。然而留学岂易言哉！我的处境是，留学之路渺茫，而现实之境难忍，我焉得而不苦闷呢？

我亲眼看到的一幕滑稽剧

在苦闷中，我亲眼看到了一幕滑稽剧。

当时的做法是，中学教员一年发一次聘书（后来我到了北大，也是一年一聘）。到了暑假，如果你还没有接到聘书，那就表示，下学期不再聘你了，自己卷铺盖走路。那时候的人大概都很识相，从来没有听说，有什么人赖着不走，或者到处告状的。被解聘而又不撕破脸皮，实在是个好办法。

有一位同事，名叫刘一山，河南人，教物理。家不在济南，住在校内，与我是邻居，平时常相过从。人很憨厚，不善钻营。大概同宋校长没有什么关系。1935 年秋季开始，校长已决定把他解聘。因此，当年春天，我们都已经接到聘书，独刘一山没有。他向我探询过几次，我告诉他，我已经接到了。他是个老行家，听了静默不语；但他知道，自己被解聘了。他精于此道，于是主动向宋校长提出辞职。宋校长是一个高明的演员。听了刘的话以后，大为惊诧，立即“诚恳”挽留，又亲率教务主任和训育主任，三驾马车到刘住的房间里去挽留，义形于色，正气凛然。我是个新手，如果我不了解内幕，我必信以为真。但刘一山深知其中奥妙，当然不为所动。我真担心，如果刘当时竟答应留下，我们的宋校长下一步棋会怎么下呢？

我从这一幕闹剧中学到了很多处世做人的道理。

天赐良机

常言道：“天无绝人之路。”在我无法忍耐的苦闷中，前途忽然闪出了一线光明。在 1935 年暑假还没有到的时候，我忽然接到我的母校清华大学的通知，我已经被录取为赴德国的交换研究生。我可以到德国去念两年书。能够留学，吾愿已定，何况又是德国，还能有比这更令我兴奋的事情吗？我生为山东一个穷乡僻壤的贫苦农民的孩子，能够获得一点成功，全靠偶然的机会。倘若叔父有儿子，我决不会到了济南。如果清华不同德国签订交换留学生协定，我决不会到了德国。这些都是极其偶然的事件。“世间多少偶然事？不料偶然又偶然。”

我在山东济南省立高中一年国文教员的生活，就这样结束了。

2002 年 5 月 14 日写完

病房里的感受①

今年春天（指 2001 年春天——编者），新世界出版社的周奎杰女士、张世林先生和我的助手李玉洁女士，共同想出了一个新招：把我在 2000 年所写的文章，除了《焉耆龟兹佛教史》以外，都收集在一起，出一个集子，名之曰《千禧文存》。我在过去已经出过不少书了，但是这样做还是第一次，这可以说是一次新的尝试吧。以后的实践证明了，这一次尝试是异常成功的。春末交稿，出版社以最快的速度付印，发行。初版六千册，在不太长的时间内即销售一空。立即加印了五千册。这在我一生出版的书中，除了《牛棚杂忆》以外，是绝无仅有的。

山有根，水有源，大千世界中万事万物无不有其根源。《千禧文存》走红的根源是什么呢？难道是因为书中的文章字字珠玑，句句梦笔生花吗？否，绝不是的，有的文章连我自己都不喜欢，遑论读者。想来想去，根源只能有一个，就是文章新，都是在最近一年中制造出来的，不像我那些大量的散文选集，东选一篇，西选一篇，杂凑成集，重复在所难免。我个人认为，这样的选本出多了，是对读者的愚弄，是不道德的行为。可是这种不道德的行为我竟犯过多次。绝不是为名为利，而是抵挡不住组稿者的如簧之舌，只有败下阵来。我在一本散文集的自序中竟写出了这样的话：“如果读者认为集中文章重复过多，可以不买这一本书，只看一看自序就够了。”这有点像美国香

① 本文是《新纪元文存》（初编）一书自序（2002 年出版）。标题为编者所加。

烟盒上印上了 dangerous（危险）这样的字样，多么可笑！又是多么可悲！不管怎样说，《千禧文存》没有这种现象，于是就获得了读者的青睐了。

我还想在这里给自己评点功，摆点好。这一本小书引起了一些连锁反应。小书一出，许多年高德劭的著名学者，比如钟敬文、张岱年、侯仁之、何兹全、周一良、任继愈等先生，他们都早已功成名就，是出书的“消极分子”，轻易不肯把自己的著作拿出来出版的。这一次也都参加到“随喜”的队伍中来，为中国学坛增添了一些奇花异卉（季羡林的《千禧文存》出版后，新世界出版社随之又筹备出版一套丛书，名之曰《名家心语》，其中即包括钟敬文、张岱年、侯仁之、何兹全、周一良、任继愈等人的著作——编者）。为了这一件事，至少应该给我记一个六等功吧。

《千禧文存》小小的胜利，给三位策划者带来了颇大的欣慰。他们想依样画葫芦，把 2001 年我所写的文章收集在一起，编成一个集子出版。征求我的意见，我当然不会有异议的。事情就这样决定了。准备工作并不难，我先请李玉洁把我所写的全部文章的手稿收集在一起。我写的最长的一篇文章《故乡行》，长达两万五六千字，稿子写完，还没有来得及再看上一遍。我只需再看上一遍，同其他稿子加在一起，便大功告成了。事情看上去就是这样简单。

然而，正如俗话所说的那样，“天有不测风云”。我仓促住进了医院。既然“仓促”，当然是急症。但是，请读者诸君放心，我得的绝不是“虎来拉”一类的急症，只不过是沉淀既久，一旦暴发而已，总之，来势颇为迅猛。看到马桶里鲜红的颜色，我一时目瞪口呆，大为吃惊。我在 2001 年 12 月 7 日的日记中写道：“早晨一起来，在不太长的时间内，就便血四五次。这可能是一个不祥之兆。但是我却处之泰然，心情极为平静。文章照写不误。”实际上，我当时想了很多很多，浮想联翩，也想到了那一种最可怕的病。这种想法像是一团魔影萦绕在我的脑际，一直陪我到了西苑医院，又住进了 301 医院。即使是这样，我确实做到了日记中所说的“处之泰然”。这一点颇令我自己感到无限的欣慰。

近几十年以来，我成了陶渊明的忠实的崇拜者。首先，我当然崇拜他的诗歌。其次，我对他那带有道家色彩的人生观和世界观兴趣也越来越浓。他的四句诗“纵浪大化中，不喜亦不惧。应尽便须尽，无复独多虑”实际上已经成为我的座右铭。但是，话虽然说得很容易，关键是能不能身体力行，这就需要有真正的考验。对我来说，从突然发病一直到住进 301 医院，就是一次真正考验的过程。

我曾在北京几个最著名的大医院中查过体，比如，北京医院、友谊医院等。后者是众所周知的北大合同医院。实际上，这个说法是不全面的。北大只有十几位一二级教授和学校领导的医疗关系是在友谊医院，其余都在北医三院。这十几个人在友谊医院享受的是高干待遇，每年查体一次。最初几年，我还有点积极性，遵照规定到医院去检查身体。为时既久，忽然萌生了厌烦的情绪。每次检查，先得饿上半天肚子，到了医院以后，敲敲打打、推推拿拿，到头来一切OK，一无所获，于是我就开始逃学。我已经有五年没有到友谊医院去查体了。

这一次，鬼使神差，来到了 301 医院。第一道关口仍然是检查身体。我原以为不过仍然是友谊医院那一套，不会有什么花样翻新的，因此我十分镇定，无动于衷。友谊医院那一套这里确实全有。可是不久我就发现，这里不但花样翻了新，而且翻得很厉害。许多体检设备我不但没有见过，连听说也没有听说过。我仿佛刘姥姥进了大观园，见了世面，开了眼界。我在这里必须补充一句话：我见到的友谊医院的体检设备，可能只是一部分，而不是全部。

但是，我现在的身份是一个病人，不是记者，不是一个旁观者。所有的这一切体检的设置，我当然不能，也没有必要一一尝试，但是其中有一些我要“以身试法”的。试过几次法以后，我才恍然大悟：这里的体检同友谊不一样。虽然同是高干待遇，但那里是在一年以内集中在一天检查，是大批量生产。门门俱到，科科都全，每个门口都排成了长龙。因此每个人所需要的时间必须大大压缩，有时难免草草了事。从早晨九点到十二点，十几个检查都完整无缺地作完。打道回衙，万事大吉，再等第二年了。

在301医院却完全不是那个样子。我住在医院里，查体往往是单独进行的。我曾在许多部门里检查过身体，这里没有必要一一详细叙述。

我只举两个印象特深的例子。一次是检查头部，专门名称我没有记住，以前也从来没有作过。台子上摆满了稀奇古怪的仪器，荧屏上闪出了耀眼的光芒，上面显示出一些数字或者弧线什么的，闪烁不定。大夫手里拿着什么东西，按在我脑袋的许多部位上，一按荧屏上就出现弧线，是什么意思，我完全不懂。这一次体检用了将近一个小时。坐轮椅回到房间里，浑身疲惫不堪。另一次是检查肺活量，以前也从来没有做过。我原以为这玩意儿不会太麻烦。事实上还是真麻烦。我要遵照大夫的口令，或呼或吸。有时还要用尽全力去呼或吸，有时又要缓慢地呼或吸。大夫的口令不停，我的呼或吸也不停。原来认为不起眼的一次体检，竟用了一个多小时，结果是弄得我竟在寒冬中浑身上下大汗淋漓。

最伤脑筋的，经过反复思考甚至严重的思想斗争的，有过一次大反复的是膀胱镜的试验。我患的病属于泌尿科。据说，在泌尿科中膀胱镜是最高的最后的检查方式。具体的过程是把一面极小的镜子通过尿道口送进去，一直进入膀胱。如此则膀胱内部的情况平常无论如何是看不到的此时却了如指掌，如果其中有什么病变，轻的可以用激光消灭之，重的则需要动大手术了。我这一个外行，只是浮光掠影地一想，就觉得这玩意儿决不轻松，决不会毫无痛苦的，问题只在：痛苦大到什么程度。正在这时候，许多来病房看我的人，其中也有大夫，一提到膀胱镜，他们异口同声地说：痛苦。这引起了我的激烈的思想斗争。第一次斗争的结果是彻底的失败。我想到，自己已经活到九十一岁，离画句号的时间不太长了。这次体检的结果无论是没有问题，还是有严重的问题，我都泰然处之。不管怎样，胡乱对付上几年，不就可以涅槃了吗？我现在又何必忍受极大的痛苦搞什么劳什子膀胱镜呢？这完全是消极、悲观、苍凉的思想，一个健康的人是不应该有的。但我是一个不爱说谎话的人，我把我的想法竹筒倒豆子一般地全部告诉了我的主治大夫，并递上了一份申请不做膀胱镜的信。大夫看我情真意切，勉强同意了，也有一份文件，让我在上面签了字。事情好像是就这样决定了。但是那一位年轻的大夫仍然没有放弃对我进行说服工作的努力。他从各个方面摆事实，讲道理，总之是劝我要做，免得留下后患，那样则悔之晚矣。他说，他不敢说做膀胱镜痛苦，也不敢说不痛苦，因为他自己没有做过。这些话朴实无华，平凡得像真理一样，却深深地打动了我的心。我窃自私语，如果到了301医院而不做膀胱镜，那不就像是唐僧到了西天印度却不登灵山那样了吗？中国有一个现成的词儿：功亏一篑。最后，我还是下定了决心去做膀胱镜手术，不管多痛，都在所不惜。当我坐上轮椅被推往手术室去的时候，心里面大有“风萧萧兮易水寒，壮士一去兮不复返”的气概。结果膀胱镜手术终于做了，十分顺利，除了有时候有点小小的痛苦外，总起来说是没有痛苦的。我自己除了大大地松了一口气之外，忍不住暗自嘲讽：你已经活到了九十高龄，自谓博古通今，识多见广，无所不能，无所畏惧；然而一次微不足道的考验，竟把你吓得像见了猫的耗子，你不觉得自己肤浅，你不觉得脸红吗？是的，我确实感到了自己的肤浅，确实觉得脸红。我还要进一步加强自我修养，加强读书养气。一个人一生的修养是无穷无尽的。

在这个漫长的体检之旅中，膀胱镜是最高的一次，也是最后的一次。我在上面提到的那一团魔影陪我住进了医院。随着体检的前进，魔影逐渐消失。等到膀胱镜一做完，魔影也消失得无影无踪了。只是到了此时，我的心情才有余裕来观察和思考我周围的环境和所遇到的人物。我的总印象是：这里毕竟是解放军医院，气氛肃穆活泼，个人职责清楚，而且纪律严明。所有超出自己职责范围的事情，无论大小，都必须请示汇报。那种令不行，禁不止的作风，这里是找不到的。我在医院的两周，成了我“学军”的两周。

至于我所遇到的人，首先应当提到的是副院长牟善初大夫。他是我六十多年前在省立济南高中教书时的学生。我虽然是清华西洋文学系毕业，但教的却是国文。牟善初在全班四十来名学生中是国文状元。他写的文章不但文从字顺，通畅流利，而且有自己的风格，这对一个只有十六七岁的孩子来说，是十分难得的。我常想，如果牟善初在高中毕业后考入某一个名牌大学的中文系，他会成为一个非常优秀的作家。然而，一个人的命运并不总是掌握在自己手中的。“世事纷纭果造因”，一个微不足道的因素就可能改变一个人一生的行程。牟善初不知怎样一来参了军，在解放军医科大学里受到了严格的训练，成了一名医术精通的大夫，曾为一些国家领导人担任过保健医生。又焉知在几十年以后，我在海外漂泊十余年又回到了祖国。我压根儿不会想到牟善初这个名字的。可能是在“十年浩劫”之后，有一天，他带着儿女来到我家，拜见一别数十年的老师。我也曾带着孙子和孙女到 301 医院去回访过一次。从那以后，除了在一次同学会上见过一次面以外，再也没有见面，因为我根本不生病，同 301 医院从来没有打过交道。这一次，我突然发病，之所以最终选择了 301 医院，虽然不是直接通过善初，但与他也不无关联。善初为人淳朴厚道，不善言辞；虽然年已八十五岁，每天仍然穿上白大褂，履行一个大夫的职责。在我住院期间，他常常由周大夫陪伴着到我的病房里来探视，聊天。我一生没有离开过学校，门生遍天下。能有牟善初这样一个学生，我认为是一种骄傲。

我在 301 医院里的病房，具体全面地说应该是：南八楼二区十三床。在这里负责的是一位卢主任，卢晓行大夫，一位和蔼可亲的中年女大夫。还有一位聂道海大夫，是一位精明强干，很有才华的人，是不是什么“主任”，我始终没有弄清楚。我初入院时，有几天我们天天见面。后来听说他们休假了，再没有见面；直到我出院前夕，才又见到他们，我们彼此都感到像老友似的亲切了。最初我的主治医师好像是张玉玲大夫，只见过几次面，听说是休假了，再也没有见面；接她的班的是史军大夫，才三十多岁，头脑明敏，善于思辨，分析问题，有条有理。书好像读得很多，文医兼备。我认为，这是一位有光辉前途的年轻的大夫。我在上面提到过关于膀胱镜的风波时讲到的那位年轻的大夫就是史军。现在回想起来，如果没有他的劝说，我坚持不做，那将是我终身的憾事。我将永远感谢他。

我在病房里认识了李炎唐大夫，他是泌尿科的大专家，也曾担任过中央最高领导人的保健医生。因为我患的病与泌尿科有关，王晓棠将军就将李炎唐介绍给我，我入院后不久就见到了他。他这个人一身豪气，满腔热忱。交谈没有多久，他立即履行了医生的职责，他用手在我的肛门里摸了许久，摸得很仔细，然后大声告诉我说："决没毒瘤的危险!我的手比 B 超还要可靠。"他这几句简单的话正碰到要害处，我所最担心的正是毒瘤。他的话像是一股仙风吹散了我脑袋中的愁云惨雾。当时他就作了决定，要亲手给我作膀胱镜检查，怕我翻案，他用有力的右手紧紧地跟我握手，好像小孩子相互勾小手指一样。后来我果然想翻案，详情上面已经谈过了。到了做手术的那一天，李炎唐大夫在手术室门口等我，我的第一句就是："李大夫！我向你投降来了。"李炎唐大夫最终胜利了。

我在医院里还结识了很多给我会诊的大夫，比如，王思让大夫、孟书礼大夫、盖鲁粤大夫等等。因为接触不多，没有多少好谈的。但是，不久我就发现，这里的大夫几乎都喜欢文学，他们都读过或多或少的文学作品。我的那一位老学生牟善初能写出那么漂亮的文章，我当年并没有问过他。现在问到了，他告诉我，他当年读过许多文学作品，这个谜才解开。眼前各位大夫中最突出的是史军。我曾同他几次谈到文学。我做膀胱镜的那一天，他在值夜班一夜没有睡的情况下，坚持送我到李炎唐大夫的手术室。在通过长长的地下室的时候，有时候他竟亲自推我坐的轮椅。他一直等到我手术完毕回到病房才回家休息。此情此景，什么人能不感动呢？在坐轮椅的过程中，我又同他谈起了现当代的中国文学，他娓娓谈来，了若指掌，真使我吃惊不已。我认为，当一名大夫，或做任何非文学性的工作，读一点文学书，总会有好处的。这样做能使人得到美感享受，高之则能净化人的灵魂，提高人的素质，有百利而无一弊，实在值得大大提倡的。

在医院里，我除了认识了一些大夫之外，还认识了一些护士。实际上，她们同我的接触要比大夫多得多。每天，从早晨八点开始一直到晚上八点，她们经常要到我的病房里来，取尿样、试体温、量血压，以及其他我不大懂的措施。最后几天，连续输液，又离开她们不行。她们是一群年龄不到二十岁的小丫头，各个活泼伶俐，认真敬业，说话时天真淳朴，干活时却一丝不苟。她们有时称我为"爷爷",

我也把她们当作孙女来看待，实际上我恐怕比她们祖父的年龄还要大。她们中我能记住名字的有张文娟、颜娜、杨英等人。她们都喜欢文学。在寂静肃穆的病房里，凭空添了这样一群小白衣天使，顿觉其乐融融。

话虽然这样说，到了住院的最后几天里，一股强烈的烦躁情绪突然在我胸中翻滚腾涌，怎样也抑制不住。出院无日，而后顾有忧。我在外面兼职颇多，挂名主编着几个大型的丛书或全集。现在到了年终岁尾，大概总有些事情要处理吧。我却被困在医院中，有力无处使。我交游遍天下，到了此时，海内外的朋友们总应该有信或书寄来吧，我在医院里却是看不到的。我还反反复复想到一些琐细的事情。门前的玉兰花长了多少蓇葖儿了？池塘中的季荷今年遭受了严重的干旱，有很长的时间，塘中一滴水也没有。可万没有想到，季荷居然开出了不少的花，依然红艳耀目。我离开燕园时，水还没有灌。校中别的湖泊已经结了冰，这里依然是赤地一片，不知道现在灌水了没有。对面岛上中国经济中心新建起了一片楼房，雕梁画栋，美轮美奂。其中最高的楼名曰万众楼，匾额是我题写的。我从来不是什么书法家。既然写了，就挂了出来。通过卧房中书桌前的玻璃窗子，抬头正好看到那金光闪闪的“万众楼”三个大字，颇觉得有趣。现在我在医院里也看不到了，生活中好像缺了点什么。我最想念的还是那一只浑身雪白的长毛的长得像一只小狮子似的波斯猫。它是我故乡临清的特产，名流全国。这只猫已经三岁了，极为顽皮聪明。它对我特别亲昵。我一坐下，它立即跳上来躺在我的怀抱里。我出门散步，它也跟着，我行它行，我止它止。等到我坐在湖边的椅子上时，它当即跳上椅子，卧在我的身旁。每天同小猫玩耍一会儿，成了我在吃饭睡觉之外每天不可或缺的活动。可我现在几乎两周没有见到它了，没有听到它的叫声了，我忍受不住！我甚至想到了养在山东大学校友张衡送给我的仿古大瓷缸里的几只乌龟。乌龟的智商大概远不如猫，它们是不会认识我的，可是我是认识它们的。也许有人认为我这是庸人自扰。我宁愿做一个对所有动物都有感情的庸人，也不愿做一个对一切生物都麻木不仁的聪明人。

现在，我终于在2001年的最后一天，又回到了我在燕园的老房子里来了。只睡了一夜，就换了一个年头，现在已经是2002年了。“天增岁月人增寿，春满乾坤福满门。”天确实增了一岁，我当然也增了一岁。春满乾坤，自然规律。福满门，相信也会实现的。至少我的小猫依然顽皮，对我依然亲昵，我一坐下，立即跳入我的怀中，一蓝一黄的两只大眼睛仿佛在问：“老朋友！你这一阵子到哪里去了？”门外的玉兰花树上结了不少蓇葖儿，今春会开出洁白的花朵。荷塘里结满的冰，大概在我住院期间灌过一次水。我为季荷感到庆幸。它们忍受了半年多的干旱，终于又有了源头活水。它们现在在淤泥深处做着夏天的梦，梦到夏天来临时大干一场，使香飘十里，绿盖擎天。我坐在书桌前，抬头通过玻璃窗又看到了万众楼。我写的那三个大字在夕阳的余晖中发出了闪闪的金光。室中那些插架一直到屋顶的书籍，窗台上、桌子上摆着的那些奇石和玉器，看上去依旧令人心旷神怡、欢愉满怀。总之，我现在看什么都称心如意。即使是现在就说我是“福满门”，那也决不过分的。我对今年一年以及以后的若干年的“福满门”是完全有信心的，我颇有点手舞足蹈之意了。

这一篇《新纪元文存自序》本意只想写上千把字，把问题交代明白就算了。没想到中间插入住院这一段经历，是非写不行的。如果没有这一段过程，说不定我还会受旧习惯势力逼促写一篇《九十一岁述怀》之类的文章。人一病，“怀”都仓皇逃遁，想“述”也没有了。只剩下了病房里的感受，我都写在《自序》中了。

这一篇《自序》，从北大写到医院，又从医院写回到北大。可以算是我去年的最后一篇文章，也可以算是今年的第一篇文章。写得冗长拉杂，请读者原谅则个。

2002年1月4日写毕

周作人论

——兼及汪精卫

研究中国近代文学史，周作人这个人是一个难以绕过的人物，是一个不容忽视的人物。但是，偏偏这个人又是一个性格十分复杂、经历十分跌宕的人。因此，在评论这个历史人物时，在论者基本上调子一致的情况下，也时有杂音出现。我个人不是研究近代中国文学的人，但年轻时读过周作人的许多书，也许是当时已经出版的全部的书，对此人颇感兴趣，因此不揣谫陋，也想发表点意见。

促使我想发表一点意见的最直接的动力，来自我最近读的一篇文章:《另一个周作人》，作者傅国涌，见《书屋》，2001. 11，页 23 ~ 27。文章一开头就说："我们现在所知道的周作人和真实的周作人是有很大距离的。"这里使用了"真实的周作人"这样一个词儿，意思就是说，我们现在所知道的周作人是不"真实"的或者竟可以说是"虚假"的。如果想勉强把周作人划分为几"个"的话，那么只有两"个"：一个是"五四"时期向着旧势力冲锋陷阵的勇猛的战士，一个则是在日寇侵华后成为日本的华北教育督办的民族败类臭名永垂的大汉奸，两者都是真实的。两个周作人的历史都是同一个周作人写成的。从生理学上来讲，一个人不可能劈成两个。傅国涌先生的意思大概是说，我们现在一般知道的周作人是后者，是不真实的，只有前者真实。前者是"另一个周作人"。

我个人对于这种提法有不同的看法，现在想提出来供大家讨论。

我们感谢傅国涌先生对"另一个周作人"搜集了丰富翔实的资

料。他在本文中有时也提出一些对周作人的看法，比如“其实起码在1928年以前，周作人的血并没有冷却、凝固，没有躲进他的书斋，品苦茶、写小品文，而是尽到了一个知识分子应尽的责任”。（页24 t，二一开头）又如傅先生讲到，1922年3月，李大钊、陈独秀、蔡元培、汪精卫、邓中夏等一大批非常有影响的知识分子，在北京成立了“非宗教大同盟”，旨在反对宗教，尤其是基督教。周作人、钱玄同、沈兼士、马裕藻等则大倡信教自由。傅先生说：“八十年后回过头来看这段公案，如果不因人废言，是非是很清楚的，周作人他们‘少数’人无疑站在正确的一面。”（页25 a）

傅先生在不厌其详地列举了前期周作人的丰功伟绩之后，对他转变的过程和原因也作了一些分析。他写道：“他后期的变化（大致上在1927年冬天以后）在思想、性格上的根源也许由来已久，但李大钊的惨死，北新书局被迫停业，《语丝》被禁止（周作人和刘半农曾到一个日本朋友家避了一次难），这些变故对他的转变恐怕都产生了相当深刻的影响。”“1928年11月，周作人发表了《闭户读书论》，我把这看作是他生命的分界线，从此以后那个曾和民族共同体共命运，与大时代同呼吸的周作人就彻底告别了过去，回到书斋。那一年周作人仅仅四十四岁，离轰轰烈烈的“五四”运动也不到十年。”（本文页27 t）我认为，傅先生的分析是完全正确的，特别是他提到了“在思想、性格上的根源也许由来已久，”更具有真知灼见。鲁迅和周作人同出一个破落的书香门第，幼年所受的教育和环境熏陶几乎完全一样。但是，到了后来，两人却走了截然不同的两条道路，其中思想和性格上的根源起着主导作用。这样说，可能有悖于某一些教条。但是，如果不这样解释，又当怎样去解释呢？

傅国涌先生的文章《另一个周作人》就介绍这样多。我在上面已经说到过，傅先生笔下“另一个周作人”是真实的，这里指的是“五四”时期叱咤风云的周作人。这当然是“真实的”。但是，日寇入侵后当了华北教育督办的周作人也是“真实的”。看样子，傅先生是想给前一个周作人打抱不平，“发潜德之幽光”。实际上，根据我个人的观察，第一个周作人，“另一个周作人”，现在也没有完全被遗忘，在“五四”运动的资料中还能够找到他的材料。

我认为，我们所面临的困难是如何实事求是地评价像周作人这样一个知识分子。这种人的生命历程变动太大，几乎是从一个极端变到另一个极端，令人抓不住重点，也不知道从何处下手。

我在上面的叙述中，好像是把周作人的生命历程分为前后两大部分，这是不够精确的。实际上应该分为三个阶段。第一阶段，由“五四”运动到1928年。在这个阶段中，周作人是那一群对准旧堡垒冲锋陷阵的最英勇的战士中的一员。第二阶段，约莫自1928～1937年日寇正式入侵。在这一个阶段中，周作人回到了书斋，“闭户读书”，邀集了一批志同道合者，“且到寒斋吃苦茶”，倡导小品文，写写打油诗。这一批人批阅新生国文试卷，发现了一些错别字，如获至宝，诗兴大发，纷纷写诗加以讽刺，引起了鲁迅的强烈不满。这可以说是一个过渡阶段，主要原因是由周作人的思想和性格所决定的。第三阶段就是日寇正式大举入侵后一直到1945年日寇垮台。令人奇怪的但也并不太奇怪的是，在第一阶段，周作人风华正茂时就常常发表不喜欢谈政治的言论。但是到了第三阶段，他不但谈了政治，而且身体力行当了大官，不是共产党的官，也不是国民党的官，而是外来侵略者的官。这一顶汉奸的帽子是他给自己戴上的，罄东海之水也是洗不清的。在这个问题上，同周作人境况类似的人往往祭起动机这个法宝来企图逃脱罪责。我没有研究过周作人，不敢乱说。即使他有的话，也自在意料之中。我们是动机与效果的统一论者，但是归根结底，效果起决定性的作用。

在这里，我忽然想到了汪精卫。他同周作人有十分相似的经历，但更为鲜明、突出。年轻的汪精卫，一腔热血，满怀义愤，到北京来想炸死摄政王，不幸失败被俘。他写了一首有名的诗：

慷慨歌燕市，
从容作楚囚。
引刀成一快，
不负少年头。

诗句豪气冲天，掷地可作金石声。可惜他没能如愿，他被营救了出来。从那以后，在长达几十年的漫长的时期中，汪精卫活跃在国民党的政坛上，翻手为云，覆手为雨，极尽云谲波诡之能事。最终充当了日伪政权的主席。我在什么地方读到过他的一番谈话，大意是说：如果他不出来充当日伪政府的主席，日寇杀中国人将会更多。这就是汪精卫的动机论。这话大有佛祖说："我不入地狱，谁入地狱！"的气概，真不知人间尚有"羞耻"二字！

从周作人和汪精卫事件中，我想到了两个问题：一个是人生的寿夭问题，一个是保持晚节的问题。这两个问题有区别，又有联系。我先从第一个问题谈起。除非厌世自杀的极少数人以外，人类，同其他一切生物一样，没有不想寿而想夭的。在人们的口头语中有大量这样的话，比如"长命百岁"、"寿比南山"、"福寿双全"等等。对皇帝则说"万岁"、"万寿无疆"等等颂词。在许多年前中国造神运动达到顶峰的时候，我们不是也都狂呼"万岁"和"万寿无疆"吗？总之，在一般人的思想中，长寿是一件好事。这对绝大多数的人来说也是正确的。但对极少数的人来说，长寿不但不是好事，而是天大的坏事。比如，如果周作人在"五四"运动中或者其后不久就死掉的话，他在中国文学史上将永远成为一个新文化的斗士。然而他偏偏长寿了，长寿到成为不齿于人类的大汉奸卖国贼。对周作人来说，长寿不是一种不折不扣的灾难吗？再比如汪精卫。如果他那"引刀成一快"的愿望得以实现的话，他将成为同岳飞等并列的民族英雄，流芳千古。然而他偏偏又长寿了，长寿到成为比周作人更令人憎恨的狗屎堆，遗臭万年。对汪精卫来说，长寿也成了一场灾难。这种想法，古代人也有过。唐代大诗人白居易有一首诗：

周公恐惧流言后，
王莽谦恭未篡时。
向使当初身便死，
一生真伪复谁知。

王莽就是死得太晚了。他因长寿而露了马脚，成为千古巨奸。

谈到这里，就同第二个问题联结上了：保持晚节的问题。中国自古以来一向非常重视晚节的问题。《战国策·秦策五》说："诗云：行百里者，半于九十。此言末路之难也。"宋代的大政治家韩琦在《在北门九日燕诸曹》一诗中写道："莫羞老圃秋容淡，要看寒花晚节香。"寓意深远，值得玩味。中国还有"盖棺论定"的说法，意思是，人只要活着，不管年纪多大，就有变的可能。只有盖棺以后，才能对他论定。周作人和汪精卫晚节不保，没有盖棺，即可论定了。我们从这两个人身上可以"学习"到很多东西，他们是地地道道的反面教员。

我们的祖国早已换了人间。在今天的国势日隆，人民生活迅速提高的大好形势下，保持晚节的问题还有什么现实意义吗？有，而且很迫切。一些曾经出生入死为人民立过大功的人，一旦晚节不保，立即堕落为人民的罪人，走上人民的法庭，这样的例子还少吗？我们每个人都要警惕。

2002年1月7日

忆念张天麟

我一生尊师重友，爱护弟子。因为天性内向，不善交游，所以交的朋友不算太多，但却也不算太少。我自己认为是一个非常重感情的人，几乎所有的师友都在我的文章中留下了痕迹。但是稍微了解内情的人都会纳闷儿：为什么我两个最早的朋友独付阙如？一个是李长之，一个是张天麟。长之这一笔账前不久已经还上了，现在只剩下张天麟了。事必有因。倘若有人要问：为什么是这样子呢？说老实话，我自己也有点说不清道不白。在追忆长之的文章中，我碰了下这个问题；但也只是蜻蜓点水一般一点即过。现在遇到了张天麟，我并没有变得更聪明，依然糊涂如故。张天麟一生待我如亲兄弟，如果有什么扞格不入之处的话，也决不在他身上。那么究竟是在谁身上呢？恍兮惚兮，其中有人。现在已时过境迁，说出来也没有什么意义了，还是不去说它吧。

张天麟，这不是他本来的名字。他本名张天彪，字虎文。因为参加了国民党的革命，借用了他一个堂兄的名字，以作掩护。从此就霸占终生。我于1924年在新育小学毕业，觉得自己是一个上不得台盘的人，是一只癞蛤蟆，不敢妄想吃天鹅肉，大名鼎鼎的一中，我连去报名的勇气都没有，只凑凑合合地去报考了“破正谊”。又因为学习水平确实不低，我录取的不是一年级，而是一年半级，算是沾了半年的光。同班就有老学生张天彪。他大我四岁，因双腿有病，休学了四年，跟我成了同班。在班上，他年龄最大，脑袋瓜最灵，大有鹤立鸡群之势。当时军阀滥发钞票，大肆搜刮，名之曰军用票，是十分不稳定不值钱的纸币。从山东其他县分到济南正谊中学上学的学生，随身带的不是军用票，而是现大洋或中国银行、交通银行的钞票，都是响的硬通货。正谊是私立中学，靠学生的学费来维持学校的开支。张天彪不知是用了些什么手法，用军用票去换取外地学生手中的现大洋或中交钞票。我当时只有十三岁，对他这种行动只觉得有趣，也颇有学习的想法，可是不知道从何处下手，只好作罢。这种本领伴随了张天麟一生。

正谊毕业以后，我考入了山东大学附设高中，时间是1926年，我十五岁。从此以后，我走上了认真读书的道路。至于虎文干了些什么，我不清楚。可能是到南方什么地方参加国民党的革命去了。我们再次在济南见面时，大概是在1928年末或1929年初，反正是在日寇撤离而国民党军队进驻的时候。这时候，他已经当了什么官，我不清楚，我对这种事情从来不感兴趣。但是，我却微妙地感觉到，他此时已经颇有一些官架子了。

时光一下子就到了1930年。我在省立济南高中毕业后，来到北平，考入清华大学。虎文不知道是什么时候到北平来的。他正在北京大学德文系读书，投在杨丙辰先生麾下。虎文绝不是阿谀奉承，做走狗，拍马屁那样的人物；但是，他对接近权势者和长者并取得他们的欢心，似乎有特异功能。他不久就成为杨丙辰先生的红人。杨先生曾一度回河南故乡担任河南大学的校长，虎文也跟了去，成为他重要的幕僚。杨先生担任大学校长的时间不长，虎文又跟他回到了北平。回来后，他张罗着帮助什么人成立了一个中德学会，他在里面担任什么职务，我不清楚，我一向对这种事情不大热心。后来，他之所以能到德国去留学，大概走的就是这一条线。

我于1934年在清华西洋文学系毕业，回母校济南高中教了一年国文。于1935年考取清华与德国合办的交换研究生，当年夏天取道满洲国和西伯利亚铁路，到了柏林。秋天到了哥廷根，一住就是十年。我不记得，虎文是什么时候到的德国，很可能是在我到了哥廷根之后。他在Tübingen念了几年书，拿到了博士学位，又回到柏林，在国民党政府驻柏林公使馆里鬼混，大概也是一个什么官。此时，他的夫人牛西园和儿子张文已经到了德国。有一年，可能是1939年或1940年，我想回国，到了柏林，就住在虎文家里。他带我去拜见大教育学家Spranget和大汉学家Franche。我没有走成，又回到了哥廷根。隔了不久，虎文全家到哥廷根去看我，大约住了两个礼拜，我们共同过了一段非常愉快的日子，至今难忘。1942年，德国与汪精卫伪政权建交，国民党公使馆不得已而撤至瑞士。虎文全家也都到瑞士去了。我当时同住在哥廷根的张维、陆士嘉夫妇共同商议，决定无论如何也不能跟日伪使馆打交道，宣布了无国籍，从此就变成了像天空中的飞鸟一样，任人射杀，不受任保国家的保护。

过了几年海外孤子的生活，并没有遇到什么麻烦，德国师友对我们都极好。转眼到了1945年，三个妄想吞并世界的法西斯国家：德国、意大利和日本，相继投降，第二次世界大战结束了。人类又度过了一劫。该是我们回国的时候了。最初攻入哥廷根的是美国军队，后来不知道为什么由英国军官来主持全城的行政工作。我同张维去找了英国军官。他把我们看作盟邦的“难民”（displaced person），很慷慨地答应帮我们的忙，送我们到瑞士去。当时德国境内的铁路几乎已完全炸毁，飞机当然更谈不到，想到瑞士去只能坐汽车。那位英国军官找到了一个美国少校和另外一位美国军人，驾驶两辆吉普车，把张维一家三人，刘先志一家两人和我共六人送到了瑞士边境。我们都没有签证，瑞士进不去。我打电话给中国驻瑞士公使馆虎文，他利用中国外交官的名义，把我们都接进了瑞士。离开德国边境时，我心中怅然若有所失。十年来三千六百多个日日夜夜，就此结束了。众多师友的面影一时都闪到我眼前来，“客树回看成故乡”，我胸中溢满了离情别绪，我只有徒唤“奈何”了。

虎文此时在使馆里是个什么官，好像是副武官之类，有一个少校的军衔,还是什么《扫荡报》的记者。我在上面提到的他那种“特异功能”发挥得淋漓尽致。他其实并不真正崇拜蒋介石，也不能算是忠实的国民党员，他有时也说蒋和国民党的坏话。这时公使馆的公使和参赞之间有矛盾。每次南京政府汇款给使馆接济留欧的学生，参赞就偷偷地泄露给我们，我们就到使馆去找公使要钱。要的数目是多多益善，态度则是无理取闹。使馆搞不清留学生的底细，不敢得罪。当时仅就留德学生而论，有一些确非“凡胎”，蒋、宋、孔、陈四大家族，外加冯玉祥、居正、戴传贤等国民党大员的子女均有在德国留学者。像我这样的卑贱者，搀在里面，鱼目混珠，公使馆不明真相，对留学生一律不敢得罪，坐收渔人之利，也弄到了一些美钞。我们知道，这种钱不要白不要，要了也白要。最重要的一点是学会了同国民党的驻外机构打交道，要诀是蛮横，他们吃这一套。

当时，我们从德国来的几个留学生被分派到 Fribourg 来住，住在一个天主教神父开办的不大的公寓里，名叫 Foyer St. Justin，因为用费便宜。虎文全家则住在瑞士首府 Bern。他们有时也来 Fribourg 看我们。我们是从住了六年饥饿炼狱里逃出来的饿鬼，能吃饱肚子就是最高的幸福。我过了一段安定快乐的日子。

1946 年春天，虎文一家，刘先志一家和我准备返回祖国。当时，想从欧洲回国，只有一条路可走，就是乘船走海路。我们从瑞士乘汽车到法国马赛，登上了一艘英国运送法国军队到越南去的大船，冒着极大的危险——因为海中的水雷还没有清除，到了越南西贡。此时西贡正是雨季。我们在这里住了一些时候，又上船到香港，然后从香港乘船到上海登岸。我离开日夜思念的祖国已经快十一年了。我常说：我生平有两个母亲，一个是生我的母亲，一个便是祖国母亲，当时前者已经不在，只剩下后者一个了。俗话说：“孩儿见了娘，无事哭三场。”我踏上祖国土地的那一刹那时的心情，非笔墨所能形容于万一也。

我在上海住了一些日子。因为没有钱，住不起旅馆，就住在臧克家兄家里的日本地铺上。克家带我去谒见了叶圣陶、郑振铎等前辈。也想见郭沫若，他当时正不在上海。我又从上海到了南京。长之不久前随国立编译馆复员回到南京。因同样理由，我就借住在长之的办公室内办公的桌子上。白天他们上班，我无处可去，就在附近的台城、鸡鸣寺、胭脂井一带六朝名胜地区漫游，有时候也走到玄武湖和莫愁湖去游逛。消磨时光，成了我的主要任务。我通过长之认识了梁实秋先生。他虽长我们一辈，但是人极随和，蔼然仁者。我们经常见面，晤谈极欢，定交成了朋友。

此时，国民党政府，得胜回朝，兴致不浅；武官怕死，文官要钱；接收大员，腰缠万贯；下属糊涂，领导颟顸；上上下下，一团糜烂。实际上，到处埋藏着危机。在官场中，大家讲究“竹”字头和“草”字头。“竹”字头是简任官，算是高干的低级。“草”字头是荐任官，大概科长以下都算。在这里，虎文又展示了他的特异功能。不知怎样一来，他成了教育部什么司的“帮办”(副司长)，属于“竹”字头了。

我已经接受了北大的聘约，对“竹”字头或“草”字头了无兴趣。我于 1946 年深秋从上海乘船到了秦皇岛，从那里乘车到了北平，我离开故都已经十一年了。现在回到这里，大有游子还乡的滋味。只是时届深秋，落叶满长安（长安街也），一派萧条冷寂的气氛，我感到几分兴奋，几分凄凉，想落泪又没有流出来。阴法鲁兄把我们带到了红楼，就在那里住了一段时间。当了一个星期的副教授，汤用彤先生立即把我提为正教授，又兼东方语言文学系主任。从此一待就是五十六年，而今已垂垂老矣。

不知怎样一来，因缘巧合，我的两位最早的朋友，李长之和张天麟，都来到了北京师范大学任教。解放以后，运动频仍，一年一小运，三年一大运，运得你晕头转向。知识分子仿佛是交了华盖运，每次运动，知识分子都在劫难逃。李长之因为写过一本《鲁迅批判》，“批判”二字，可能是从日本借用过来的，意思不过是“评论”。到了中国，革命小将，也许还有中将和老将，不了解其涵义，于是长之殆矣。至于虎文，由我在上面的叙述，也可以看出，他的经历相当复杂，更是难逃“法”网。因此，每一次运动，我的两位老友在北师大都是首当其冲的运动员。到了 1957 年，双双被划为右派，留职降级，只准搞资料，不许登讲台。长之我在另外一篇文章中已经谈过，这里不再重复，我只谈虎文。

虎文被划为右派以后，当时批斗过多少次，批斗的情况怎样，我都不清楚，估计他头上的帽子绝不止右派一顶。反右后的几次小运动中，他被批斗，自在意料中。斗来斗去，他终于得了病，是一种很奇怪的病：全身抽筋。小小的抽筋的经验，我们每个人都会有过的，其痛苦的程度，我们每个人也都感受过的。可他是全身抽筋，那是一种什么滋味，我们只能想象了。据说，痛得厉害时，彻夜嚎叫，声震屋瓦，连三楼的住户都能听到。我曾到北师大去看过他，给他送去了钱。后来他住进北京一所名牌的医院，我也曾去看过他。大夫给他开出一种非常贵重的药。不知哪一位法制观念极强的人打听他是几级教授。回答说是四级，对方说：不能服用。这话是我听说来的，可靠程度我不敢说。总之，虎文转了院，转到了上海去。从此，虎文就一去不复返，走了，永远永远地走了。我失去了一位真正的朋友，至今仍在怀念他。

综观虎文的一生，尽管他有这样那样的问题，我仍然觉得他是一个爱国的人，一个有是非之辨的人，一个重朋友义气的人，总之，是一个好人。他对学术的向往，始终未变。他想写一本《中国母亲的书》，也终于没有写成，拦路虎就是他对政治过分倾心。长才未展，未能享上寿，“长使英雄泪满襟”也。只要我能活着，对他的记忆将永远活在我的心中。

2002年1月14日写毕

论“据理力争”

读徐怀谦的新著《拍案不再惊奇》，十分高兴。书中的杂文有事实，有根据，有分析，有理论，有观点，有文采。的确是一部非常优秀的杂文集。

但是，当我读到了《论狂狷》那一篇时，一股怀疑的情绪不禁油然而生。文中写道：“在文化大革命中，当疯狂的红卫兵闯进钱（钟书）府抄家时，一介书生钱钟书居然据理力争，最后与红卫兵以拳相向，大打出手。”我觉得，这件事如果不是传闻失实，就是中国社会科学院的红卫兵是另一种材料造成的，与一般的红卫兵迥乎不同。后者的可能性是几乎没有的。常言道：“天下老鸹一般黑”。我不信社科院竟出了白老鸹。那么，现在摆在我们眼前的就只有一个可能：传闻失实。

这里的关键是一个“理”字。我想就这一个字讲一点自己的看法。根据《现代汉语词典》，“理”是“道理”、“事理”。这等于没有解释，看了还是让人莫名其妙。根据我的幼稚的看法，“理”有以下几层意思：

一、一个国家一个时代的法律

二、一个国家的文化传统

三、一个国家一个民族公认的社会伦理道德

综观中国几千年的历史，以“理”字为准绳，可以分为三个时代：绝对讲理的时代，讲一点理的时代，绝对不讲理的时代。第一个时代是从来没有过的；第二个时代是有一些的；第三个时代是有过的。

讲理还是分阶级或阶层的。普通老百姓一般说来是讲理的。到了官府衙门，情况就不一样。在旧社会里，连一个七品芝麻官衙役，比如秦琼。他就敢说："眼前若在历城县，我定将你捉拿到官衙，板子打，夹棍夹，看你犯法不犯法！"他的上级那个县令掌握行政和司法、立法的什么《唐律》之类，只是一个摆设的花瓶，甚至连花瓶都不够。旧社会有一个说法，叫"灭门的知县"。知县虽小，他能灭你的门。等而上之，官越大，"理"越多。到了皇帝老爷子，简直就是"理"的化身。即使有什么《律》，那是管老百姓的。天子是超越一切的。旧社会还有一句话，叫"天子无戏言"。他说的话，不管是清醒时候说的，还是酒醉后说的，都必实现。不但人类必须服从，连大自然也不能例外。唐代武则天冬天要看牡丹，传下了金口玉言，第二天，牡丹果然怒放，国色天香，跪——不知道牡丹是怎样跪法——迎天子——逻辑的说法应该是天女。

总之，一句话：在旧社会法和理都掌握在皇帝老爷子以及大小官员的手中，百姓是没有份的。

到了近代，情况大大地改变了，特别是建国以后，换了人间，老百姓有时也有理了。但是，"十年浩劫"是一个天大的例外。那时候是老和尚打伞——无法（发）无天。理还是有的，但却只存在于报章杂志的黑体字中，存在于"最高指示"中。我现在要问一下，钱钟书先生"据理力争"据的是什么"理"？唯一的用黑体字印出来的是"革命无罪，造反有理"的理。钱先生能用这种"理"吗？红卫兵"造反"，就是至高无上的"理"。博学的钱先生如果用写《管锥编》和《谈艺录》的办法，引用拉丁文的《罗马法》来向红卫兵讲理，这不等于对牛弹琴吗？

因此，"据理力争"只能是传闻。

抑尤有进者。不佞也是被抄过家的人，蹲过"牛棚"的人，是过来人。深知被抄家的滋味。1967 年 11 月 30 日深夜，几条彪形大汉，后面跟着几个中汉和小汉，破门而入。把我和老祖、德华我们全家三个人从床上拉起来，推推搡搡，押进了没有暖气的厨房里，把玻璃门关上，两条彪形大汉分立两旁，活像庙宇里的哼哈二将。这些人都是聂元梓的干将，平常是手持长矛的，而且这些长矛是不吃素的。今天虽然没持长矛，但是，他们的能量我是清楚的。这些人都是我的学生，只因我反对了他们的“老佛爷”，于是就跟我成了不共戴天的仇敌。同他们我敢“据理力争”吗？恐怕我们一张嘴就是一个嘴巴，接着就会是拳打脚踢。他们的“理”就在长矛的尖上。哪里会“据理力争”之后才“大打出手”呢？我们三个年近花甲或古稀的老人，蜷曲在冰冷的水泥地上，浑身发抖，不是由于生气——我们还敢生气吗？不是由于害怕，而是由于窗隙吹进来的冬夜的寒风。耳中只听到翻箱倒柜，撬门砸锁的声音。有一个抄家的专家还走进厨房要我的通讯簿，准备灭十族的瓜蔓抄行动。不知道用了多少时间，这一群人——他们还能算人吗——抄走了一卡车东西，扬长而去。由于热水袋被踩破，满床是水。屋子里成了垃圾堆。此时我们的心情究竟是什么样子，我现在不忍再细说了。“长夜漫漫何时旦？”

总之，根据我的亲身经验，“据理力争”只能是传闻，而且是失实的传闻。在那样的时代，哪里有猖狂存在的余地呢？

2002 年 2 月 8 日

主编寄语

陈寅恪先生有一篇文章:《陈垣敦煌劫余录序》,是敦煌学者都很熟悉的。文中的主要论点是:有人说:“敦煌者,吾国学术之伤心史也。”陈先生不同意这个观点。他认为,即使敦煌藏经洞的精华已为外人掠夺殆尽,但是剩下的仍有八千余轴,其中有一些资料还大有可为,陈先生举出了几个例子。文中的最后一段话是:“今后斯录既出,国人获兹凭藉,宜盖能取用材料以研求问题,勉作敦煌学之预流。庶几内可以不负此历劫仅有之国宝,外有以襄进世界之学术于将来,斯则寅恪受命缀词所不胜大愿者也。”到了今天,七十多年已经过去了。虽然我国老一辈敦煌学者多已逝去,而新一代的中青年学者则精气内涵,英姿焕发,不但使用了劫余的卷子,而且在地球村中凡有敦煌卷子之处,无不亲往搜寻,潜心研究,不仅成为敦煌学之预流,而且渐渐变为主流。这一套《敦煌学研究丛书》就是证明。但是,中国古语云:“满招损,谦受益。”愿诸君本此精神,百尺竿头,更进一步。我虽老朽愿与诸君共勉之。

2002年2月8日

痛悼钟敬文先生

昨天早晨，突然听说，钟敬文先生走了。我非常哀痛，但是并不震惊。钟老身患绝症，住院已半年多，我们早有思想准备。但是听说，钟老在病房中一向精神极好，关心国事、校事，关心自己十二名研究生的学业，关心老朋友的情况。我心中暗暗地期望，他能闯过百岁大关，把病魔闯个落花流水，闯向茶寿，为我们老知识分子创造一个奇迹。然而，事实证明，我的期望落了空。岂不大可哀哉！

钟老长我八岁，如果在学坛上论资排辈的话，他是我的前辈。想让我说出认识钟老的过程，开始阶段有点难说。我在读大学的时候，他已经在民俗学的研究上颇有名气。虽然由于行当不同，没有读过他的书，但是大名却已是久仰了。这时是我认识他，他并不认识我。此后，从 30 年代一直到 90 年代六十来年的漫长的时期内，我们各走各的路，每个人都有自己的一亩三分地，都在勤恳地耕耘着，不相闻问，事实上也没有互相闻问的因缘。除了大概是在 50 年代他有什么事到北大外文楼系主任办公室找过我一次之外，再无音讯。

1957 年那一场政治大风暴，来势迅猛，钟老也没有能逃过。我一直到现在也不明白，像钟老这样谨言慎行的人，从来不胡说八道，怎样竟也不能逃脱“阳谋”的圈套，堕入陷阱中。自我们相交以来，他对此事没有说过半句抱怨的话，使我在心中暗暗地钦佩。我一向认为，中国知识分子，由几千年历史环境所决定，爱国成性。祖国是我们的母亲。不管受到多么不公平的待遇，母亲总是母亲，我们总是无怨无悔，爱国如故。我觉得，这是中国知识分子最可宝贵的品质，一直到今天，不但没有失去其意义，而且更应当发扬光大。在这方面，钟老是我们的表率。

为什么钟老对我产生了兴趣呢？我有点说不清楚。这大概同我的研究工作有关。我曾用了数年之力翻译了印度两大史诗之一的《罗摩衍那》，也曾对几个民间故事和几种民间习俗，从影响研究的角度上追踪其发展、传播和演变的过程。钟老是民俗学家，所以就发生了兴趣。他曾让我到北师大做过一次有关《罗摩衍那》的学术报告。他也曾让我复印我几篇关于民间故事传播过程的论文。做什么用，我不清楚。对于比较文学，我是浅尝辄止，没有深入钻研。但是，我却倾向于法国学派的影响研究。这种研究摸得着，看得清，是踏踏实实的学问。不像美国学派提倡的平行研究，恍兮惚兮，给许多不学无术之辈提供了藏身洞。钟老可能是倾向于影响研究的，否则他不会复印我的论文。

不管怎样，这样一来，我们就成了朋友，而且是忠诚真挚的朋友。陈寅恪先生《王观堂先生挽词》中说："风义平生师友间"。我同钟老的关系颇有类似之处，我对他尊敬如师长。他为人正直宽厚，蔼然仁者，每次晤对，如坐春风。由于钟老的缘故，我对北师大的事情也积极起来。每次有会，招之即来，来之必说。主要原因是想见上钟老一面。一面之晤，让我像充了电一般，回校后久久兴奋不已，读书写作更加勤奋。我常常自己想，像钟老这样的老人，忠贞爱国，毕生不贰；百岁敬业，举世无双。他是我们中国知识分子的优秀代表，又是我们学习的楷模。中国人民是永远不会忘记他的。

去年，2001 年，是我的九十岁生日。一些机关、团体和个人变着花样为我祝寿。我常常自嘲是"祝寿专业户"。每次祝寿活动，我总忘不了钟老，只要有借口，我必设法请他参加，他也是每请必到。至于他自己却缺少官样的借口来祝寿，米寿已过，九十也被他甩在后面，离开白寿（九十九岁）最近，可也还有一些距离。去年年初，我们想了一个主意，把接近九十或九十以上的老朋友六七位邀请到一起，来一个联合祝寿，林庚、侯仁之、张岱年等等都参加了。大家都不会忘记钟老，钟老也来参加了。大家尽欢而散，成为一次难能可贵的盛会。可是走出勺园七号楼的大门时，我看到大红布标仍然写着“庆祝季羡林先生九十华诞”，我心中十分愧怍。9 月 29 日，我又以给钟老祝寿的名义，在勺园举办了一次有将近二百人参加的大会，群贤毕至，发言热烈。

去年下半年，钟老因病住院，我曾几次心血来潮，要到医院里去看他。但是，他正在医生的严密的“控制”下，不许会见老朋友，怕他兴奋激动。到了今年年初，我也因病进了医院，也处在大夫的严密“控制”下。可我还梦想，在预定本月中旬中央几个机构为钟老庆祝百岁华诞时说不定能见他一面。然而他却匆匆忙忙地不辞而别。我见他一面的梦想永远化为幻影了。现在他的面影时时在我眼前晃动，然而面影毕竟代替不了真正的面孔，而真正的面孔却永远一去不复返了，奈之何哉！奈之何哉！

写这篇短文，几次泫然泪下。回想同钟老几年的交往，“许我忘年为气类，北海今知有刘备。”而今而后，哪里再找这样的人啊！茫茫苍天，此恨曷极！

2002 年 2 月 12 日写完

《清华英语》序

清华大学，自九十年前建校起，就以英语为基础课程。当时清华的任务是培养提高留美预备学生的英语水平，以英语为基础课，自在意料中。

在其后漫长的岁月中，清华曾经过巨大变化。大学建立后，成立了西洋文学系（后改外国语文系），外语众多，但外籍教师授课皆用英语，中国教师亦间有以英语讲课者。全校普遍开设大一英语（Freshman English）。日寇进犯，万里播迁大西南。战争胜利后，回京祝中国解放，祝新中国建立。不久又卷入院系调整中，人文社会科学归入北大。其变化可谓大矣。但是，清华人造次必于是，颠沛必于是，始终没有放弃对英语教学的重视。因此，清华学生的平均英语水平，在众多大学中一向名列前茅。

改革开放，天日重明，理智又恢复了应有的地位。清华重新建立了人文社会科学院，成立了一些系科，英文系也在其中。两三年前，清华大学从事英语教学一条龙的教学实验改革研究时，《清华英语》已经进入策划阶段。又经过几年的众多学人的通力合作，现在这一套书已经出版面世了。它是在多年教学实践的基础上，分析评估了许多教学方法和教学理论，推陈出新而完成的。其特点和优点俱见作者的说明中，兹不缕述。

我觉得，最重要的一点是，它体现了清华精神。我多年以来就考虑清华之所以为清华之特点：清华永远求新，清华永远前进，清华永远自葆青春，清华永远清新俊逸。清华校训中的“自强不息”，不是一句装饰门面的虚话，而是我们行动的指针；九十年来，它在各个方面都得到了贯彻。现在这一套《清华英语》也体现了这种精神。

杜甫诗：“好雨知时节，当春乃发生。”眼前，我们入世已经成功，再过六年就将在北京举办奥运。全国各地学英文的热潮一浪高过一浪。这正是学习英语的春天。我们这一套《清华英语》，宛如知时节的好雨，自天而降。它能不受到广大群众的欢迎吗？是为序。

2002 年 3 月 16 日

范曾《庄子显灵记》序

若干年来，我有一个想法：人类自从成为“万物之灵”后，最重要的任务是正确处理人与大自然的关系，我称之为天人关系。要了解自然，认识自然，要同自然交朋友，我称之为“天人合一”。然后再伸手向大自然要衣，要食，要住，要行。

然而，人类，特别是近几百年来的西方人，却反其道而行之，要“征服自然”，在大自然面前翘尾巴。从表面上来看，人类似乎是胜利了，大自然似乎是被征服了。然而，大千世界发生了许多弊端，甚至灾害，影响了人类生存的前途。 德国伟大诗人歌德说，大自然不会犯错误，犯错误的是人。

德国伟大的思想家恩格斯说，我们不要过分陶醉于我们对自然的胜利中，每一次胜利大自然都对我们进行了报复。

两位哲人的话值得我们深思再深思。

我有一个公式：人类在大自然面前翘尾巴的高度与人类前途的危险性成正比。尾巴翘得越高，危险性越大。

眼前的这一个世纪是人类生存发展的前途上的一个关键的世纪。

读了范曾兄的近著《庄子显灵记》，“心有灵犀一点通”，引起了我的遐想，写了上面这一些话。

我认识范曾有一个三步（不是部）曲：第一步认为他只是一个画家。第二步认为他是一个国学家。第三步认为他是一个思想家。在这三个方面，他都有精湛深邃的造诣。谓予不信，请阅读范曾的著作。

2002年3月17日

时　间

一抬头，就看到书桌上座钟的秒针在一跳一跳地向前走动。它那里一跳，我的心就一跳。孔子说："逝者如斯夫，不舍昼夜!"这里指的是水。水永远不停地流逝，让孔夫子吃惊兴叹。我的心跳，跳的是时间。水是能看得见，摸得着的。时间却看不见，摸不着的，它的流逝你感觉不到，然而确实是在流逝。现在我眼前摆上了座钟，它的秒针一跳一跳，让我再清楚不过地看到了时间的流逝，焉能不心跳？焉能不兴叹呢？

远古的人大概是很幸福的。他们日出而作，日入而息，根据太阳的出没来规定自己的活动。即使能感到时间的流逝，也只在依稀隐约之间。后来，他们聪明了，根据太阳光和阴影的推移，把时间称作光阴。再后来，人们的聪明才智更提高了，用铜壶滴漏的办法来显示和测定时间的推移，这是用人工来抓住看不见摸不着的时间的尝试。到了近几百年，人类发明了钟表，把时间的存在与流逝清清楚楚地摆在每一个人的面前。这是人类文明进步的表现。但是，正如人们常说的那样："有一利必有一弊"，人类成了时间的奴隶，成了手表的奴隶。现在各种各样的会极多，开会必须规定时间，几点几分，不能任意伸缩。如果参加重要的会而路上偏偏赶上堵车，任你怎样焦急，怎样频频看手表，都是白搭。这不是典型的时间的奴隶又是什么呢？然而，话又说了回来，在今天头绪纷纭杂乱有章的社会里，开会不定时间，还像古人那样"日出而作，日入而息"，优哉游哉，顺帝之则，今天的社会还能运转吗？不管你愿意不愿意，成为时间的奴隶就正是文明的表现。

不管你意识到还是没有意识到，大自然还是把虚无缥缈的时间用具体的东西暗示给了人们。比如用日出日落标志出一天，用月亮的圆缺标志出一月，用四季（在印度是六季或者两季）标志出一年。农民最关心这些问题，一年二十四个节气对他们种庄稼有重要意义。在自然科学家和哲学家眼中，时间具有另外的意义。他们说，大千世界，人类万物，都生长在时间和空间内，而时间是无头无尾的，空间是无边无际的。我既不是自然科学家，也不是哲学家，对无头无尾和无边无际实在难以理解。可是不这样又能怎样呢？如果时间有了头尾，头以前尾以后又是什么呢？因此，难以理解也只得理解，此外更没有其他途径。

生与死也属于时间范畴。一般人总是把生与死绝对对立起来。但是，中国古代的道家却主张“万物方生方死”，把生与死辩证地联系在一起，而且准确无误地道出了生即是死的关系。随着座钟秒针的一跳，我自己就长了无法用言语表达出来的那么一点点儿。同时也就是向着死亡走近了那么一点点儿。不但我是这样，现在正是初夏，窗外的玉兰花、垂柳和深埋在清塘里的荷花，也都长了那么一点点儿。不久前还是冰封的湖水，现在是“风乍起，吹皱一池夏水”，波光潋滟，水色接天。岸上的垂杨，从光秃秃的枝条上逐渐长出了小叶片，一转瞬间，出现了一片鹅黄；再一转瞬，就是一片嫩绿，现在则是接近浓绿了。小山上原来是一片枯草，“一夜东风送春暖，满山开遍二月兰”。今年是二月兰的大年，山上地下，只要有空隙，二月兰必然出现在那里，座钟的秒针再跳上多少万次，二月兰即将枯萎，也就是走向暂时的死亡了。所有这些东西，都是方生方死。这是自然的规律，不可逆转的。

印度人是聪明的，他们把时间和死亡视为一物。梵文 hāla，既是“时间”，又是“死亡或死神”。《罗摩衍那》的主人公罗摩，在活了极长的时间以后，hāla 走上门来，这表示他就要死亡了。罗摩泰然处之，既不“饮恨”，也不“吞声”。他知道这是自然规律，人类是无能为力的。我们今天知道，不但人类是这样，世界上万事万物都有始有终，无一例外。“顺其自然”是最好的办法。我在这里顺便说一下。在梵文里，动词“死”的字根是 mṛ；但是此字不用 marati 来表示现在时，而是用被动式 mriyate (ti)，这表示，印度人认为“死”是被动的，主动自杀者究属少数。

同印度人比较起来，中国人大概希望争取长生。越是有钱有势的人越希望活下去，在旧社会里生活在水深火热中的小百姓，决不会愿意长远活下去的。而富有天下的天子则热切希望长生。中国历史上几位有名的英主，莫不如此。秦始皇和汉武帝都寻求不死之药或者仙丹什么的。连唐太宗都是服用了印度婆罗门的“仙药”而中毒身亡的。老百姓书呆子中也有寻求肉身升天的，而且连鸡犬都带了上去。我这个木头脑袋瓜真想也想不通。如果真有那么一个“天”的话，人数也不会太多。升到那里去干些什么呢？那里不会有官僚衙门，想走后门靠贿赂来谋求升官，没有这个可能。那里也不会有什么市场，什么 WTO，想发财也英雄无用武之地。想打麻将，唱卡拉 OK，唱几天，打几天，还是会有兴趣的，但让你一月月一年年永远打下去，你受得了吗？养鸡喂狗，永远喂下去，你也受不了。“不为无益之事，何以遣无涯之生！”无益之事天上没有。在天上待长了，你一定会自杀的。苏东坡说“起舞弄清影，何似在人间!”是有见地之言。我们还是老老实实待在人间吧。

要待在人间，就必须受时间的制约。在时间面前，人人平等。如果想不通我在上面说的那一些并不深奥的道理，时间就变成了枷锁，让你处处感到不舒服。但是，如果真想通了，则戴着枷锁跳舞反而更能增加一些意想不到的兴趣。我自认是想通了。现在照样一抬头就看到书桌上座钟的秒针一跳一跳地向前走动，但是我的心却不跳了。我觉得这是时间给我提醒儿，让我知道时间的价值。“一寸光阴不可轻”，朱子这一句诗对我这个年过九十的老头儿也是适用的。

2002 年 3 月 31 日

再谈老年

我在《夜光杯》上已经写过多篇关于老年的文章了。可是今天读了范敬宜先生的《“老泪”何以“浑浊”？》，又得了新的启发，不禁对老年再唠叨上几句。

范先生的文章中讲到，齐白石、刘海粟常在书画上写上“年方八十”、“年方九十”的字样。这事情我是知道的，也亲眼见过的。不知道由于什么原因，我看了总觉得心里不是滋味，觉得过于矫情。这往往使我想到晋代竹林七贤之类的人物，他们以豁达自命，别人也认为他们豁达。他们中有人让一个人携铁锹跟在自己身后，说：“死便埋我！”从表面上来看，这对生死问题显得多么豁达。据我看，这正表示他们对死亡念念不忘，是以豁达文恐惧。

好生恶死，好少年恶老年，是人之常情。但是，我们应该有一个正确的生死观，正确的少年和老年观。我觉得，还是中国古代的道家最聪明，他们说：万物方生方死。一下子就把生与死，少年与老年联系在一起了。从生的方面来看，人一下生，是生的开始，同时也是死的开始。你活上一年，是生了一年，但是同时也是向死亡走近了一年。你是应该高兴呢？还是应该厌恶？你是应该喜呢？还是应该惧？

对于这个问题，我觉得，陶渊明的态度最值得赞美。他有一首诗说：“纵浪大化中，不喜亦不惧。应尽便须尽，无复独多虑。”他的“尽”就是死。问题是谁来决定“应”还是“不应”。除非自杀，决定权不在自己手中。既然不在自己手中，你就用不着“多虑”(多操心)。这是最合理的态度。我不相信，人有什么生死轮回。一个人只能生一次，这是一个十分难得的机会，不能轻易放过，只要我们能活一天，我们就必须十分珍视这一天，因为它意味着我们又向死亡前进了一天。我们要抓紧这一天，尽量多做好事，少做或不做坏事。好事就是有利于国家，有利于人民，有利于世界的事。这样做，既能利他，又能利己。损人又不利己的事情是绝对做不得的。至于什么时候“应尽”，那既然不能由我们自己决定，也就不必“多虑”了。题写“年方八十”、“年方九十”的矫情举动要尽量避免。

攀登八宝山，是人人必走的道路。但这不是平常的登山活动，不必努力攀登，争取个第一名。对于这个活动，我一向是主张序齿的，老年人有优待证。但是，这个优待证他可以不使用。我自己反正已经下定决心，决不抢班夺权，决不夹塞。等到我“应尽”的时候，我会坦然从命，既不“饮恨”，也不“吞声”。

2002年4月4日

读《敬宜笔记》有感

近几年来，由于眼睛昏花，极少能读成本的书。可是，前些日子，范敬宜先生来舍下，送来他的《敬宜笔记》。我翻看了一篇，就被它吸引住，在诸事丛杂中，没用了很长的时间，就把全书读完了。我明白了很多人情事理，得到了极大的美感享受。我必须对范先生表示最诚挚的谢意和敬意。同样的谢意和敬意也必须给予小钢，是她给敬宜在《夜光杯》上开辟了专栏。

书中的文章都是非常短的。内容则比较多样。有的讲世界大事，有的讲国家大事，更多的则是市井小事，个人感受。没有半句假话、大话、空话、废话和套话。讲问题则是单刀直入，直抒胸臆。我想用四个“真”字来表示：真实、真切、真诚、真挚。可以称之为“四真”之境。

最值得注意的是文风。每一篇都如行云流水，舒卷自如，不加雕饰，秀色天成。读的时候，你的思想，你的感情也都为文章所吸引，或卷或舒，得大自由，得大自在。

但是，这里却有了问题。

我仿佛听到有人责问我：“你不是主张写散文必须惨淡经营吗？你现在是不是改变了主意？”答曰：我并没有改变主意。我仍然主张惨淡经营。中国是世界上的散文大国，几千年来，名篇佳作浩如烟海。惨淡经营是我从中归纳出来的，抽绎出来的一点经验，一条规律，并不是我的发明、创造，我不敢居功自傲。

但是，仅仅这样说，还不够全面。古代的散文大家们还有另外一种情况。他们写庄重典雅的大文章时一定是惨淡经营的，讲结构，讲节奏，字斟句酌，再三推敲，加心加意，一丝不苟。但是，如果即景生情，则也信笔挥洒，仿佛是信手拈来，自成妙文。二者之间有什么联系吗？二者之间是什么关系呢?我认为是有联系的。信手拈来的妙文是在长期惨淡经营的基础上的神来之笔。拿书法和绘画来打个比方。书法必须先写正楷，横平竖直，点画分明。然后才能在这个基础上任意发挥。如果没有这个基础，浮躁浅薄，急于求成，这样的书法只能成为鬼画符。绘画必须先写生素描。没有下这一番苦功而乱涂乱抹，也只能成为鬼画符。

范敬宜的“笔记”是他自己的谦称，实际上都是美妙的散文或小品文。他几十年从事报纸编辑工作，有丰富的惨淡经营的经验。现在的“笔记”就是在这个基础上信手拈来的。敬宜不但在写作上有坚实的基础，实际上还是一位中国古代称之为“三绝”的人物，诗、书、画无不精妙。他还有胜于古代的“三绝”之处，他精通西方文化，怕是古人难以望其项背的。我杜撰一个名词，称之为“四绝”。

我忽然浮想联翩，想到了范敬宜先生的祖先宋代文武双全的大人物范仲淹。他的名著《岳阳楼记》是千古名篇，其中的两句话“先天下之忧而忧，后天下之乐而乐”是今天许多先进人物的座右铭。孟子说：“君子之泽，五世而斩。”现在看来，范仲淹之泽，数十世而不斩。今天又出了像范敬宜这样的人物。我还想顺便提一句：今天范仲淹的后代还有一位范曾，也是一个“四绝”的人物。这个现象颇值得注意。

最后，我还想奉劝《夜光杯》的读者们：见了范敬宜的“笔记”，千万不要放过。

2002 年 4 月 6 日

观潘维明摄影集《中国农家》

艺术追求的是美，再详细一点说，是真、善、美相结合。

摄影是艺术的一个分支，追求的目标，当无二致。《中国农家》的英文译名是 The charm of China's Countryside，干脆就把“美”字点出来。charm 的涵义当然比“美”字要广泛；但是其中至少也包含了“美”。

潘维明先生在北大学习的科目与摄影无关，但是，他长期以来酷爱摄影。同所有的真正的艺术家一样，他表现出令人吃惊的敬业精神，他敬业到玩命的程度。他不远千里，甚至不远万里，走遍了全国许多地区，连一般人认为是偏远的地方他也不放过，比如西藏、新疆、云南丽江地区等等。他的着眼点是中国农村。他能从平凡处见到 charm，从细微处见到 charm，从别人不注意的地方见到 charm。他用自己精心改造的照相机，咔嚓一声，暂时的 charm 遂成为永恒，收在《中国农家》中的照片可以为证。我想，谁看了都会说，这些照片是美的，是具有 charm（魅力）的。

我还想进一步指出，潘维明是摄影家，而不是摄影匠。“家”与“匠”虽只是一字之差，其间的区别却是巨大的。“匠”追求的只是技巧方面的东西，而“家”则除了技巧以外还有思想基础和文化底蕴。维明告诉我，他同明代大旅行家徐霞客一样，对云南的丽江情有独钟，在那里待的时间最长。丽江已被联合国教科文组织批准为世界文化遗产保护单位，这是极为难得的事情。维明在那里悟到了两个问题：一个是在中国城市建设中，保存文化遗产与现代化的矛盾问题，一个是中国的传统思想“天人合一”问题。下面我分别来谈一谈。

先谈第一个问题。这个问题在建国初期改造大城市时就遇到了。当时的领导人大概还没有意识到这竟是一个问题。他们只注意到现代化，几乎很少考虑文化遗产的保护。所以他们认为是阻碍其现代化者，一律拆除。首当其冲的是城墙，今日已知其非。实际上，现代化与保留文化遗产，如果处理好了，并不会成为你死我活的矛盾。例子也不缺少，外国有德国的波恩，中国有云南的丽江。

再谈第二个问题。维明告诉我，他在云南丽江感悟到中国传统思想“天人合一”的重要性，详细一点说，就是人与大自然要和谐共处，不要提什么“征服自然”，要了解自然，认识自然，在这个基础上再伸手向自然要衣，要食，要住，要行。我个人认为，这是当今世界上最重要的问题之一，是关系到人类生长发展前途的大问题，切不可等闲视之。

以上两点我认为就是潘维明摄影艺术的思想基础和文化底蕴。我认为他不是一个摄影匠，而是一位摄影家，一位特立独行的摄影家。

2002 年 4 月 10 日

爱国与奉献

最近清华大学和北京同方文化发展有限公司共同推出了大型电视专题片《我愿以身许国》暨《科学家的故事》。我参加了首映式。前者讲的是两弹一星二十三位科学家的故事，后者讲的是中国其他将近一百位科学家的故事，二者实相联系，合成一体。我看了后大为兴奋，大为震动，大为欣悦，大为感激，简直想手舞足蹈了。我们要感谢以顾秉林校长为首的清华大学的校领导，感谢同方文化发展有限公司的徐林旗总经理。没有他们的努力，这两部电视片是完成不了的。我欢呼这部优秀的电视专题片的诞生。我相信，将来当这部电视片在全国放映的时候，会有成千上万的观众参加到我们欢呼的行列里来的。

这两部片子的意义何在呢？

我归纳为两点：爱国与奉献。以爱国主义的情操来推动奉献精神；以奉献的实际行动来表达爱国主义的情操。二者紧密相连，否则爱国主义只是一句空话，而奉献则成为无源之水，无本之木。

爱国主义是中华民族的优秀传统，历数千年而未衰。原因是中国历代都有外敌窥伺，屠我人民，占吾土地，从而激起了我们民族的爱国义愤，奋起抵抗，前赴后继，保存了我们国家的领土完整，维护了我们人民的生命安全，一直到了今天。

到了今天，我们国家虽然仍然处于发展中国家行列中，但是早已换了人间，我们在众多方面取得了令人瞩目的成绩，在全世界普遍的经济不景气的气氛中，我们却一枝独秀。我们国家在世界民族之林中的地位日益崇高。没有我国的参加，世界上任何重大问题都是解决不了的。在这样的情况下还有必要大声疾呼地提倡爱国主义吗？

我的意见是：有必要，而且比以前更迫切。我们目前的处境是，从一个弱国逐渐变为一个强国。我们是一个有十三亿人口的大国。这种转变会引起周边一些国家的不安。虽然我们国家的历届领导人都昭告天下：我们决不会侵略别的国家，但是我们也决不会听任别的国家侵略我们。这样的话，他们是听不进去的。特别是那一个狂舞大棒，以世界警察自居，肆意干涉别国内政的大国，更是视我为眼中钉。在这样的情况下，我认为，我们“国歌”中的一句话“中华民族到了最危急的时候”，还有其现实的意义。

因此，我们眼前发扬爱国主义精神，不但不能削弱，而且更应加强。我们还要把爱国与奉献紧密结合起来。如果没有两弹一星的元勋们的无私奉献精神和行动，如果我们今天仍然没有两弹一星，我们的日子怎样过呀！那一个大国能像现在这样比较克制吗？说不定踏上我国土地的不仅是20世纪三四十年代打着膏药旗的侵略者，还会有打着另外一种旗帜的侵略者。

想到这里，我们不能不缅怀二十三位两弹一星的元勋们以及他们的助手们的丰功伟绩。他们长期从家中“失踪”，隐姓埋名，躲到沙漠深处，战严寒，斗酷暑，忍受风沙的袭击，奋发图强，终于制造出来了两弹一星，成了中国人民的新的万里长城。他们把爱国与奉献紧密地结合起来。他们是我们学习的楷模。我是不是过分夸大了两弹一星的作用呢？绝不是。以那个大国为首的力图阻碍我们前进的国家，都是唯武器论者。他们怕的只是你手中的真家伙。希望我们全国人民认真学习两弹一星的元勋们，也把爱国与奉献紧密结合起来。我们将成为世界大国是历史的必然，是谁也阻挡不住的。

2002年5月2日

一点关于“美”化的杞忧

这里的“‘美’化”，不是我们平常所说的“美化”，而是“美国化”的缩写。

我因为眼睛不好，晚上看电视只看“北京新闻”，加上前面的“体育新闻”，前后不过一小时。但是，在这短短的一小时内，广告却占了相当长的时间。我并不反对电视播放广告，这是对观众和电视台都有利的事情。我只是感觉到，现在的电视，还有报纸，上面的广告过多，多到干扰观者和读者的观看和阅读的兴趣的程度。我不否认，广告也有信息量的。但是这种信息与国家大事或世界大事还是有区别的，不能一概而论。

我现在要谈的不是广告的量，而是广告的内容。在北京电视台一个小时节目的广告中，内容很大一部分是讲美国货的。保健和美容商品几乎为美国货所垄断。专就牙膏一项而论，前一阵子宣传的是高露洁，描绘得有声有色，即使是没有牙齿的不需要刷牙的人也会为之动容。不知道是从什么时候起，一变而为佳洁士了，又描绘得有声有色。不知究竟谁优谁劣。是不是一种货而改用两个名字？我没有去考证过，反正都是美国货，这用不着怀疑。

我并不反对美国货。现在是市场经济时代，谁的货好，谁吆喝得厉害，我就用谁的。倘若质量差不多，我当然会用中国货的。这恐怕不能上纲到狭隘民族主义的高度吧。就拿牙膏来说，以前中国的牙膏现在到哪里去了呢？在辽阔的中国市场上竟让美国牙膏唯我独尊。我真是疑虑重重，忧心忡忡。再讲到食品，麦当劳、肯德基，飞扬跋扈，中国以食品名重天下，现在竟也节节败退，此理真不可解。再看一看其他方面的情况，在很多方面都是唯美国马首是瞻，我真不禁有点杞人忧天了。

我最近在许多报刊杂志上都谈到，“中国制造”（made in China）的字样在许多国家引起了恐慌。有人告诉我，在美国唐人街以外的地方也能买到中国货。这一点我们中国人当然会感到骄傲和高兴的。自从改革开放以来，我们国家国势日隆，国际地位日益提高。在全世界经济普遍不景气的情况下，我国一枝独秀，经济持续发展。我们原来是无声的中国，现在我们的声音响彻全球。这当然使我们中国人都十分兴奋和骄傲。但是，我觉得，北京电视台广告所提供的情况，我们可万不能掉以轻心。这是给我们敲响了警钟。我决不相信，made in China 的牙膏会在 China 消逝而流向美国市场。

增强国与国之间的理解与友谊，进行国与国之间的文化交流，包括化妆品与饮食，是绝对必要的，我是完全赞成的。但是，中国有两句老话：“螳螂捕蝉，黄雀在后。”我们要记住这两句老话，不要让我们在潜移默化中“美”化了。

2002 年 5 月 6 日

一个值得担忧的现象

——再论包装

我在这里写的“值得担忧”，不限于中国，而是全世界。

我曾在本刊上写过一篇《论包装》的文章，内容主要是谈外面包装极大而里面的商品极小的问题。现在这一篇《再论包装》，主要谈的是外面包装和里面商品的价值问题。重点有所不同，而令人担忧则一也。

我先举一个小例子。

最近有友人从山东归来，带给我了一些周村烧饼。这是山东周村生产的一种点心。作料异常简单，只不过一点面粉、一点芝麻，再加上一点糖或盐，用水和好，擀成薄皮，做成圆饼，放在炉中烤干，即为成品，香脆可口，远近闻名，大概已经有几百年的历史了。因为成本极低，所以价钱不高。过去只是十个或八九个一摞，用白纸一包，即可出售。烧饼吃完，把纸一揉，变成垃圾，占地也不多。

常言道：“士别三日，当刮目相看。”岂知这一句话也能应用到周村烧饼身上。现在友人送给我的这些烧饼，完全换了新装，不是白纸，而是铁盒，彩绘烫金，光彩夺目。夥颐！我的老朋友阔起来了！我不禁大为惊诧。

在惊诧之余，我又不禁忧心忡忡起来。我不是经济学家，这里也用不着经济学。只草草地估算一下，那几个烧饼能值几个钱？这金碧辉煌的铁盒又能值多少钱？显然后者比前者要贵得多。可是哪一个有使用价值呢？又显然只是前者。烧饼吃下去，可以充饥，可以转变成营养成分，增强人的身体。铁盒，如果只有一两个的话，小孩子可以拿着玩一玩。如果是成千上万的话，却只能变成了垃圾，遭人遗弃。《论包装》中提到的那一些大而无当的包装，把其中小小的一点商品取出来后，也都成为垃圾。

这有点像中国古书上的一个典故："买椟还珠。"但是，这个典故不过是讥笑舍本逐末，取舍不当而已，那个椟还是有用的，决不会变成垃圾。

古代人生活简朴，没有多少垃圾，也决不会自己制造垃圾。到了今天，人类大大地进步了。然而却越来越蠢了，会自己制造垃圾，以致垃圾成为一个世界性问题。每一个国家的政府都为处理垃圾而大伤脑筋，至今也还没有能找到一个行之有效的办法。如此持续下去，将来的人类只能在垃圾堆里讨生活了。

但是，还有更严重的问题。人类衣、食、住、行的资料都取之于大自然。但是，小小的一个地球村里资源毕竟是有限的。当年苏东坡说："惟江上之清风，与山间之明月，耳得之而为声，目遇之而成色，取之无禁，用之不竭，是造物之无尽藏也。"东坡认为造物无尽藏，是不正确的。造物是有尽藏的，用之是有竭的。可惜到了今天，世人还多是浑浑噩噩，懵懵懂懂，毫无反思悔改之意。尤其是那一个以世界警察自居的大国，在使用大自然资源方面，肆无忌惮地浪费，真不禁令人发指。有识之士已经感觉到，人类已经是"盲人骑瞎马，夜半临深池"，但感觉到这种危险者不多。这是事实，并不是我一个人的杞忧。

我希望有聪明智慧的中国人，悬崖勒马，改弦更张，再也不制造那一种大而无当的商品包装和那种金碧辉煌的商品铁盒，给我们的子孙后代多留下一点大自然的资源。

2002 年 5 月 10 日

公　德

(一)

什么叫“公德”？查一查字典，解释是“公共道德”。这等于没有解释。继而一想，也只能这样。字典毕竟不是哲学教科书，也不是法律大全。要求它做详尽的解释，是不切实际的。

先谈事实。

我住在燕园最北部，北墙外，只隔一条马路，就是圆明园。门前有清塘一片，面积仅次于未名湖。时值初夏，湖水潋滟，波平如镜。周围垂杨环绕。柳色已由鹅黄转为嫩绿，衬上后面杨树的浓绿，浓淡分明，景色十分宜人。北大人口中称之为后湖。因为僻远，学生来者不多，所以平时显得十分清静。为了有利于居住者纳凉，学校特安上了木制长椅十几个，环湖半周。现在每天清晨和黄昏，椅子上总是坐满了人。据知情人的情报，坐者多非北大人，多来自附近的学校，甚至是外地来的游人。

这样一个人间仙境，能吸引外边的人来，我们这里的居民，谁也不会反对，有时还会窃喜。我们家住垂杨深处，却如入芝兰之室，久而不闻其香。有外来人来共同分享，焉得而不知喜呢？

然而且慢。这里不都是芝兰，还有鲍鱼。每天十点，玉洁来我家上班时，我们有时候也到湖边木椅上小坐。几乎每次都看到椅前地上，铺满了瓜子皮、烟头，还有不同颜色的垃圾。有时候竟有饭盒的残骸，里面吐满了鸡骨头和鱼刺。还有各种的水果皮，狼藉满地，看了令人头痛生厌，屁股再也坐不下去。有一次我竟看到，附近外国专家招待所的一对外国夫妇，手持塑料袋和竹夹，在椅子前面，弯腰曲背，捡地上的垃圾。我们的脸腾的一下子红了起来。看了这种情况，一个稍有公德心的中国人，谁还能无动于衷呢？我于是同玉洁约好了，明天我们也带塑料袋和竹夹子来捡垃圾，企图给中国人挽回一点面子。捡这些垃圾并不容易。大件的好办，连小件的烟头也并不困难。最难捡的是瓜子皮，体积小而薄，数量多而广，吐在地上，脚一踩，就与泥土合二而一，一个个地从泥土中抠出来，真是煞费苦心。捡不多久，就腰酸腿痛，气喘吁吁了。本来是想出来纳凉的，却带一身臭汗回家。但我们心里却是高兴的，我们为我们国家做了一件小到不能再小的事情。此外，我们也有“同志”。一位邻居是新华社退休老干部。他同我们一样，对这种现象看不下去。有一次，我们看到他赤手空拳、搜捡垃圾。吾道不孤，我们更高兴了。

中华民族是伟大的民族，这一点，全世界谁也不敢否认。可是，到了今天，由于种种原因，一部分人竟然沦落到不知什么是公德，实在是给我们脸上抹黑。现在许多有识之士高呼提高人民素质，其中当然也包括道德素质。这实在是当务之急。

（二）

标题似乎应作“风化”，但是，因为第一，它与《公德（一）》所谈到的湖边木椅有关；第二，在这里，“有伤风化”与“有损公德”实在难解难分，因此仍作《公德》，加上一个（二）字。

话题当然要从木椅谈起。木椅既是制造垃圾的场所，又是谈情说爱的胜地。是否是同一批人同时并举，没有证明，不敢乱说。

在光天化日之下，大庭广众之中，亲人们，特别是夫妇们由于某种原因接一个吻，在任何文明国家中都允许的，不以为怪的。在中国古代，是不行的，这大概属于“非礼”的范围。

可是，到了今天，中国“现代化”了。洋玩意儿不停地涌入，上述情况也流行起来。这我并不反对。不过，我们中国有一部分人，特别是青年人，一学习外国，就不但是“弟子不必不如师”，而且有出蓝之誉。要证明嘛，远在天边，近在眼前，就在燕园后湖边木椅子上。

经常能够看到，在大白天，一对或多对青年男女，坐在椅子上。最初还能规规矩矩，不久就动手动脚，互抱接吻，不是一个，而是一串。然后，一个人躺在另外一个的怀里，仍然是照吻不已。最后则干脆一个人压在另一个的身上。此时，路人侧目，行者咋舌，而当事人则天上天下，唯我独尊，岿然不动，旁若无人。招待所里住的外国专家们大概也会从窗后外窥，自愧不如。

汉代张敞对宣帝说：“闺房之内，夫妇之私，有过于画眉者。”但那是夫妇之间暗室里的事情。现在移于光天化日之下，岂能不令人吃惊！我不是说，在白天椅子上竟做起了闺房之内的事情来。但我们在捡垃圾时确实捡到过避孕套。那可能是夜间留下的，我现在不去考证了。

燕园后湖这一片地方，比较僻静。有小山蜿蜒数百米，前傍湖水，有茂林修竹，绿草如茵。有些地方，罕见人迹。真正是幽会的好地方。傍晚时见队队男女青年，携手搂腰，迤逦走过，倩影最终消失在绿树丛中。至于以后干些什么，那只能意会，而不必言传了。

一天晚上，一位原图书馆学系退休的老教授来看我，他住在西校门外。如果从我家走回家，应该出门向右转，走过我上面讲的那一条倚山傍湖的小径。但他却向左转，要经过未名湖，走出西门，这要多走好多路。我怪而问之。他说，之所以不走那一条小路，怕惊动了对对的野鸳鸯。对对者，不止一对也，我听了恍然大悟，立即想起了我们捡垃圾时捡到的避孕套。

故事讲完了，读者诸君以为这是“有伤风化”呢？还是“有损公德”？恐怕是二者都有吧。

（三）

已经写了两篇《公德》，但言犹未尽，再添上一篇。

改革开放以来，我国经济发展了，人民生活水平提高了，钱包鼓起来了。于是就要花钱。花钱花样繁多，旅游即其中之一。于是空前未有的旅游热兴起来了。国内的泰山、长城、黄山、张家界、九寨沟、桂林等逛厌了，于是出国，先是新、马、泰，后又扩大到欧美。大队人马出国旅游，浩浩荡荡，猗与休哉！

我是赞成出国旅游的。这可以开阔人们的眼界，增长人们的见识，有百利而无一弊。而且，我多年来就有一个想法：西方人对中国很不了解。他们不懂“士别三日，当刮目相看”的道理，至今仍顽固抱住“欧洲中心主义”不放。这大大地不利于国际的相互了解，不利于人民之间友谊的增长。所以我就张皇“送去主义”，你不来拿，我就送去。然而送去也并不容易。现在中国人出国旅游，不正是送去的好机会吗？

然而，一部分中国游客送出去的不是中国文化，不是精华，而是糟粕。例子繁多，不胜枚举。我干脆做一次文抄公，从《参考消息》上转载的香港《亚洲周刊》上摘抄一点，以概其余。首先我必须声明一下，我不同意该刊“七宗罪”的提法。这只是不顾国格，不讲公德，还不能上纲到“罪”。这七宗是：

第一宗：脏。不讲公德，乱扔垃圾。拙文《公德（一）》讲的就是这个问题。

第二宗：吵。在飞机上，在火车上，在餐厅中，在饭店里，大声喧哗。

第三宗：抢。不守规则，不讲秩序，干什么都要抢先。

第四宗：粗。不懂起码的礼貌，不会说：“谢谢！”“对不起。”

第五宗：俗。在大饭店吃饭时，把鞋脱掉，赤脚坐在椅子上，或盘腿而坐。

第六宗：窘。穿戴不齐，令人尴尬。穿着睡衣，在大饭店里东奔西逛。

第七宗：泼。遇到不顺心的事，不但动口骂人，而且动手打人。

以上七宗，都是极其概括的。因为，细说要占极多的篇幅。不过，我仍然要突出一“宗”，这就是随地吐痰，我戏称之为“国吐”，与"国骂"成双成对。这是中国相当大一部分人的痼疾，屡罚不改。现在也被输出国外，为中国脸上抹黑。

处在这种情况下，我们应该怎么办呢？想改变以上几种弊端，是长期的工作，国内尚且如此，何况国外。我们决不能因噎废食，停止出国旅游。出国旅游还是要继续的。能否采取一个应急的办法：在出国前，由旅游局或旅行社组织一次短期学习，把外国习惯讲清，把应注意的事项讲清。或许能起点作用。

（四）

已经写了三篇《公德》，但仍然觉得不够。现在再写上一篇，专门谈"国吐"。

随地吐痰这个痼疾，过去已经有很多人注意到了。记得鲁迅在一篇杂文中，谈到旧时代中国照相，常常是一对老年夫妇，分坐茶几左右，几前置一痰桶，说明这一对夫妇胸腔里痰多。据说，美国前总统访华时，特别买了一个痰桶，带回了美国。

中国官方也不是没有注意到这个现象。很多年以前，北京市公布了一项罚款的规定：凡在大街上随地吐痰者，处以五毛钱的罚款。有一次，一个人在大街上吐痰，被检查人员发现，立刻走过来，向吐痰人索要罚款。那个人处变不惊，立刻又吐一口痰在地上，嘴里说："五毛钱找钱麻烦，我索性再吐上一口，凑足一元钱，公私两利。"这个故事真实性如何，我不是亲身经历，不敢确说，但是流传得纷纷扬扬，我宁信其有，而不信其无。

也是在很多年以前，北大动员群众，反击随地吐痰的恶习。没有听说有什么罚款。仅在学校内几条大马路上，派人检查吐痰的痕迹，查出来后，用红粉笔圈一个圆圈，以痰迹为中心。这种检查简直易如反掌，隔不远，就能画一个大红圈。结果是满地斑斓，像是一幅未来派的图画。

结果怎样呢？在北京大街上照样能够看到和听到，左右不远，有人吭、咔一声，一团浓痰飞落在人行道上，熟练得有如大匠运斤成风，北大校园内也仍然是痰迹斑驳陆离。

我们中华民族是伟大的民族，是英勇善战的民族，我们能够以弱胜强，战胜了武装到牙齿的外敌和国内反动派，对像“国吐”这样的还达不到癣疥之疾的弊端竟至于束手无策吗?

更为严重的是，最近几年来，国际旅游之风兴。“国吐”也随之传入国外。据说，我们近邻的一个国家，为外国游人制定了注意事项，都用英文写成，独有一条是用汉文：“请勿随地吐痰!”针对性极其鲜明。但却决非诬蔑。我们这一张脸往哪里摆呀!

治这样的顽症有办法没有呢？我认为，有的。新加坡的办法就值得我们参考。他们用的是严惩重罚。你要是敢在大街上吐一口痰，甚至只是丢一点垃圾。罚款之重让你多年难忘。如果在北京有人在大街上吐痰，不是罚五毛，而是罚五百元，他就绝不敢再吐第二口了。但这要有两个先决条件：一是耐心的教育，不厌其烦地说明利害，苦口婆心。二是要有国家机关、法院和公安局等的有力支持。决不允许任何人耍赖。实行这个办法，必须持之以恒，而且推向全国。用不了几年的时间，“国吐”这种恶习就可以根除。这是我的希望，也是我的信念。

2002 年 6 月 4 日

《畅谈东方智慧》序

池田大作先生，是日本国际著名的社会活动家，宗教活动家，国际活动家。他曾同一些国际上知名的学者和政治家进行过对话活动，比如英国大历史学家汤因比，美国的基辛格等等都包括在内。对话内容用中、日、英三国语言出版，在国际上产生了良好的影响。它促进了人民与人民之间的理解与友谊，对当今国际上的基调和平与发展做出了重要贡献。

池田大作先生，同中国更可以说是有特殊的关系。他曾多次访华，同中国学者和宗教界人士广有接触。他是北京大学的名誉教授，又在一些高等学校中获有名誉职称。他也尽自己力量，向中国一些大学捐赠图书和仪器。他在中国人民群众中是受欢迎的人。

这一次，池田大作先生要同中国学者对话了。我滥竽充数，敬陪末座。他同蒋忠新先生对话的内容，主要是有关《妙法莲华经》的。蒋先生穷几十年之力治梵文原本《妙法莲华经》。对中国旅顺博物馆所藏来自新疆的《法华经》梵文原本残卷之研究，致力尤勤，创获至多。《法华经》是创价学会的圣经宝典。池田大作先生对此经也有湛深的造诣。因此，两位专家有关《法华经》的对话，就十分精彩，不同凡响，精言妙语，如万斛泉涌，不择地而出，能开阔人的眼界，启发人的悟性。读这样的对话，简直是一种最高的享受。

至于我自己同池田大作先生的对话，重点则在东方文化与西方文化的同和异上。我不是哲学家，更不是什么思想家。我不擅长哲学分析，也不喜欢哲学分析。对于西方一些哲学家那种细入毫末的分析，我敬佩到惊诧的程度。但是，我感到匪夷所思，不知道伊于胡底。我禀性木讷，喜欢摸得着看得见的东西，对恍兮惚兮，玄之又玄的东西不感兴趣。但是，我也有一点优（？）点，就是，不让脑筋闲着，我对禅学只了解一点皮毛，可是我的思维方式却有点接近禅宗。我在最广的宏观观照下，仔细思考了东西方文化发展演变的轨迹，几乎是顿悟般地悟到了东方文化的复兴。在十几年前，我就提出了东西方文化是有根本差异的，东方综合，而西方分析，天人合一是东方文化的特点。我对中国哲学史上这一个著名的命题给予了一个新解，就是，天人合一是指大自然与人的合一（《“天人合一”新解》，见《传统文化与现代化》杂志，1993 年第一期）。我还提出了，在历史上，东西文化递相兴衰的看法。我用了一句中国常用语：“三十年河东，三十年河西”，来表达我这个看法。

我这些看法，一经提出，在读者中就形成了两派：一派赞成，一派反对。这是极其正常的现象，古今中外，就没有哪一个看法，只有赞成者，而没有反对者。对于赞成者，我当然高兴。对于反对者，我也并不不高兴。我一不商榷，二不反驳。我是不相信“真理愈辨（辩）愈明的。”中国春秋战国时期，百家争鸣，辩论激烈；但是没有哪一家由于辩或辨失败而放弃自己的主张的。我主张大家共同唱一出《三岔口》，你打你的，我打我的，最后由观众自己来判断是非。

最近，我读到了一本书《东西方文明沉思录》，原作者是日本著名的学者、史学家村山节先生和日本著名的经济评论家、作家浅井隆先生。译者是中国国际广播电台日语部夏运达等先生，出版时间是 2000 年 10 月。出版者是中国国际广播出版社。出版者对本书做了简短而精辟的介绍：“作者以超越时空的大视野，对世界文明发展的历史和全球经济的现状做了研究，指出各种文明都有诞生、生长、繁荣和消逝的过程。东西文明之间既有冲突，又有互补性。文明的冲突表现为文明中心的转移。作者认为，世界历史就是在文明中心跌宕起伏、此长彼消中不断演出的。”出版者接着又介绍村山节先生提出的“世界文明八百年同期说”。“现在，世界文明的中心正在向东方转移。21 世纪，是东西方文明冲突、融合和交替的时代。22 世纪以后，将是亚洲的时代。”在本书浅井隆的“序言”注[6]中，作者说：“有学者认为，东西方文化最根本的差别在于思维方式不同。东方的思维方式、东方文化的特点是‘综合’，西方的思维方式、西方文化的特点是‘分析’，用哲学家的话说，西方是一分为二，东方是合二为一。”如果允许我对号入座的话。这就是我的主张。我这个主张，在过去七八年内，在许多文章中，在许多发言中，甚至在严肃庄重的国际会议上，我都公开发表过。在本书中也有所表述。至于世界文化中心向东方转移，需要多长的时间，我的意思是，本世纪即将见端倪。《东西方文明沉思录》的作者预言是22世纪。这个问题无法争辩，要由历史去做结论吧。

眼前，世界上某一个大国，飞扬跋扈，暴戾恣睢，横行霸道，颐指气使，右手持警棍，左手托原子弹，随意指责别的国家为“邪恶轴心”，天上天下，唯我独尊。在爱好和平的世界人民看来，它简直像一个丑角，一个地地道道的纸老虎。我举出东西方各一句谚语，奉赠这个国家的人民。中国古语说：“多行不义必自毙”。西方谚语说：“上帝想让谁灭亡，必先让他疯狂。”这都是多年经验的总结。决不会错的。我上面这些话绝不是无所为而发。因为这与东西方文化的消长有关，我才一时有感而说出来的。我相信，那一个大国的真正爱国又爱和平的人民会不以为忤的。世界上不论哪个国家，凡是爱国又爱和平的人民总是心心相通的。

回头再谈我们这一本书。三个作者，一个是日本人，两个是中国人。虽然国籍不同，然而却志同而道合。我们都希望世界人民和平幸福，只有理解与友谊，而没有仇恨与对抗。佛家讲极乐世界，儒家讲大同之域，名异而实同，殊途而同归。我希望，我们这一本书能在这一方面做出一些贡献。善哉！善哉！

2002年6月7日

石榴花

我喜爱石榴，但不是它的果，而是它的花。石榴花，红得锃亮，红得耀眼，同宇宙间任何红颜色都不一样。古人诗：“五月榴花照眼明。”著一“照”字，著一“明”字，而境界全出。谁读了这样的诗句，而不兴会淋漓的呢？

在中国，确有大片土地上栽种石榴的地方，比如陕西的秦始皇陵一带。从陵下一直到小山似的陵顶上，到处长满了一棵棵的石榴树，气势恢宏，绿意满天。可惜我到的时候，已经过了开花的季节。只见树上结满了个头极大的石榴，累累垂垂，盈树盈陵。可惜红花一朵也没有看到，实为莫大憾事。遥想旧历五月时节，花照眼明，满陵开成一片亮红，仿佛连天空都给染红了。那样的风光，现在只能意会神领了。

在我居住最久的两座城市里，在济南和北京，石榴却不是一种常见的植物。济南南关佛山街的老宅子，是一所典型的四合院。西屋是正房，房外南北两侧，各有一棵海棠花，早已高过了屋脊，恐怕已是百年旧树。春天满树繁花，引来了成群的蜜蜂，嗡嗡成一团。北屋门前左侧有一棵石榴树。石榴树本来就长不太高的，从来没有见过参天的石榴树。我们这一棵也不过丈八高，但树龄恐怕也有几十年了。每年夏初开花时，翠叶红花，把小院子照得一片亮红。

院子是个大杂院。我们家住北屋。南屋里住的是一家姓田的木匠。他有两个女儿，大的乳名叫小凤，小的叫小华。我决不迷信，但是我相信缘分，因为它确实存在，不相信是不行的。缘分的存在小华和我的关系就能证明。她那时还不到两岁，路走不全，话也说不全。可是独独喜欢我。每次见到我，即使是正在母亲的怀抱里，也必挣扎出母亲的怀抱，张开小手，让我来抱。按流传的办法，她应该叫我“大爷”；但是两字相连，她发不出音来，于是缩减为一个“爷”字。抱在我怀里，她满嘴“爷”、“爷”，乐不可支。

这时正是夏初季节，石榴花开得正欢。有一天，吃过午饭，我躺在石榴树下一张躺椅上睡午觉。大概是睡得十分香甜。“大梦谁先觉？平生我自知。”可惜，诸葛亮知道，我却不知道。不知道睡了多久，我朦胧醒来。睁眼一看，一个不满三块豆腐干高的小玩意儿，正站在我的枕旁，一声不响，大气不出，静静地等我醒来。一见我睁开惺忪的眼睛，立即活跃起来，一头扎在我的怀中，要我抱她，嘴里“爷！爷！”喊个不停。不是别人，正是小华。我又惊又喜，连忙把她抱了起来。抬头看到透过层层绿叶正开得亮红的石榴花。

以后，我出了国。在欧洲待了十一年以后，又回到祖国来，住在北京大学中关园第一公寓的一个单元里。我床头壁上挂着著名画家溥心畬画的一个条幅，上面画的是疏疏朗朗的一枝石榴，有一个果和一枝花，那一枝花颇能流露出石榴花特有的照眼明的神采。旁边题着两句诗：“只为归来晚，开花不及春。”多么神妙的幻想！石榴原来不是中原的植物，大约是在汉代从中亚安国等国传进来的，所以又叫“安石榴”。这情况到了诗人笔下，就被诗意化了。因为来晚了，所以没有赶得上春天开花，而是在夏历五月。等到百花都凋谢以后，石榴才一枝独秀，散发出亮红的光芒。

我那时候很忙，难得有睡懒觉的时间。偶尔在星期天睡上一次。躺在床上，抬眼看到条幅上画的榴花，思古之幽情，不禁油然而发。并没有古到汉代，只古到了二十几年前在佛山街住的时候。当时北屋前的那一棵石榴树是确确实实的存在物，而今却杳如黄鹤早已不存在了。而眼前画中的石榴，虽不是真东西却实实在在地存在着。世事真如电光石火，倏忽变化万端。我尤其忆念不忘的是当年只会喊“爷”的小华子。隔了二十多年，恐怕她早已是绿叶成荫子满枝了。奈之何哉！奈之何哉！

整整四十年前，我移家燕园内的朗润园。门前有小片隙地，遂圈以篱笆，辟为小小的花园，栽种了一些花木。十几年前，一位同事送给我了一棵小石榴树。只有尺把高。我就把它栽在小花园里，绿叶滴翠，极惹人爱。我希望它第二年初夏能开出花来。但是，我失望了。又盼第三年，依然是失望。十几年下来，树已经长得很高，却仍然是只见绿叶，不见红花。我没有研究过植物学；但是听说，有的树木是有性别的。由树的性别，我忽然联想到了语言的性别。在现代语言中，法文名词有阴、阳二性；德文名词有阴、阳、中三性。古代梵文也有三性。在某些佛典中偶尔也有讲到语言的地方。一些译经的和尚把中性译为“黄的”，“黄的”者，太监也，非男非女之谓也。我惊叹这些和尚之幽默。却忽然想到，难道我们这一棵石榴树竟会是“黄的”吗？

然而，到了今年，奇迹却出现了。一天早晨，我站在阳台上看池塘中的新荷，我的眼前忽然一亮，“万绿丛中一点红”。我连忙擦了擦昏花的老眼，发现石榴树的绿叶丛中有一个亮红的小骨朵儿。我又惊又喜；我们的石榴树有喜了，它不是黄的了。我在大喜之余，遍告诸友。有人对我说：“你要走红运了!”我对张铁嘴、王半仙之流的讲运气的话，一向不信。但是，运气，同缘分一样，却是不能不信的。说白了是运气，说文了就是机遇。你能不相信机遇吗？

说老实话，今年确是有一些连做梦都想不到的怪事出现在我的身边。求全之毁，根本没有，不虞之誉却纷至沓来。难道我真交了好运了吗？我从来不认为自己有什么了不起。现在是收获得太多，而给予得太少，时有愧怍之感。我已经九十晋二，富贵于我真如浮云了。我只希望能壮壮实实地再活上一些年，再做一点对人有益的事情，以减少自己的愧怍之感。我尤其希望，在明年此时，榴花能再照亮我的眼睛。

2002 年 6 月 10 日

老年四“得”

著名的历史学家周一良教授，在他去世前的一段时间内，在一些公开场合，讲了他的或者他听到的老年健身法门。每一次讲，他都是眉开眼笑、眉飞色舞，十分投入。他讲了四句话：吃得进，拉得出，睡得着，想得开。这话我曾听过几次。我在心里第一个反应是：这有什么好讲的呢？不就是这样子吗？

一良先生不幸逝世以后，迫使我时常想到一些与他有关的事情，以上四句话，四个“得”，当然也在其中。我越想越觉得，这四句话确实很平凡，但是，人世间真正的真理不都是平凡的吗?真理蕴藏于平凡中，世事就是如此。

前三句话，就是我们所说的吃喝拉撒睡那一套，是每一个人每天都必须处理的，简直没有什么还值得考虑和研究的价值，但这是年轻人和某一些中年人的看法。当年我在清华大学读书的时候，从来没想到这四个“得”的问题，因为它们不成问题。当时听说一个个子高大的同学患失眠症，我大惊失色。我睡觉总是睡不够的，一个人怎么会能失眠呢？失眠对我来说简直像是一个神话。至于吃和拉，更是不在话下。每一顿饭，如果少吃了一点，则不久就感到饿意。二战期间我在德国时，饿得连地球都想吞下去（借用俄国文豪果戈理《巡按使》中的话）。有一次下乡帮助农民摘苹果，得到四五斤土豆，我回家后一顿吃光，幸而没有撑死。怎么能够吃不下呢？直到八十岁，拉对我也从来没有成为问题。

可是，“如今一切都改变”。前三个“得”，对我都成问题了。三天两头，总要便秘一次。吃了三黄片或果导，则立即变为腹泻。弄得我束手无策，不知所措。至于吃，我可以说，现在想吃什么就有什么。然而有时却什么也不想吃。偶尔有点饿意，便大喜若狂，昭告身边的朋友们："我害饿了！"睡眠则多年来靠舒乐安定过日子。不值一提了。

我认为，周一良先生的四"得"的要害是第四个，也就是"想得开"。人，虽自称为"万物之灵"，对于其他生物可以任意杀害，也并不总是高兴的。常言道"不如意事常八九，可与言人无二三"，这两句话对谁都适合。连叱咤风云的君王和大独裁者，以及手持原子弹吓唬别的民族的新法西斯头子，也不会例外。对待这种情况，万应神药只有一味，就是"想得开"。可惜绝大多数人做不到。尤其是我提到的三种人。他们想不开，也根本不想想得开。最后只能成为不齿于人类的狗屎堆。

想不开的事情很多，但统而言之不出名利二字，所谓"名缰利锁"者便是。世界上能有几人真正逃得出这个缰和这条索？对于我们知识分子，名缰尤其难逃。逃不出的前车之鉴比比皆是。周一良先生的第四"得"，我们实在应深思。它不但适用于老年人，对中青年人也同样适用。

2002 年 6 月 16 日

恐怖主义与野蛮

现在世界上反恐怖主义之声洋洋乎盈耳矣。我首先声明，我是坚决反对恐怖主义的，恐怖主义总是与野蛮相联系的。

但是，我总觉得，这里面似乎有点问题。反恐怖主义活动应该是一场严肃的政治斗争。事实上，它却变成了一场闹剧，或者一出滑稽剧。因为，什么叫“恐怖主义”？谁是恐怖主义分子？大家的理解并不一致，其中有不同的看法和不同的意见。有的人不肯说，有的人不敢说。我想，虽然世界上绝大多数政府都宣称反恐怖主义，但是，并不是没有潜台词的。

不这样也是不可能的。对于什么是恐怖主义，有一半是有一致的看法的。劫持飞机，用人体作肉弹轰炸别国的摩天大楼，死伤数千人，这是不折不扣的恐怖主义，对此恐怕是没有异议的。可是右手持大棒，左手托原子弹，驻军全球，随意指责别的国家为“邪恶轴心”，随意派遣军队侵入别的国家，杀人当然不在话下，而自己还义形于道，恬不知耻。难道这不也是恐怖主义，而且比恐怖主义更恐怖的超恐怖主义吗？是谁给你们的这种权力？难道就是你们的上帝吗？世界上的政府和人民，并不是每一个都失掉了理智，他们能够明辨是非。

我必须在这里浓墨重彩地补上几句。这个国家的人民，同世界上其他国家的一样，也是有理智的，也是希望自己能过好日子也希望别人能过好日子的。

至于恐怖主义与野蛮的联系，那也是非常明显的，很容易理解的。拿活人当肉弹冲击别国的大厦，这不是野蛮又是什么呢？手托原子弹讹诈世界上其他国家的人，随意践踏别的国家，视人民如群蚁，我认为，这不但是野蛮，而且是比前一个野蛮更为野蛮的野蛮。

但是，我认为，野蛮是有区别的。我杜撰了两个词儿：正义的野蛮与非正义的野蛮。仗义执言，反对强凌弱、众暴寡的“西霸天”一类的国家，不得已而采用野蛮的手段，虽为我们反对，但不能不以“正义”二字归之。至于手托原子弹吓唬世人的野蛮，我只能称之为“非正义”的野蛮了。

世界已经进入 21 世纪，人类已经有了长期的文明发展的历史。按理说，野蛮行为应该绝迹了，然而事实却不是这样。说句公道话，两个野蛮产生根源是不同的。正义的野蛮是被非正义的野蛮激发出来的。我虽然坚决反对，但却不能不认为情有可原。非正义的野蛮则一无是处。他们胡作非为，反而洋洋自得。中国古人说：“多行不义必自毙”，这是根据无数历史事实归纳出来的真理，绝不会落空的。回头是岸，是我对那些非正义野蛮者一句最后的忠告。

2002 年 6 月 21 日

《往事琐忆》序

景瑞是我的同乡，是小同乡，小到同村。我们都出生在山东省临清市康庄镇官庄。官庄是临清境内相当贫困的一个小村庄。

景瑞家和我家是世交。我直到现在还搞不清楚，我小的时候竟有一位老师，名叫马景（金?）恭。我六岁就离开了官庄，而且家里极穷，按年龄，按家境，都请不起一位老师的。可我偏偏有一位老师。他是景瑞的什么人，我不知道。当时我们家住在村南一个单独的宅子里，原来是一个四合院，后来，北房正房和东房都被拆掉，卖了砖瓦，只留下西房，供我们一家住。房前有一棵高过屋顶的杏树，结的是酸杏，而马老师偏偏爱吃酸杏。至今马老师站在树下摘杏的影像，还历历浮现在我的眼前。

景瑞和我是忘年交，我长他二三十岁。我在北大教书，他正上大学。忘记了是在一个什么场合下我们见了面，认识了，成了朋友，这友谊一直维持了几十年，至今不衰。他给我的第一个印象是，温文尔雅，面有书卷气。我暗自思忖：官庄出了一个人才。

我的想法和希望没有落空，景瑞大学毕业后，在临清一中教了一阵子国文。他是科班出身，兼又工作努力，因而做出了成绩，得到了赞誉。后来弃学从政，担任了市领导职务，也为人民做了不少好事。最后，因年龄关系，退休在家。

景瑞其实并没有休。他是读书人出身，读书就是生活的第一需要。他现在摆脱了政治活动和社会活动，有了充足的时间，读书、练字，而且又拿起笔来，写一些散文之类的短文。现在出的这一个集子就是从众多散文中挑选出来的。

中国现代文学史，一般都认为是从“五四”运动开始的。主要标志当然就是文言变白话。八十多年以来，在诗歌、小说、戏剧、散文等等方面，应该说，都做出了成绩；但是并不是都斐然可观的。小说和戏剧，在形式上，已经全部欧化，这里不去谈它。最有成绩的，我认为就是散文。这现象解释起来并不困难。散文没有固定的形式，而且中国自古就是世界散文大国，创作传统底蕴丰厚，现在再融入一点西方散文家的韵味，因此产生了不少风格各异、气韵生动的散文作家，为读者普遍所喜爱。但是，同样毋庸讳言的是，有极少数散文作家，成名心切，想走捷径、出冷门，写出了一些词句不通，内容含混，恐怕连他们自己也不懂的所谓散文。这充分表明了一部分人的浮躁心情，我们应当引以为戒。

景瑞的散文创作，走的是一条传统的道路：专事白描，不求藻绘；注重明朗，力避晦涩。因为学的是国文，教的又是国文，所以谋篇布局，遣词造句，中规中矩，不事诡异。内容也是一片真诚，决不胡编硬造。写亲情，写师德，写劳动琐事，娓娓道来，亲切感人。是青年学生绝好的读物。

谈到白描手法，许多人，也包括我在内，都认为吴敬梓的《儒林外史》是圣经宝典。但是《儒林外史》是以讽刺为中心的文学作品。寥寥几笔，不露声色，但是棉花里包裹着的却是刺。读到这样的文章，一方面令人忍俊不禁，一方面却又令人惊心动魄，有如看一幅漫画一般。景瑞的散文描写的却是正面人物，我们不能要求他能达到这个境界。

前不久，景瑞把他新编成的散文集《往事琐忆》中的一些文章拿给我看。我年迈龙钟，老眼昏花，看东西很吃力。本来想等一些日子再看。现在正是星期天凌晨，燕园后湖，静寂无人。窗外细雨潺潺，夏意弥天。我是农民的孩子，一听雨声，心里就乐开了花。门前数亩荷塘，莲叶擎天，独独有一朵花，捷足先登，首先开放，而且正对着我的窗子。“万绿丛中一点红”，似有佳兆。于时我逸兴遄飞，心花怒放，观眼前之雨景，发思古之幽情。拿起稿子，一口气读完。濡笔伸纸，写了这一篇序。尚望景瑞有以教我。

2002年6月23日

寅恪先生二三事

陈寅恪先生是中国20世纪最伟大的学者之一。他的学生中山大学胡守为教授曾在中大为他举办过几次纪念会或学术座谈会，不少海内外学者赶来参加，取得了成功。台湾一位参加过会的历史教授在一篇文章写道，在会上，只听到了“伟大”、“伟大”，言外颇有愤愤不平之意，令我难解，不知道究竟是什么原因。但是，伟大是一个客观存在的事实，不是哪一个人可以任意乱用的。依不佞鄙见，寅恪先生不但在伟大处是伟大的，在琐细末节方面他也是伟大的。现在举出二三事，以概其余。

临财不苟得

《礼记·曲礼上》：“临财毋苟得，临难毋苟免。”这种教导属于中国古代优秀文化之列。然而，几千年来，有多少人能够做到？所以老百姓说：“人为财死，鸟为食亡。”可见此风之普遍，至今尤甚。什么叫“贪污腐化”，其中最主要的还是钱。不要认为这是一件小事。

青少年时期，寅恪先生家境大概还是富裕的，否则就不会到欧美日等地去留学。20年代中到30年代中，在北京清华园居住教书，工资优厚，可能是他一生中经济情况最辉煌的时期。“七七”事变以后，日寇南侵。寅恪先生携家带口，播迁流转于香港和大西南诸省之间，寝不安席，食不果腹。他一向身体多病，夫人唐筼士也同病相怜，三个女儿也间有病者。加之他眼睛又出了毛病，曾赴英国动过手术，亦未好转，终致失明。此事与在越南丢掉两箱重要图书不无关系。寅恪先生这若干年的生活，只有两句俗话“屋漏偏遭连夜雨，船破又遇打头风”可以形容于万一。记述他这时期生活的文字颇多。但是，我觉得，表现得最朴素、最真实、最详尽的还是其在致傅斯年的许多封信中（见《陈寅恪集·书信集》，三联书店，2001 年出版。我在下面的引文，也都出于此书，只写页数、行数，不再写书名）。下面我就根据这一本书，按时间顺序，选取一些材料。

P33 左起第 4 ~ 5 行“不必领中央研究院之薪水。”

P45 左起第 5 ~ 7 行同上

羡林按：这件事发生在 1933 年。时先生任清华教授兼中央研究院历史语言研究所第一组主任。

P52 右起第 1 ~ 2 行不能到会，不领取川资。

羡林按：这件事发生在 1936 年。与前件事一样，是先生经济情况比较好的时候。

P56 ~ 57 在 1939 年，赴英国牛津大学任教，借英庚款会二百英镑。“如入境许可证寄来，而路仍可通及能上岸，则自必须去，否则即将此借款不用，依旧奉还。”

P109，左起第 6 行：“兄及第一组诸位先生欲赠款，极感，但弟不敢收，必退回，故请不必寄出。”

以上两件事，一在 1939 年，一在 1945 年，正是先生极贫困的时候；但是他仍坚决不取不该取之钱，可见先生之耿介。

P53，右起第四行，先生说：“弟好利而不好名。”这是先生的戏言，他名与利是都不好的。在这方面，寅恪先生是我们的榜样。

上面引的《礼记·曲礼上》中的话，是中国传统文化的优秀部分，为古今仁人志士所遵守。但是，最近一个时期以来，由于一些不尽相同的原因，贪污腐化之风，颇有抬头之势。贪污与腐化，虽名异而实同，都与不同形式的“财”有关。二者互为表里，互为因果，最后又必同归于尽，这已经是社会上常见的现象。寅恪先生，一介书生，清廉自持，不该取之财，一文不取。他是我们学术界以及其他各界的一面明镜。

备　课

我一生是教书匠，同别的教书匠一样，认为教书备课是天经地义。寅恪先生也是一生教书，但是，对于他的备课，我却在潜意识中有一种想法：他用不着备课。他十几岁时就已遍通经史。其后在许多国家留学，专治不古不今，不中不西之学，具体地讲，就是魏晋南北朝以及隋唐史和佛典翻译问题等等。有的课程，他已经讲过许多遍。像这样子，他还需要备什么课呢？然而，事实却不是这样子，他对备课依然异常认真。我列举几点资料。

P28中“陈君学问确是可靠，且时时努力求进，非其他国学教员之身（？）以多教钟点而绝无新发明者同也。”

P39左起第3行“且一年以来，为清华预备功课几全费去时间精力。”

P50右起3～4行“在他人，回来即可上课，弟则非休息及预备功课数日不能上课。”

P51左起第3行“弟虽可于一星期内往返，但事实上因身体疲劳及预备功课之故，非请假两星期不可。”

P206中“因弟在此所授课有‘佛经翻译’一课，若无大藏则征引无从矣。”

美林按：30年代初，我在清华旁听先生的课听的就是这一门“佛经翻译文学”。上面这一段话是在1938年写的，中间大概已经讲过数次；然而他仍然耿耿于没有《大藏经》，无从征引。仅这一个小例子就足以证明先生备课之认真，对学生之负责。

根据我个人的经验，虽然有现成的讲义，但上课前仍然必须准备，其目的在于再一次熟悉讲义的内容，使自己的讲授思路条理化，讲来容易生动而有系统。但是，寅恪先生却有更高的要求。上面引的资料中有“新发明”这样的字样，意思就是，在同一门课两次或多次讲授期间，至少要隔上一两年或者更长的时间，在这期间，可能有新材料出现，新观点产生，这一些都必须反映在讲授中，任何课程都没有万古常新的教条。当年我在德国哥廷根大学读书时，常听到老学生讲教授的笑话。一位教授夫人对人发牢骚说：“我丈夫教书，从前听者满堂盈室。但是，到了今天，讲义一个字没有改，听者却门可罗雀。”言下忿忿不平，大叹人心之不古。这位教授夫人的重点是“讲义一个字没有改”，她哪里知道，这正是致命之处。

根据我的观察，在清华大学我听过课的教授中，完全不备课的约占百分之七十，稍稍备课者约占百分之二十，情况不明者占百分之十。完全不备课者，情况又各有不同，第一种是有现成的写好的讲义。教授上课堂，一句闲话也不说，立即打开讲义，一字一句地照读下去。下课铃声一响，不管是读到什么地方，一节读完没读完，便立即合上讲义，出门扬长而去。下一堂课再在打住的地方读起。有两位教授在这方面给我留下的印象最生动深刻，一位是教“莎士比亚”的，讲义用英文写成；一位是教“文学概论”的，讲义是中文写成。我们学生不是听课，而是作听写练习。

第二种是让学生读课本，自己发言极少。我们大一英文，选的课本是英国女作家 Jane Austin 的 Pride and Prejudice（《傲慢与偏见》）。上课时从前排右首起学生依次朗读。读着读着，台上一声“stop!”学生应声 stop。台上问：“有问题没有？”最初有一个学生遵命问了一个问题。只听台上一声断喝：“查字典去！”声如河东狮吼，全班愕然。从此学生便噤若寒蝉，不再出声。于是天下太平。教授拿了工资，学生拿了学分，各得其所，猗欤休哉！

第三种是教外语的教员。几乎全是外国人，国籍不同，教学语言则统统是英语。教员按照已经印好的教本照本宣科。教员竟有忘记上次讲课到何处为止者，只好临时问学生，讲课才得以进行。可见这一位教员在登上讲台之一刹那方才进入教员角色，哪里还谈到什么备课！有一位教员，考试时，学生一交卷，他不看内容，立即马上给分数。有一个同学性格黏糊。教员给了他分数，他还站着不走。教员问："你嫌分数低了，是不是？再给你加上五分。"

以上是西洋文学系的众师相。虽然看起来颇为滑稽，但绝无半点妄语。别的系也不能说没有不备课的老师，但决不会这样严重。可是像寅恪先生这样备课的老师，清华园中决难找到第二人。在这一方面，他也是我们的榜样。

不请假

教师上课，有时因事因病请假，是常见的事。但是，陈寅恪先生却把此事看得极重，我先引一点资料。

P50 左起第 4 ~ 8 行"但此一点犹不甚关重要。别有一点，则弟存于心中尚未告人者，即前年弟发现清华理工学院之教员，全年无请假一点钟者，而文法学院则大不然。彼时弟即觉得此虽小事，无怪乎学生及社会对于文法学院印象之劣，故弟去学年全年未请假一点钟，今年至今亦尚未请一点钟假。其实多上一点钟与少上一点钟毫无关系，不过为当时心中默自誓约（不敢公然言之以示矫激，且开罪他人，此次初以告公也），非有特别缘故必不请假，故常有带病而上课之时也。"

P64 左起第 6 行 ~ P65 右起第一行"现已请假一星期未上课（此为'九一八'以来所未有，唯除去至牯岭祝寿一次不计）。（中略）但此点未决定，非俟在此间毫无治疗希望，或绝对不能授课，则不出此。仍欲善始善终，将校课至暑假六月完毕后，始返港也。"

P71 左起第 1 ~ 2 行"今港大每周只教一二小时，且放假时多，中研评会开会之时正不放假，且又须回港授课，去而复回，仍旋移居内地。"

P72 右起第 1 ~ 2 行"但因此耽搁港大之功课，似得失未必相偿。"

P76 右起第 2 行"因耶稣复活节港大放假无课。"

P79 左起第 3 行“近日因上课太劳，不能多看书作文。”

P82 右起第 5 行“若不在其假期中往渝，势必缺课太多。”

P95 左起第 2 行“故终亦不能不离去，以有契约及学生功课之关系，不得不顾及，待暑假方决定一切也。”

上面，我根据寅恪先生的书信，列举了他的三件事。第一件事，大家当然认为是大事。其实第二三件事，看似琐细，也是大事。这说明了他对学生功课之负责，对教育事业之忠诚。这非大事而何！

当年我在北京读书时，有的教授在四五所大学中兼课，终日乘黄包车奔走于城区中，甚至城内外。每学期必须制定请假计划，轮流在各大学中请假，以示不偏不倚，否则上课时间冲突矣。每月收入多达千元。我辈学生之餐费每月六元，已可吃得很好。拿这些教授跟寅恪先生比，岂非有如天壤吗？因此我才说，寅恪先生在伟大处是伟大的，在细枝末节方面也是伟大的。在这两个方面，他都是我们的楷模。

2002 年 7 月 7 日写完

医生也要向病人学点什么

现在住在医院里，天天见到医生，因此想到了一些与医生有关的问题。

医生是人类生命的最高保护神，人们对他们怎样崇敬都不为过。

中国古代，巫医并提。在原始社会里，巫是有地位的，治病也用巫术。神农尝百草的故事，象征着的大概是用草药治病的开始。以后，随着社会的前进，学科和职业分工越来越细。即以医学这一门学科而论，现在已经分得五花八门，让外行人眼花缭乱了。每一个部门的专家差不多都是悬梁刺股，囊萤映雪，十年，几十年，才成了真正的专家。

成了专家，当然是好事。但是，事情也往往有它的另一面。在这样的环境里，极少数的人，包括医生在内，逐渐形成了一种超自信的心理状态。自信是必要的，超自信就往往能带来危害。

我讲一个小故事。1978 年，我随中国对外友协代表团访问印度。团员中有解放军石家庄医院的院长和一位高级大夫。我们天天在一起闲聊，简直可以说是无话不谈。有一次，我们谈到了安眠药。那位大夫一听说到了本行，便口若悬河滔滔不绝，给我仔细讲解各种各样的安眠药的性能，唯恐我不明白，一定要让我这块顽石点头。大夫这种认真态度，实在让我非常感动。最后，我问他患没患过失眠症，他说，从来没有。我暗自窃笑。我患失眠症，已有几十年的历史，看来比他的年龄还长。理论我不懂，实践却是大大地有。我在德国时服用的安眠药小瓶，装满了半个抽屉，可见我的“战绩”之丰厚。这位大夫竟在我面前大摆老资格，我难道会没有“江边卖水，圣人门前卖字”之感吗？如果现在创设一个二级或三级学科的比较安眠药学，我自信能成为博导的。

从这一件小事情，我又浮想联翩。我想到，医生和病人组成了一个矛盾的两个方面，缺一不可，从表面上来看，医生是治疗者，而病人则是被治疗者，主动权操在前者手里。这里也有一个正确处理两者关系的问题。根据我个人的观察，极少数医生的超自信，在处理这种关系的问题上产生了点副作用。医生的名声越大，这种超自信就越强，能够产生的副作用也就越多。医生应该能够激发病人全心全意地，自觉自愿地，积极主动地参加到治疗活动中来。这样对治疗会有很大的好处。

我有一个真正是荒谬的想法：如果一个医生对他自己所研究所治疗的那种病也患上一点的话，他对那种病会有切肤的感性认识，同病人有共同的语言，治疗起来会更方便。这种想法确实是荒谬的。癣疥之疾患上一点当无大害，如果连可怕的病都患上，医生自顾不暇，哪里还能来给病人治病呢？

写到这里，我自己也糊涂了，越说越不明白。反正，我有一个极为淳朴的信念：医生也应该而且可能向病人学点什么。

2002年8月27日于301医院

对广告的逆反心理

我没有研究过广告学。我只是朦朦胧胧地知道，商品一产生，就会有广告。常言道："老王卖瓜，自卖自夸。"不然"人家的卖了，自己的剩下"，这是人之常情。

到了今天，在所谓信息爆炸的时代里，广告的作用更是空前高涨。一走出家门，满世界皆广告也。在摩天大楼上，在比较低的房屋上，在路旁特别搭建的牌子上，在旮旮旯旯令人不太注意的地方，在车水马龙中的大小汽车上，在一个人蹬车送货的小平板车上……总之，说不完，道不尽，到处都是广告。广告的制作又是五花八门，五光十彩，让人看了，目不暇接，晕头转向。制作者都是老王，没有老张和老李。你若都信，必将无所适从，堕入一个大糊涂中。

回到家里，打开报纸，不管是日报、晨报、晚报；也不管是大型的一天几十版，还是小型的一天只有几版，内容百分之六七十至八九十都是广告。大的广告可以占一个整版；小的则可怜兮兮地只有几行，挤在密密麻麻的广告丛林中，活像一个瘪三。大的广告固然能起作用，小的也会起的。听说广告费是很高的，不起作用，谁肯花钱？

一打开电视，又是广告的一统天下。人们之所以要看电视，主要是想对国家大事和世界大事有所了解。至于商品或其他广告，虽然也能带来信息，但不能以此为主。可是现在的电视，除了"广告时间"以外，随时都能插入广告。有时候，在宣布了消息内容之后即将播报之前，突然切入广告，据说这个出钱最多，可是对我这样的想听消息者，却如咽喉里卡上了一块骨头。

广告之多，我举一个小例子。北京电视台的一个频道，每晚六点至六点半是体育新闻。我先声明一句，这不是唯一的一次，后面还有。但是，仅就这一次而论，在半小时内，前面卡头，是十分钟的广告时间，然后是真正的体育新闻。播了不久，忽然出现了“广告之后，马上回来”的字样，于是又占去几分钟。最后还要去尾，一去又是十分钟，当然都是广告。观众同志们！你们想一想：这叫什么“体育新闻”！

最令人难以承受的，还数不上广告多，而是广告重复。一个晚上重复几次，有时候还是必要的。但几分钟内就重复二三次，实在难以忍受。重复的主题，时常变换。眼前的主题是美国的×××牙膏。让几个天真无邪的中国小孩，用铜铃般清脆悦耳的声音，高声赞美×××牙膏，并打出字幕：××公司“美(国)化”你的生活。一次出现，尚能看下去，一二分钟后，立即又出现，实在超出了我的忍耐的限度。我双手捂耳，双眼紧闭，耳不听不烦，眼不见为净。嘴里数着一二三四，希望在二十以内，熬过这一场灾难。

为什么这样重复呢？从前听一位心理专家说，重复的频率越高，对记忆越有好处。等到频率达到了一定的高度，记忆就永志不忘了。

说不说由你，听不听由我。我不知道，广告学中有没有逆反心理这样一章。我也不知道，逆反心理是否每一个人都有。反正我自己是有的，而且很强烈。碰到我这样的牛皮筋，重复得越多，也就是说，广告费花得越多，效果反而越低。最后低到我发誓永远不买这种牙膏，不管它有多好。我现在不知道，广告学家，以及兜售商品的专家看了我这个怪论作何感想。

不管作什么样的广告，也不管出现的频率多少，其目的无非是美化自己的商品，唤起消费者的注意，心甘情愿地挖自己的腰包，结果是产品商人赚了钱。至于商品究竟怎样，商人心里有数，而消费者则心中无底，一切尽在不言中了。

广告真能赚钱吗？斩钉截铁地说一句：真能赚钱，甚至赚大钱。空口无凭，举例为证。前几年，山东出了一种名酒，一时誉满京华，大小宾馆，凡宴客者无不备有此酒。自称是深知内情的人说——当然是形象的说法，山东这个酒厂一天开进电视台一辆桑塔纳，开出的却是一辆奥迪。然而曾几何时，这一切都已烟消云散，现在北京知道那一种名酒的人，恐怕不太多了。

我之所以写这一篇短文，绝不是想反对广告。到了今天，广告的作用越来越大，当顺其势而用之，绝不能逆其势而反之。这里有两点要绝对注意：第一，对商品要尽量说实话，绝不假冒伪劣。第二，广告作得不得当，会引起逆反心理。我在别的地方曾讲到要有品牌意识。一个名牌，往往是几代人惨淡经营的结果，来之不易，破坏起来却不难。我注意到，在今天包装改革的大潮中，外面的包装一改，里面的商品就可能变样变味。我认为，这是眼前的重大问题，希望商品生产者，特别是名牌的生产者，切莫掉以轻心。

2002 年 8 月 31 日于 301 医院

分析不是研究学问的唯一手段

——《新日知录》之九

无论是进行自然科学的研究工作，还是进行人文社会科学的研究工作，以分析手段为突破口，都是必要的，甚至是不可避免的。

摆在自然科学工作者面前的是实实在在真正存在的物质的东西。数学现在也归入自然科学，但是数学家眼前摆的不是物质的东西，他们具有的是蕴藏在脑海里的抽象数字。这问题应另当别论，不能与自然科学混为一谈。自然生成物，露在外面的是它的表面形象，构成的结构规律则是蕴藏在内部的。必须先用分析的手段，打开缺口，才能进入内部。

摆在人文社会科学工作者面前的东西比较复杂。有古书、古代文献资料、后代的文献资料，以及当前的资料，还有当前社会上各种活动和制度。在考古学者面前，一定会有自然生成物；但是这些东西的用处不在物质本身，而在它们所代表的时间意义。所有的这些东西，最初摆在你面前的时候，只不过是浑然一璞。不采用分析的手段，难得进入其中。

上面说的这一些话，其目的是想说明，分析的方法是科学研究必不可少的。但是，我必须在这里补充一句：在分析的主导中，小的综合也会随时出现的。

对于分析与综合这两种思维模式或工作研究方式，大多数学者都耳熟能详，用不着过多的解释。但是，我自己对这个问题却多年来形成了一套看法。我认为，分析与综合是人类最基本的思维模式，用常用的词句来解释，一个是“一分为二”，一个是“合二而一”。我还认为，世界上东西方文明最基本的差异也在这两点上：西方的基本的思维模式是分析，而东方则是综合。这是就其大者而言的，天底下没有纯粹的分析，也没有纯粹的综合，二者总是并行进行，但有主次之别。

以上说的都是空话，只说空话是不能解决问题的。我想说几句实话，而实话的例子可以说俯拾皆是。我现在正在看有关美学的书，我就讲一讲美学吧。

美的现象或美的概念，人类在蒙昧的远古就已有了。连一些动物都是，有的动物总是雄性的美，而人则相反，女子美过男子。这问题已经引起了人们的注意。什么是美，也就是美的本质是什么？东西两方的哲人两千多年以来始终是有分歧的。杨辛、甘霖的《美学原理》（北京大学出版社，2001 年，P55）写道：“中国美学史上对美的本质探讨，有其独特性，与西方美学史有很大的不同。西方美学史在探讨美的本质时，直接与世界观联系起来；中国则是很朴素的，与世界观联系不是那么直接、紧密。”我对这一段话的理解是，世界观离不开基本的思维模式，西方的世界观是分析的。早期的西方哲人并不是没有看到“美是难的”。但是，他们的积习难移——还不如说本性难移—— 一碰到美，就分析起来。从古希腊起，每个哲学家都拿出自己独特的招数来分析美，我在下面根据《美学原理》稍作介绍。柏拉图自然离不开他那一套美的理式。亚里士多德反对之。他认为美在事物本身之中，主要是在事物的“秩序、匀称与明确”的形式方面。达·芬奇认为美并不是什么神意的体现，而是存在于现实生活中，是可以用感官认识到的事物的性质。到了 18 世纪，鲍姆嘉通认为感性认识没有一门科学去研究，他建议成立一门新的学科，定名为“感觉学”，以后一般称之为“美学”。从此西方的重要的哲学家几乎都在自己的哲学思想体系中加入美学思想。康德的美学是建立在先验论的唯心主义基础上的，他认为美只能是主观的。荷迦兹说：“美正是现在所探讨的主题。我所指的原则就是：适宜、变化、一致、单纯、错杂和量——所有这一切彼此矫正，彼此偶然也约束、共同合作而产生了美。”黑格尔在哲学上是客观唯心主义者，他认为绝对精神是世界的本质，他提出了美是理念的感性显现。狄德罗提出“美是关系”，他说：“就哲学观点来说，一切能在我们心里引起对关系的知觉的，就是美的。”博克继承了英国经验主义的传统，他承认美的客观性，肯定美是物体的某些属性。车尔尼雪夫斯基主张“美是生活”，他说：“任何事物，凡是我们在那里面看得见依照我们的理解应当如此的生活，那就是美的；任何东西，只是显示出生活或使我们想起生活的，那就是美的。”普列汉诺夫不完全同意车尔尼雪夫斯基的说法，但是说：“我们的作者（指车氏）的学位论文毕竟是非常严肃的和卓越的著作。”

上面讲的只是对西方两千多年来一些重要哲学家的对美的看法，极其粗略。此外还有成百上千的人谈论美的问题，我没有这个能力来一一介绍了。

写到这里，我自己先笑了起来：我眼前有一头大象，巍然站在那里，身边围了一群盲人，各自伸出了自己的尊贵的哲学手指和手掌，在大象身上戳了一下或胡噜了一把，便拿出了分析的刀子，自诩得到了大象的真相，个个举起了一面小旗，上面写着一个“美”字，最终就形成了一门新学问，叫作“美学”。这门新学问的研究对象的本质没有说清楚，我看永远也不会说清楚的。它像是曹子建笔下的洛神“翩若惊鸿，宛若游龙”；又如海上三山，可望而不可即。至于美的表现形式，也不比它的本质更容易抓住。我既不是哲学家，也不是科学家。但是根据我自己在生活中的体验，美的问题比学者们书中所讲到的要复杂百千倍。人躯体上的眼、耳、鼻、舌、身都能感受到美。而且大千世界、芸芸众生，有男女之别、老幼之别、阶级之别、地区之别、民族之别、宗教之别、时代之别、文化水平之别、职业之别，等等，等等。这些当然都影响了对美的理解和美感享受。此外还要加上偏见。记得我曾在什么书中读到，一位国王的爱姬只有一只眼，而在他眼中，世界上的人都多了一只眼。在非洲一些民族中，爱美的现象古怪到令人吃惊的程度。而且，美感在一个社会群体中，甚至在一个人身上，也是变动不居的。说时兴喇叭裤，则一夜之间，全城都喇叭了。然而转瞬之间，又能立刻消失。在这样的情况下而侈谈美和美感，不亦难乎！

西方也有聪明人，德国伟大诗人歌德就是一个。他说：“我对美学家们不免要笑，笑他们自讨苦吃，想通过一些抽象名词，把我们叫作美的那种不可言说的东西化成一种概念。”这话说得多么精彩啊！一直到今天，二百来年以后了，还能活生生地适用于东西方；我认为，特别适用于中国。

我现在想从西方转向中国，论题的重点仍然是关于分析的问题。我想谈两个问题：一个是继续谈美学，一个是谈“一分为二”和“合二而一”。

先谈第一个问题。

我在上面已经说到，两千多年以来，中国也谈美、美感等等的问题，但谈的与西方迥异其趣。请参阅《美学原理》第35–56页，兹不赘。

近世以来，西方美学传入中国，好之者治之者颇不乏人。到了最近几十年，美学已浸浸乎成为显学。许多大学纷纷设讲座，创办研究所。专著论文，连篇累牍。但是，论点分歧，莫衷一是，于是纷呶喧争，各自是其是而非其非，谁也无法说服谁。不这样也是不可能的。美是一个能感觉得到却触摸不到的东西，“美这个东西你不问本来好像是清楚的，你问我，我倒觉得茫然了”，于是西方群哲盲目围摸大象的那一幅漫画似的幻象，又出现在我的眼前了。中国有一句“青出于蓝”的古话，常常真能搔到痒处。歌德所说的“通过一些抽象名词”，到了今天，到了中国，从数目上不知增加了多少百倍，从抽象程度上，也不知增加了多少度数。我读了个别中国美学家的文章，其中抽象名词成堆成摞，复杂到令人眼花缭乱。对于我这一个缺少哲学思考能力的人来说，简直感到玄之又玄，众妙无门。可是我想问一句：这些分析者自己能明白他们分析出来的名词吗？

现在谈第二个问题，这问题与美学无关，而讲的是分析。这就是“一分为二”和“合二而一”的问题。

“一分为二”这个命题是谁提出来的，大家都知道。提命题是学术问题，谁都有权利。不应该命题一提出就等于注册专利，这种专利同平常不一样，抄袭是允许的，但不能反对，谁不同意，谁就犯了弥天大罪。那一位年高德劭的马列主义哲学家提出了一个“合二而一”

的主张，迎头一大棒就打了过去：修正主义。一个蕴含着东方综合思维的学术命题竟也蒙此“殊荣”，这只能说是天大的怪事。学术到了这种地步，岂不大可哀哉！其实中国当时已经没了什么学术，只有一个人的声音，一呼万应，而口是心非，其结果是大家都知道的。我参加了半辈子政治运动，曾被别人戴上过修正主义的帽子，自己也曾给别人戴过。什么叫修正主义，最初无师自通，似乎一看就明白。后来越想越糊涂，如堕入五里雾中了。改革开放以来，修正主义毕，而经济腾飞始。目前在全世界经济相对萧条中，中华一花独秀，而且前程似锦，连我这九旬老汉也手舞足蹈了。

“一分为二”这个命题，大概是受到了原子分裂的影响，是专门指物质的东西的，因此同物质是否能够永远分裂这个问题相联系。关于这个问题有两派意见，一肯定，一否定。二者也都是学术问题，可以讨论的。让我大大地吃了一惊的是，“一分为二”的提出者竟然引用了庄子的“一尺之棰，日取其半，万世不竭”的说法，来为自己的命题护航。稍稍思考一下，就能够分辨出，“一分为二”的基础是物理概念，而庄子的说法是一个数学概念，二者泾渭分明，焉能混淆!这一位也许自命为哲学家的人，竟连这一点都没弄明白，真让我感到悲哀!光舞大棒是打不出哲学来的！被请去讨论的几位知名的科学家也都没有提出异议。这更令我吃惊。眼前物质永远可分论已经遇到了夸克封闭这一只拦路虎，将来究竟如何，还没有人敢说。

在上面，我从西方的分析手段写到西方美学的形成；又从西方讲到中国的“一分为二”和“合二而一”的问题。我的想法是，西方的分析手段在科技方面以及其他方面创造出辉煌的成绩，推动了人类社会的前进；但同时也产生了许多问题和弊端，能给人类前途带来灾害。东方(中国)的综合手段也给人类创造了许多福利，但也有它的偏颇之处。今后的动向应该是把二者结合起来，互济互补，这样一来，人类发展的前途，人类文明的走向，就能够出现许多灿烂的光点，人类就能够大踏步地向前迈进。这就是我的信念。

2002年9月16日于301医院

李恒进大夫

我对李恒进大夫的了解已经写入我的长篇报告兼抒情的文章《在病中》中。我现在再独立叙述一下，作为一个终生难忘的纪念。

在进 301 医院之前，我们素昧平生，我对他毫无所知。他看了我的手脚上长的水泡，他是个大专家，一看就知道其中隐含着极大的危险性。起初不想收留我。但我赖着不走，大概这就触动了他的医德。后来，终于产生了奇迹，挽救了我的性命。

我对医疗界不甚了了。但是，凭我个人的想法，一个大夫，一个医院至少应当有三个基本条件：医德、医术、医风。中国自古以来就称医病为“是乃仁术”，“仁”者，爱也。一个医生对病人必须有真切的爱心，也可以说是同情心，以病人之痛苦为痛苦，全力以除之。这就是医德，是医生的基础。所谓“医术”，是指医疗的技术，医疗的本领。一个医生在求学期间所着重学习的就是这些技术。光有医德而没有技术是救不了人的。融医德与医术为一体，再辅之以细致谨严、认真负责的作风或者风度，就构成了医风。

此外，我还观察到，李大夫是一个有哲学头脑，深通辩证法的医生，非一般医生所可能及。

在医德、医术、医风三个医疗基础上，医院与医院之间，大夫与大夫之间，水平是绝不会一致的。经过四十多天的观察与体验，我觉得 301 医院是高水平的，可称之为三高医院；李恒进大夫是高水平的，可称之为三高大夫。

李恒进大夫是我学习的榜样。

2002年9月21日中秋节于301医院

在病中

我是在病中。

我是在病中吗？才下结论，立即反驳，常识判断，难免滑稽。但其中不是没有理由的。

早期历史

对于我这一次病的认识，有一个漫长的过程。不但我自己和我身边的人是这个样子，连大夫看来也不例外。这是符合认识事物的规律的，不足为怪。

我患的究竟是一种什么病呢？这件事三言两语说不清楚。

约莫在三四十年以前，身上开始有了发痒的毛病。每年到冬天，气候干燥时，两条小腿上就出现小水泡，有时溃烂流水，我就用护肤膏把它贴上，有时候贴得横七竖八，不成体系，看上去极为可笑。我们不懂医学，就胡乱称之为皮炎。我的学生张保胜曾陪我到东城宽街中医研究院去向当时的皮肤科权威赵炳南教授求诊。整整等候了一个上午，快到十二点了，该加的塞都加过以后，才轮到了我。赵大夫在一群大夫和研究生的围拥下，如大将军八面威风。他号了号脉，查看了一下，给我开了一服中药，回家煎服后，确有效果。

后来赵大夫去世，他的接班人是姓王的一位大夫，名字忘记了。我们俩同是全国人大代表北京代表团的成员，平常当然会有所接触。但是，他那一副权威像让我不大愿意接近他。后来，皮炎又发作了，非接触不行了，只好又赶到宽街向他求诊。到了现在，我才知道，我患的病叫作老年慢性瘙痒症。不正名倒也罢了，一正名反而让我感到滑稽，明明已经流水了，怎能用一个“搔痒”了之！但这是他们医学专家的事，吾辈外行还以闭嘴为佳。

西苑医院

以后，出我意料地平静了一个时期。大概在两年前，全身忽然发痒，夜里更厉害。问了问身边的友人，患此症者，颇不乏人。有人试过中医，有人试过西医，大都不尽如人意。只能忍痒负重，勉强对付。至于我自己，我是先天下之痒而痒，而且双臂上渐出红点。我对病的政策一向是拖，不是病拖垮了我，就是我拖垮了病。这次也拖了几天。但是，看来病的劲比我大，决心似乎也大。有道是“好汉不吃眼前亏”，我还是屈服吧。

屈服的表现就是到了西苑医院。

西苑医院几乎同北大是邻居。在全国中医院中广有名声。而且那里有一位大夫是公认为皮肤科的权威，他就是邹铭西大夫。我对他的过去了解不多，我不知道他同赵炳南的关系。是否有师弟之谊，是否同一个门派，统统不知道。但是，从第一次看病起，我就发现邹大夫的一些特点。他诊病时，诊桌旁也是坐满了年轻的大夫、研究生、外来的学习者。邹大夫端居中央，众星拱之。按常识，存在决定意识，他应该傲气凌人，顾盼自雄。然而，实际却正相反。他对病人笑容满面，和颜悦色，一点大夫容易有的超自信都不见踪影。有一位年老的身着朴素的女病人，腿上长着许多小水泡，有的还在流着脓。但是，邹大夫一点也不嫌脏，亲手抚摩患处。我是个病人，我了解病人心态。大夫极细微的面部表情，都能给病人极大的影响。眼前他的健康，甚至于生命就攥在大夫手里，他焉得而不敏感呢？中国有一个词儿，叫作“医德”。医德是独立于医术之外的一种品质。我个人想，在治疗过程中，医德和医术恐怕要平分秋色吧。

我把我的病情向邹大夫报告清楚，并把手臂上的小红点指给他看。他伸手摸了摸，号了号脉，然后给我开了一服中药。回家煎服，没有过几天，小红点逐渐消失了。不过身上的痒还没有停止。我从邹大夫处带回来几瓶止痒药水，使用了几次，起初有用，后来就逐渐失效。接着又从友人范曾先生处要来几瓶西医的止痒药水，使用的结果同中医的药水完全相同，我没有别的办法，只好交替使用，起用了我的“拖病”的政策。反正每天半夜里必须爬起来，用自己的指甲，浑身乱搔。痒这玩意儿也是会欺负人的：你越搔，它越痒。实在不胜其烦了，决心停止，强忍一会儿，也就天下太平了。后背自己搔不着，就使用一种山东叫痒痒挠的竹子做成的耙子似的东西。古代文人好像把这玩意儿叫“竹夫人”。

这样对付了一段时间，我没有能把病拖垮，病却似乎要占上风。我两个手心里忽然长出了一层小疙瘩，有点痒，摸上去皮粗，极不舒服。这使我不得不承认，我的拖病政策失败了，赶快回心向善，改弦更张吧。

西苑二进宫

又由玉洁和杨锐陪伴着走进了邹大夫的诊室。他看了看我的手心，自言自语地轻声说道：“典型的湿疹！”又站起来，站在椅子背后，面对我说：“我给你吃一服苦药，很苦很苦的！”

取药回家，煎服以后，果然是很苦很苦的。我服药虽非老将，但生平也服了不少。像这样的苦药还从来没有服过。我服药一向以勇士自居，不管是丸药还是汤药，我向来不问什么味道，拿来便吃，眉头从没有皱过。但是，这一次碰到邹大夫的“苦药”，我才真算是碰到克星。药杯到口，苦气猛冲，我下定决心，不怕牺牲，排除万难，几口喝净，又赶快要来冰糖两块，以打扫战场。

服药以后，一两天内，双手手心皮肤下大面积地充水。然后又转到手背，在手背和十个指头上到处起水泡，有大有小，高低不一。但是泡里的水势都异常旺盛，不慎碰破，水能够滋出很远很远，有时候滋到头上和脸上。有时候我感到非常腻味，便起用了老办法，土办法：用消过毒的针把水泡刺穿，放水流出。然而殊不知这水泡斗争性极强，元气淋漓。你把它刺破水出，但立即又充满了水，让你刺不胜刺。有时候半夜醒来，瞥见手上的水泡——我在这里补一句，脚上后来也长起了水泡——心里别扭得不能入睡，便起身挑灯夜战。手持我的金箍狼牙棒，对水泡一一宣战。有时候用一个多小时的时间才只能刺破一小部分，人极疲烦，只好废然而止。第二天早晨起来，又看到满手的水泡颗粒饱圆，森然列队，向我示威。我连剩勇都没有了，只能徒唤负负，心甘情愿地承认自己是败兵之将，不敢言战矣。

西苑三进宫

不敢言战，是不行的。水泡家族，赫然犹在，而且鼎盛辉煌，傲视一切。我于是又想到了邹铭西大夫。

邹大夫看了看我的双手，用指头戳了戳什么地方，用手指着我左手腕骨上的几个小水泡，轻声地说了一句什么，群弟子点头会意。邹大夫面色很严肃，说道："水泡一旦扩张到了咽喉，事情就不好办了！"这是不是意味着，在邹大夫眼中我的病已经由量变到质变了呢？玉洁请他开一个药方。此时，邹大夫的表情更严肃了。"赶快到大医院去住院观察！"

我听说——只是听说。旧社会有经验的医生，碰到重危的病人，一看势头不对，赶快敬谢不迭，让主人另请高明，一走了事。当时好像没有什么抢救的概念和举措，事实上没有设备，何从抢救！但是，我看，今天邹大夫绝不是这样子。

我又臆测这次发病的原因。最近半年多以来，不知由于什么缘故，总是不想吃东西，从来没有饿的感觉。一坐近饭桌，就如坐针毡。食品的色香味都引不起我的食欲。严重一点的话，简直可以称之为厌食症——有没有这样一个病名？我猜想，自己肚子里毒气或什么不好的气窝藏了太多，非排除一下不行了。邹大夫嘴里说的极苦极苦的药，大概就是想解决这个问题的。可能是在估计方面有了点差距，所以排除出来的变为水泡的数量，大大地超过了预计。邹大夫成了把魔鬼放出禁瓶的张天师了。挽回的办法只有一个：劝我进大医院住院观察。

只可惜我没有立即执行，结果惹起了一场颇带些危险性的大患。

张衡插曲

张衡，是我山东大学的小校友。毕业后来北京从事书籍古玩贸易，成绩斐然。他为人精明干练，淳朴诚悫。多少年来，对我帮助极大，我们成为亲密的忘年交。

对于我的事情，张衡无不努力去办，何况这一次水泡事件可以说是一件大事，他哪能袖手旁观？他不知道从什么地方得知了这个消息。7 月 27 日晚上，我已经睡下，在忙碌了一天之后，张衡风风火火地跑了进来，手里拿着白矾和中草药。他立即把中药熬好，倒在脸盆里，让我先把双手泡进去，泡一会儿，把手上的血淋淋的水泡都用白矾末埋起来。双脚也照此处理，然后把手脚用布缠起来，我不太安然地进入睡乡。半夜里，双手双脚实在缠得难受，我起来全部抖搂掉了，然后又睡。第二天早晨一看，白矾末确实起了作用，它把水泡粘住或糊住了一部分，似乎是凝结了。然而，且慢高兴，从白矾块的下面或旁边又突出了一个更大的水泡，生意盎然，笑傲东风。我看了真是啼笑皆非。

张衡绝不是鲁莽的人，他这一套做法是有根据的。他在大学里学的是文学，不知什么时候又学了中医，好像还给人看过病。他这一套似乎是民间验方和中医相结合的产物。根据我的观察，一开始他信心十足，认为这不过是小事一端，用不着担心。但是，试了几次之后，他的锐气也动摇了。有一天晚上，他也提出了进医院观察的建议，他同邹铭西大夫成了“同志”了。可惜我没有立即成为他们的“同志”，我不想进医院。

艰苦挣扎

在从那时以后的十几二十天里是我一生思想感情最复杂最矛盾最困惑的时期之一。总的心情，可以归纳成两句话：侥幸心理，掉以轻心、蒙混过关的想法与担心恐惧、害怕病情发展到不知伊于胡底的心理相纠缠；无病的幻象与有病的实际相磨合。

中国人常使用一个词儿“癣疥之疾”，认为是无足轻重的。我觉得自己患的正是“癣疥之疾”，不必大惊小怪。在身边的朋友和大夫口中也常听到类似的意见。张衡就曾说过，只要撒上白矾末，第二天就能一切复原。北大校医院的张大夫也说，过去某校长也患过这样的病，住在校医院里输液，一个礼拜后就出院走人。同时，大概是由于张大夫给了点激素吃，胃口忽然大开，看到食品，就想狼吞虎咽，自己认为是个吉兆。又听我的学生上海复旦的钱文忠说，毒水流得越多，毒气出得越多，这是好事，不是坏事。所有这一切都是我爱听的话，很符合我当时苟且偷安的心情。

但这仅仅是事情的一面，事情还有另外一面。水泡的声威与日俱增，两手两脚上布满了泡泡和黑痂。然而客人依然不断，采访的、录音、录像的，络绎不绝。虽经玉洁奋力阻挡，然而，撼山易，撼这种局面难。客人一到，我不敢伸手同人家握手，怕传染了人家，而且手也太不雅观。道歉的话一天不知说多少遍，简直可以录音播放。我最怕的还不是说话，而是照相，然而照相又偏偏成了应有之仪，有不少人就是为了照一张相，不远千里跋涉而来。从前照相，我可以大大方方，端坐在那里，装模作样，电光一闪，大功告成。现在我却嫌我多长了两只手。手上那些东西能够原封不动地让人照出来吗？这些东西，一旦上了报，上了电视，岂不是一失足成千古恨了吗？因此，我一听照相就觳觫不安，赶快把双手藏在背后，还得勉强“笑一笑”哩。

这样的日子好过吗？

静夜醒来，看到自己手上和脚上这一群丑类，心里要怎么恶心就怎么恶心；要怎样头痛就怎样头痛。然而却是束手无策。水泡长到别的地方，我已经习惯了。但是，我偶尔摸一下指甲盖，发现里面也充满了水，我真有点毛了。这种地方一般是不长什么东西的。今天忽然发现有了水，即使想用针去扎，也无从下手。我泄了气。

我蓦地联想到一件与此有点类似的事情。20世纪50年代后期全国人民头脑发热的时候，在北京号召全城人民打麻雀的那一天，我到京西斋堂去看望下放劳动的干部，适逢大雨。下放干部告诉我，此时山上树下出现了无数的蛇洞，每一个洞口都露出一个蛇头，漫山遍野，蔚为宇宙奇观。我大吃一惊，哪敢去看！我一想到那些洞口的蛇头，身上就起鸡皮疙瘩。我眼前手脚上的丑类确不是蛇头，然而令我厌恶的程度决不会小于那些蛇头。可是，蛇头我可以不想不看，而这些丑类却就长在我身上，如影随形，时时跟着你。我心里烦到了要发疯的程度。我真想拿一把板斧，把双手砍掉，宁愿不要双手，也不要这些丑类！

我又陷入了病与不病的怪圈。手脚上长了这么多丑恶的东西，时常去找医生，还要不厌其烦地同白矾和中草药打交道，能说不是病吗?即使退上几步，说它不过是癣疥之疾，也没能脱离了病的范畴。可是，在另一方面，能吃能睡，能接待客人，能畅读，能照相，还能看书写字，读傅彬然的日记，张学良的口述历史，怎么能说是病呢?

左右考虑，思绪不断，最后还是理智占了上风，我不得不承认，自己是在病中了。

三〇一医院

结论一出，下面的行动就顺理成章了：首先是进医院。

于是就在我还有点三心二意的情况下，玉洁和杨锐把我裹挟到了301医院，找我的老学生这里的老院长牟善初大夫，见到了他和他的助手、学生和秘书——那位秀外慧中活泼开朗的周大夫。

这里要加上一段插曲。

去年12月我曾来这里住院，治疗小便便血。在12月31日一年的最后一天，我才离开医院。那一次住的是南八楼，算是准高干病房，设备不错而收费却高。再上一层，才是真正的高干病房，病人须是部队少将以上的首长，文职须是副部级以上的干部。玉洁心有所不平，见人就嚷嚷，以致最后传到了中央几个部的领导耳中。中组部派了一位局长来到我家，说1982年我已经被定为副部级待遇。由于北大方面在某一个环节上出了点问题，在过去二十年中，校领导更换了几度，谁也不知此事。现在真相既已大白，我可以名正言顺地住进真正的高干病房来了。但是，这里的病房异常紧张。我们坐在善初的办公室里，他亲自打电话给林副院长，林立即批准，给我在呼吸道科病房里挤出了一间房子，我们就住了进来，正式名称是301医院南楼一病室（ward）十三床。据说，许多部队的高级将领都曾在这里住过。病室占了整整一层楼，共有十八个房间，每间约有五六十平方米。这样大的病房，我在北京各大医院还没有看到过。还有一点特别之处，这里把病人都称为“首长”，连书面通知文件上也不例外。事实上，这里的病人确乎都是首长。只有现在我一个文职人员。一个教书匠，无端挤了进来，自己觉得有点滑稽而已，有时也有受宠若惊之感。这里警卫极为森严，楼外日夜有解放军站岗，想进来是不容易的。

人虽然住进来了，但是问题还并没有最后解决。医院的皮肤科主任李恒进大夫心头还有顾虑，他不大愿意接受我这个病人。刚搬进十三号病房时，本院的眼科主任魏世辉大夫有事来找我，他们俩是很要好的朋友。李大夫说，北大三院水平高，那里还有皮肤科研究所。但是魏大夫却笑着说：“你是西医皮肤科权威大夫之一。你是怕给季羡林治病治不好，砸了牌子！”最后，李大夫无话可说，笑了一笑，大局就这样敲定了。

皮肤科群星谱

说老实话，过去我对301医院的皮肤科毫无所知，这次我来投奔的是301三个大字。既然生的是皮肤病，当然就要同皮肤科打交道。打交道的过程，也就是我认识皮肤科的过程。

本科的人数不是太多，只有十几个人。主任就是李恒进大夫。副主任是冯峥大夫，还有一位年轻的汪明华大夫，平常跟我打交道的就是他们三位。我们过去从来没有见过面，彼此是陌生的。互相认识，要从头开始。不久我就发现了他们身上一些优秀的亮点。我在上面已经提到过，李大夫原来是不想收留我的，是我赖着不走，才得以留下的。一旦留下，李大夫就显露出他那在别人身上少见的细致与谨慎，这都是责任心的表现。有一次，我坐在沙发上，他站在旁边，我看到他陷入沉思，面色极其庄严，自言自语地说道："药用多了，这么老的老人怕受不了。用少了，则将旷日持久，治不好病。"最后我看他下了决心，又稍稍把药量加重了点。这是一件小事，无形中却感动了我这个病人。以后，我逐渐发现在冯峥大夫身上这种小心谨慎的作风也十分突出。一个不大的医疗集体中两位领导人的医风和医德，一定会起着决定性的作用。因此，我可以断定，301 医院的皮肤科一定是一个可以十分信赖的集体。

两次大会诊

我究竟患的是什么病？进院时并没有结论。李大夫看了以后，心中好像是也没有多少底，但却轻声提到了病的名称，完全符合他那小心谨慎对病人绝对负责的医德医风，他不惜奔波劳碌，不怕麻烦，动员了全科和全院的大夫，再加上北京其他著名医院的一些皮肤科名医，组织了两次大会诊。

我是 8 月 15 日下午四时许进院的，搬入南楼，人生地疏，心里迷离模糊，只睡了一夜，第二天早晨，第一次会诊就举行了，距我进院还不到十几个小时，中间还隔了一个夜晚，可见李大夫心情之迫切，会诊的地点就在我的病房里。在扑朔迷离中，我只看到满屋白大褂在闪着白光，人却难以分辨。我偶一抬头，看到了邹铭西大夫的面孔，原来他也被请来了。我赶快向他做检讨，没有听他的话，早来医院，致遭今日之困难与周折，他一笑置之，没有说什么。每一位大夫对我查看了一遍。李大夫还让我咳一咳喉咙，意思是想听一听，里面是否已经起了水泡。幸而没有，大夫们就退到会议室里去开会了。

紧接着在第二天上午就举行了第二次会诊。这一次是邀请院内的一些科系的主治大夫，研究一下我皮肤病以外的身体的情况。最后确定了我患的是天疱疮。李大夫还在当天下午邀请了北大校长许智宏院士和副校长迟惠生教授来院，向他们说明我的病可能颇有点麻烦，让他们心中有底，免得以后另生枝节。

在我心中，我实在异常地感激李大夫和301医院。我算一个什么重要的人物！竟让他们这样惊师动众。我从内心深处感到愧疚。

301英雄小聚义

但是，我并没有愁眉苦脸，心情郁闷。我内心里依然平静，我并没有意识到我现在的处境有什么潜在的危险性。

我的学生刘波，本来准备一次盛大宴会，庆祝我的九二华诞。可偏在此时，我进了医院。他就改变主意，把祝寿与祝进院结合起来举行，被邀请者都是1960年我开办梵文班以来四十余年的梵文弟子和再传弟子，济济一堂，时间是我入院的第三天，8月18日。事情也真凑巧，远在万里之外大洋彼岸的任远正在国内省亲，她也赶来参加了，凭空增添了几分喜庆。我个人因为满手满脚的丑类尚未能消灭，只能待在病房里，不能参加。但是，看到四十多年来我的弟子们在许多方面都卓有建树，印度学的中国学派终于形成了，在国际上我们中国的印度学者有了发言权了，湔雪了几百年的耻辱，快何如之！

死的浮想

但是，我心中并没有真正达到我自己认为的那样的平静，对生死还没有能真正置之度外。

就在住进病房的第四天夜里，我已经上了床躺下，在尚未入睡之前我偶尔用舌尖舔了舔上腭，蓦地舔到了两个小水泡。这本来是可能已经存在的东西，只是没有舔到过而已。今天一旦舔到，忽然联想起邹铭西大夫的话和李恒进大夫对我的要求，舌头仿佛被火球烫了一下，立即紧张起来。难道水泡已经长到咽喉里面来了吗？

我此时此刻迷迷糊糊，思维中理智的成分已经所余无几，剩下的是一些接近病态的本能的东西。一个很大的“死”字突然出现在眼前，在我头顶上飞舞盘旋。在燕园里，最近十几年来我常常看到某一个老教授的门口开来救护车，老教授登车的时候心中作何感想，我不知道，但是，在我心中，我想到的却是“风萧萧兮易水寒，壮士一去兮不复还!”事实上，复还的人确实少到几乎没有。我今天难道也将变成了荆轲吗?我还能不能再见到我离家时正在十里飘香绿盖擎天的季荷呢!我还能不能再看到那一个对我依依不舍的白色的波斯猫呢?

其实，我并不是怕死。我一向认为，我是一个几乎死过一次的人。“十年浩劫”中，我曾下定决心“自绝于人民”。我在上衣口袋里，在裤子口袋里装满了安眠药片和安眠药水，想采用先进的资本主义自杀方式，以表示自己的进步。在这千钧一发之际，押解我去接受批斗的牢头禁子猛烈地踢开了我的房门，从而阻止了我到阎王爷那里去报到的可能。批斗回来以后，虽然被打得鼻青脸肿，帽子丢掉了，鞋丢掉了一只，身上全是革命小将，也或许有中将和老将吐的痰。游街仪式完成后，被一脚从汽车上踹下来的时候，躺在 11 月底的寒风中，半天爬不起来。然而，我“顿悟”了：批斗原来是这样子呀！是完全可以忍受的。我又下定决心，不再自寻短见，想活着看一看，看你横行到几时。

一个人临死前的心情，我完全有感性认识。我当时心情异常平静，平静到一直到今天我都难以理解的程度。老祖和德华谁也没有发现，我的神情有什么变化。我对自己这种表现感到十分满意，我自认已经参透了生死奥秘，渡过了生死大关，而沾沾自喜，认为自己已经修养得差不多了，已经大大地有异于常人了。

然而黄铜当不了真金，假的就是假的，到了今天，三十多年已经过去了，自己竟然被上腭上的两个微不足道的小水泡吓破了胆，使自己的真相完全暴露于光天化日之下，这完全出乎我的意料。我自己辩解说，那天晚上的行动只不过是一阵不正常的歇斯底里爆发。但是正常的东西往往富于不正常之中。我虽已经痴长九十二岁，对人生的参透还有极长的距离。今后仍须加紧努力。

皮癌的威胁

常言道："屋漏偏遭连夜雨，船破又遇打头风。"前一天夜里演了那一出极短的闹剧（melodrama）之后，第二天早晨，大夫就通知要进行B超检查。我心里咯噔一下子紧张了起来。

谁都知道，检查B超是做什么用的。在每年履行的查体中做B超检查，是应有的过程，大家不会紧张。但是，一个人如果平白无故地被提溜出来检查B超，他一定会十分紧张的。我今天就是这样。

我在301医院是有"前科"的。去年年底来住院，曾被怀疑有膀胱癌。后来经过彻底检查，还了我的清白。今年手脚上又长了这一堆丑类，不痛不痒，却蕴含着神秘的危害性。我看，大概有的大夫就把这现象同皮癌联系上了，于是让我进行彻底的B超检查。B超大夫在我的小腹上对准膀胱所在的地方，使劲往下按。我就知道，他了解我去年的情况。经过十分认真的检查，结论是，我与那种闻之令人战栗的绝症无关。这对我的精神无疑是一个极大的解脱。

奇迹的出现

按照以李、冯两位主任为代表的皮肤科的十分小心谨慎的医风，许多假设都被否定，现在能够在我手脚上那种乱乎乎的无序中找出了头绪，抓住了真实的要害，可以下药了。但是，他们又考虑到我的年龄。药量大了，怕受不了；小了，又怕治不了病，再三斟酌才给定下了药量。于是立即下药，药片药丸粒粒像金刚杵、照妖镜，打在群丑身上，使它们毫无遁形的机会，个个缴械投降，把尾巴垂了下来。水泡干瘪了，干瘪了的结成了痂。在不到几天的时间内，黑痂脱落，又恢复了我原来手脚的面目。我伸出了自己的双手，看到细润光泽，心中如饮醍醐。

奇迹终于出现了。我这一次总算是没有找错地方。常言道："大难不死，必有后福。"这一次我的难多大，我说不清楚，反正总算是一难，这是毫无问题的。年属耄耋，还能够有后福可享，我心旷神怡，乐不可支。

院领导给我留下的印象

这个奇迹发生在301医院。这是一所有上万工作人员的大医院。让这样一所庞大的机构循规蹈矩按部就班每天起动工作，一定要有原动力的，而这原动力只能来自院领导身上。

我进院以后不久，出差刚回来而又做了三小时报告的朱士俊院长就来看我，还有几个院领导陪同。以后又见到了院政委范银瑞同志，以及几位副院长秦银河、苏元福、王树峰、林运昌等。他们的外貌当然各不相同，应对进退的动作和神态也有差异。但是，在一刹那间，我忽然有了一个“天才”的发现，我发现他们有共同之处。这情况若是落到哲学家手中，他们一定会努力分析，分析，再分析，还不知道要创造出多少新奇的术语，最后给人一个大糊涂，包括他们自己在内。而我呢，还是采用中国传统的办法，使用形象的语言。我杜撰了八个字：形神恢宏，英气逼人。中国古人说：“运筹帷幄之内，决胜千里之外。”301医院没有千里之遥；然而，到了今天这样复杂的社会中，决胜五里，也并不容易的。解放军任用这样的干部来管理这样庞大的一所医院，全军放心，全体人民放心。

病房里的日常生活

上面谈的都可以算做大事，现在谈一些细事。

关于我现在住的病房，上面已经写了简要的介绍，这里不再重复了。我现在只谈一谈我的日常生活。

我活了九十多岁，平生播迁颇多，适应环境的能力因而也颇强。不管多么陌生的环境；我几乎立刻就能适应。现在住进了病房，就好像到了家一样。这里的居住条件，卫生条件等等，都是绝对无可指责的。我也曾住过、看过一些北京大医院的病房，只是卫生一个条件就相形见绌。我对这里十分满意，自然就不在话下了。

在十八间病房里住的真正的首长，大都是解放军的老将军，年龄都低于我，可是能走出房间活动的只不过寥寥四五人。偶尔碰上，点头致意而已。但是，我对他们是充满了敬意的。解放军是中国人民的“新的长城”，又是世界和平的忠诚的保卫者。在解放军中立过功的老将，对他们我焉能不极端尊敬呢?

至于我自己的日常生活，我是一个比较保守的人，几十年形成的习惯，走到哪里也改不掉。我每天照例四点多起床，起来立即坐下来写东西。在进院初，当手足上的丑类还在飞扬跋扈的时候，我也没有停下。我的手足有问题，脑袋没有问题。只要脑袋没问题，文章就能写。实际上，我从来没有把脑袋投闲置散，我总让它不停地运转。到了医院，转动的频率似乎更强了。无论是吃饭，散步，接受治疗，招待客人，甚至在梦中，我考虑的总是文章的结构，遣词，造句等与写作有关的问题。我自己觉得，我这样做，已经超过了平常所谓的打腹稿的阶段，打来打去，打的几乎都是成稿。只要一坐下来，把脑海里缀成的文字移到纸上，写文章的任务就完成了。

七点多钟，吃过早饭以后，时间就不能由我支配，我就不得安闲了。大夫查房，到什么地方去做体检，反正总是闲不住。但是，有时候坐在轮椅上，甚至躺在体检的病床上，脑袋里忽然一转，想的又是与写文章有关的一些问题。这情况让我自己都有点吃惊。难道是自己着了魔了吗?

在进院后，不到一个月的时间内，我写了三万字的文章，内容也有学术性很强的，也有一些临时的感受。这在家里是做不到的。

生活条件是无可指责的，一群像白衣天使般的小护士，个个聪明伶俐，彬彬有礼，同她们在一起，自己也似乎年轻了许多。

我想用两句话总结我的生活：在治病方面，我是走过炼狱；在生活方面，我是住于乐园。

第三次大会诊

奇迹发生以后，我到301医院来的目的可以说是已经完全达到了，可以胜利还朝了。但是，正如我在上面已经说过的那样，我本是皮肤科的病人，可是皮肤科的病房已经满员，所以借用了呼吸道科仅余的一间病房。焉知歪打正着，我作为此科的病人，也是够格的，我患有肺气肿、哮喘等病。主治大夫大概对借房的过程不甚了了，既然进了他的领域，就是他的病人，于是也经常来查房、下药，连我的呼吸道的毛病也给清扫了一下。对我来说，这无疑是意外的收获。

我的血压，几十年来，一贯正常。入院以后，服了激素，血压大概受到了影响，一度升高。这本来也算不了什么大事。但是，这里的大夫之心如新发之硎，纤细不遗。他们看出我的血压有点毛病，立即加以注意，除了天天量以外，还进行过一次二十四小时的连续观测。最终认为没有问题，才从容罢手。

总起来看，这次大会诊的目的是：总结经验，肯定胜利，观察现状，预测未来。从院领导一直到每一个与我的病有关的大夫，都想把我躯体中的隐患一一扫净，让原来我手足上那样的丑类永远不能再出生。他们这种用心把我感动得热烘烘的，嘴里说不出任何话来。

简短的评估

我生平不爱生病。在九十多年的寿命中，真正生病住院，这是第三次。因此，我对医生和医院了解很有限。但是，有时候也有所考虑。以我浅见所及，我觉得，医院和医生至少应该具备三个条件：医德、医术、医风。中国历代把医药事业说成是“是乃仁术”。在中国传统道德的范畴中，仁居第一位。仁者爱人，心中的仁外在表现就是爱。现在讲“救死扶伤”，也无非是爱的表现。医生对病人要有高度的同情心，要有为他们解除病苦的迫切感。这就是医德，应该排在首位。所谓医术，如今医科大学用五六年，甚至更长的时间所学的就是这一套东西，多属技术性的，一说就明白，用不着多讲。最后一项是医风。把医德、医术融合在一起，再加以必要的慎重和谨严，就形成了医生和医院的风采、风格或风貌、风度。这三者在不同的医院里和医生身上，当然不会完全相同，高低有别，水平悬殊，很难要求统一。

以上都是空论，现在具体到301医院和这里的大夫们来谈一点我个人的看法。医院的最高领导，我大概都接触过了，对他们的印象我已经写在上面。至于大夫，我接触得不多，了解得不多，不敢多谈。我只谈我接触最多的皮肤科的几位大夫。对整科的印象，我在上面也已写过。我现在在这里着重讲一个人，就是李恒进大夫。我们俩彼此接触最多，了解最深。

实话实说，李大夫最初是并不想留下我这个病人的，他是专家，他一看我得的病是险症，是能致命的，谁愿意把一块烧红的炭硬接在自己手里呢？我的学生前副院长牟善初的面子也许起了作用，终于硬着头皮把我留下了。这中间他的医德一定也起了作用。

他一旦下决心把我留下，就全力以赴，上面讲到的两次大会诊就是他的行动表现。我自己糊里糊涂，丝毫没有感到问题的严重性。他是专家，他一眼就看出了我患的是天疱疮，一种险症。善初肯定了这个看法。遂成定论。患这样的病，如果我不是九十二，而是二十九，还不算棘手。但我毕竟是前者而非后者。下药重了，有极大危险；轻了，又治不了病。什么样的药量才算恰好，这是查遍医典也不会得到任何答案的。在这一个极难解决的问题上，李大夫究竟伤了多少脑筋，用了多大的精力，我不得而知，但却能猜想，经过了不知多少次反复思考，最终找到了恰到好处的药量。一旦服了下去，奇迹立即产生。不到一周的时间内，手脚上的水泡立即向干瘪转化。我虽尚懵里懵懂，但也不能不感到高兴了。

我同李恒进大夫素昧平生，最初只是大夫与病人的关系。但因接触渐多，我逐渐发现他身上有许多闪光的东西，使我暗暗钦佩。我感觉到，我们现在已经走上了朋友的关系。我坚信，他是一个可以信赖的朋友。

在治疗过程中，有时候也说上几句闲话。我发现李大夫是一个很有哲学头脑的人。他多次说到，治我现在的病是“在矛盾中求平衡”。事实不正是这样子吗？病因来源不一，表现形式不一，抓住要点，则能纲举目张；抓不住要点，则是散沙一盘。他和冯峥大夫等真正抓住了我这病的要点，才出现了奇迹。

我一生教书，搞科学研究，在研究方面，我崇尚考证。积累的材料越多越好，然后爬罗剔抉，去伪存真。无证不信，孤证难信。“大胆的假设，小心地求证。”这一套都完全用上。经过了六七十年这样严格的训练，自谓已经够严格慎重的了。然而，今天，在垂暮之年，来到了301医院，遇到了像李大夫这样的医生，我真自愧弗如，要放下老架子，虚心向他们学习。

还有一点也必须在这里提一提，这就是预见性。初入院时，治疗还没有开始，我就不耐烦住院，问李大夫什么时候可以出院。他沉思了会儿，说：“如果年轻五十岁，半个月就差不多了。现在则至少一个月多。”事实正是这个样子。他这种预见性是怎样来的，我说不清楚。

现在归纳起来，极其简略地说上几句我对301医院和其中的一些大夫，特别是李恒进大夫的印象。在医德、医术、医风中，他们都是高水平的，可以称之为三高医院和三高大夫。都是中国医坛上的明珠。

反躬自省

我在上面，从病原开始，写了发病的情况和治疗的过程，自己的侥幸心理，掉以轻心，自己的瞎鼓捣，以至酿成了几乎不可收拾的大患，进了301医院，边叙事、边抒情、边发议论、边发牢骚，一直写了一万三千多字。现在写作重点是应该换一换的时候了。换的主要枢纽是反求诸己。

301医院的大夫们发扬了三高的医风，熨平了我身上的创伤，我自己想用反躬自省的手段，熨平我自己的心灵。

我想从认识自我谈起。

每一个人都有一个自我，自我当然离自己最近，应该最容易认识。事实证明正相反，自我最不容易认识。所以古希腊人才发出了Know thyself（认识自我）的惊呼。一般情况是，人们往往把自己的才能、学问、道德、成就等等评估过高，永远是自我感觉良好。这对自己是不利的，对社会也是有害的。许多人事纠纷和社会矛盾由此而生。

不管我自己有多少缺点与不足之处，但是认识自己我是颇能做到一些的。我经常剖析自己。想回答："自己究竟是一个什么样的人?"这样一个问题。我自信能够客观地实事求是地进行分析的。我认为，自己绝不是什么天才，绝不是什么奇才异能之士，自己只不过是一个中不溜丢的人，但也不能说是蠢材。我说不出，自己在哪一方面有什么特别的天赋。绘画和音乐我都喜欢，但都没有天赋。在中学读书时，在课堂上偷偷地给老师画像，我的同桌同学画得比我更像老师，我不得不心服。我羡慕许多同学都能拿出一手儿来，唯独我什么也拿不出。

我想在这里谈一谈我对天才的看法。在世界和中国历史上，确实有过天才，我都没能够碰到。但是，在古代，在现代，在中国，在外国，自命天才的人却层出不穷。我也曾遇到不少这样的人。他们那一副自命不凡的天才相，令人不敢向迩。别人嗤之以鼻，而这些"天才"则岿然不动，挥斥激扬，乐不可支。此种人物列入《儒林外史》是再合适不过的。我除了敬佩他们的脸皮厚之外，无话可说。我常常想，天才往往是偏才。他们大脑里一切产生智慧或灵感的构件集中在某一个点上，别的地方一概不管，这一点就是他的天才之所在。天才有时候同疯狂融在一起，画家梵·高就是一个好例子。

在伦理道德方面，我的基础也不雄厚和巩固。我绝没有现在社会上认为的那样好，那样清高。在这方面，我有我的一套"理论"。我认为，人从动物群体中脱颖而出，变成了人。除了人的本质外，动物的本质也还保留了不少。一切生物的本能，即所谓"性"，都是一样的，即一要生存，二要温饱，三要发展。在这条路上，倘有障碍，必将本能地下死力排除之。根据我的观察，生物还有争胜或求胜的本能，总想压倒别的东西，一枝独秀。这种本能人当然也有。我们常讲，在世界上，争来争去，不外名利两件事。名是为了满足求胜的本能，而利则是为了满足求生。二者联系密切，相辅相成，成为人类的公害，谁也铲除不掉。古今中外的圣人贤人们都尽过力量，而所获只能说是有限。

至于我自己，一般人的印象是，我比较淡泊名利。其实这只是一个假象，我名利之心兼而有之。只因我的环境对我有大裨益，所以才造成了这一个假象。我在四十多岁时，一个中国知识分子当时所能追求的最高荣誉，我已经全部拿到手。在学术上是中国科学院学部委员，即后来的院士。在教育界是一级教授。在政治上是全国政协委员。学术和教育我已经爬到了百尺竿头，再往上就没有什么阶梯了。我难道还想登天做神仙吗？因此，以后几十年的提升提级活动我都无权参加，只是领导而已。假如我当时是一个二级教授——在大学中这已经不低了——我一定会渴望再爬上一级的。不过，我在这里必须补充几句。即使我想再往上爬，我绝不会奔走、钻营、吹牛、拍马，只问目的，不择手段。那不是我的作风，我一辈子没有干过。

写到这里就跟一个比较抽象的理论问题挂上了钩：什么叫好人？什么叫坏人？什么叫好？什么叫坏？我没有看过伦理教科书，不知道其中有没有这样的定义。我自己悟出了一套看法，当然是极端粗浅的，甚至是原始的。我认为，一个人一生要处理好三个关系：天人关系，也就是人与大自然的关系；人人关系，也就是社会关系；个人思想和感情中矛盾和平衡的关系。处理好了，人类就能够进步，社会就能够发展。好人与坏人的问题属于社会关系。因此，我在这里专门谈社会关系，其他两个就不说了。

正确处理人与人的关系，主要是处理利害关系。每个人都有自己的利益，都关心自己的利益。而这种利益又常常会同别人有矛盾的。有了你的利益，就没有我的利益。你的利益多了，我的就会减少。怎样解决这个矛盾就成了广大芸芸众生最棘手的问题。

人类毕竟是有思想能思维的动物。在这种极端错综复杂的利益矛盾中，他们绝大部分人都能有分析评判的能力。至于哲学家所说的良知和良能，我说不清楚。人们能够分清是非善恶，自己处理好问题。在这里无非是有两种态度，既考虑自己的利益，为自己着想，也考虑别人的利益，为别人着想。极少数人只考虑自己的利益，而又以残暴的手段攫取别人的利益者，是为害群之马，国家必绳之以法，以保证社会的安定团结。

这也是衡量一个人好坏的基础。地球上没有天堂乐园，也没有小说中所说的“君子国”。对一般人民的道德水平不要提出过高的要求。

一个人除了为自己着想外能为别人着想的水平达到百分之六十，他就算是一个好人。水平越高，当然越好。那样高的水平恐怕只有少数人能达到了。

至于我自己，我是一个谨小慎微，性格内向的人。考虑问题有时候细入毫发。我考虑别人的利益，为别人着想，我自认能达到百分之六十。我只能把自己划归好人一类。我过去犯过许多错误，伤害了一些人。但那绝不是有意为之，是为我的水平低修养不够所支配的。在这里，我还必须再做一下老王，自我吹嘘一番。在大是大非问题前面，我会一反谨小慎微的本性，挺身而出，完全不计个人利害。我觉得，这是我身上的亮点，颇值得骄傲的。总之，我给自己的评价是：一个平平常常的好人，但不是一个不讲原则的滥好人。

现在我想重点谈一谈对自己当前处境的反思。

我生长在鲁西北贫困地区一个僻远的小村庄里。晚年，一个幼年时的伙伴对我说："你们家连贫农都够不上！"在家六年，几乎不知肉味，平常吃的是红高粱饼子，白馒头只有大奶奶给吃过。没有钱买盐，只能从盐碱地里挖土煮水腌咸菜。母亲一字不识，一辈子季赵氏，连个名都没有捞上。

我现在一闭眼就看到一个小男孩，在夏天里浑身上下一丝不挂，滚在黄土地里，然后跳入浑浊的小河里去冲洗。再滚，再冲；再冲，再滚。

"难道这就是我吗？"

"不错，这就是你！"

六岁那年，我从那个小村庄里走出，走向通都大邑，一走就走了将近九十年。我走过阳关大道，也跨过独木小桥。有时候歪打正着，有时候也正打歪着。坎坎坷坷，跌跌撞撞，磕磕碰碰，推推搡搡，云里，雾里。不知不觉就走到了现在的九十二岁，超过古稀之年二十多岁了。岂不大可喜哉！又岂不大可惧哉！我仿佛大梦初觉一样，糊里糊涂地成为一位名人。现在正住在301医院雍容华贵的高干病房里。

同我九十年前出发时的情况相比，只有李后主的“天上人间”四个字差堪比拟于万一。我不大相信这是真的。

我在上面曾经说到，名利之心，人皆有之。我这样一个平凡的人，有了点名，感到高兴，是人之常情。我只想说一句，我确实没有为了出名而去钻营。我经常说，我少无大志，中无大志，老也无大志。这都是实情。能够有点小名小利，自己也就满足了。可是现在的情况却不是这样子。已经有了几本传记，听说还有人正在写作。至于单篇的文章数量更大。其中说的当然都是好话，当然免不了大量溢美之词。别人写的传记和文章，我基本上都不看。我感谢作者，他们都是一片好心。我经常说，我没有那样好，那是对我的鞭策和鼓励。

我感到惭愧。

常言道：“人怕出名猪怕壮。”一点小小的虚名竟能给我招来这样的麻烦，不身历其境者是不能理解的。麻烦是错综复杂的，我自己也理不出个头绪来。我现在，想到什么就写点什么，绝对是写不全的。首先是出席会议。有些会议同我关系实在不大。但却又非出席不行，据说这涉及会议的规格。在这一顶大帽子下面，我只能勉为其难了。其次是接待来访者，只这一项就头绪万端。老朋友的来访，什么时候都会给我带来欢悦，不在此列。我讲的是陌生人的来访，学校领导在我的大门上贴出布告：谢绝访问。但大多数人却熟视无睹，置之不理，照样大声敲门。外地来的人，其中多半是青年人，不远千里，为了某一些原因，要求见我。如见不到，他们能在门外荷塘旁等上几个小时，甚至住在校外旅店里，每天来我家附近一次。他们来的目的多种多样；但是大体上以想上北大为最多。他们慕北大之名，可惜考试未能及格。他们错认我有无穷无尽的能力和权力，能帮助自己。另外想到北京找工作也有，想找我签个名照张相的也有。这种事情说也说不完。我家里的人告诉他们我不在家，于是我就不敢在临街的屋子里抬头，当然更不敢出门，我成了“囚徒”。其次是来信。我每天都会收到陌生人的几封信，有的也多与求学有关。有极少数的男女大孩子向我诉说思想感情方面的一些问题和困惑，据他们自己说，这些事连自己的父母都没有告诉。我读了真正是万分感动，遍体温暖。我有何德何能，竟能让纯真无邪的大孩子如此信任！据说，外面传说，我每信必复。我最初确实有这样的愿望，但是，时间和精力都有限，只好让李玉洁女士承担写回信的任务。这个任务成了德国人口中常说的“硬核桃”。其次是寄来的稿子，要我“评阅”，提意见，写序言，甚至推荐出版。其中有洋洋数十万言之作。我哪里有能力有时间读这些原稿呢?有时候往旁边一放，为新来的信件所覆盖。过了不知多少时候，原作者来信催还原稿，这却使我作了难。“只在此室中，书深不知处”了。如果原作者只有这么一本原稿，那我的罪孽可就大了。其次是要求写字的人多，求我的“墨宝”，有的是楼台名称，有的是展览会的会名，有的是书名，有的是题词，总之是花样很多。一提“墨宝”，我就汗颜。小时候确实练过字，但是，一入大学，就再没有练过书法，以后长期居住在国外，连笔墨都看不见，何来“墨宝”？现在，到了老年，忽然变成了“书法家”，竟还有人把我的“书法”拿到书展上去示众，我自己都觉得可笑！有比较老实的人，暗示给我：他们所求的不过“季羡林”三个字。这样一来，我的心反而平静了一点，下定决心：你不怕丑，我就敢写。其次是广播电台，电视台，还有一些什么台，以及一些报纸杂志编辑部的录像采访，这使我最感到麻烦。我也会说一些谎话的；但我的本性是有时嘴上没遮掩，有时说溜了嘴，在过去，你还能要点无赖，硬不承认。今天他们人人手里都有录音机，“君子一言，驷马难追”，同他们订君子协定，答应删掉，但是，多数是原封不动，和盘端出，让你哭笑不得。上面的这一段诉苦已经够长的了，但是还远远不够，苦再诉下去，也了无意义，就此打住。

我虽然有这样多麻烦；但我并没有被麻烦压倒。我照常我行我素，做自己的工作。我一向关心国内外的学术动态。我不厌其烦地鼓励我的学生阅读国内外与自己研究工作有关的学术刊物。一般是浏览，重点必须细读。为学贵在创新。如果连国内外的新都不知道，你的新何从创起？我自己很难到大图书馆看杂志了。幸而承蒙许多学术刊物的主编不弃，定期寄赠。我才得以拜读，了解了不少当前学术研究的情况和结果，不致闭目塞听。我自己的研究工作仍然照常进行。遗憾的是，许多多年来就想研究的大题目，曾经积累过一些材料，现在拿起来一看，顿时想到自己的年龄，只能像玄奘当年那样，叹一口气说："自量气力，不复办此。"

对当前学术研究的情况，我也有自己的一套看法，仍然是顿悟式地得来的。我觉得，在过去，人文社会科学学者在进行科研工作时，最费时间的工作是搜集资料，往往穷年累月，还难以获得多大成果。现在电子计算机光盘一旦被发明，大部分古籍都已收入。不费吹灰之力，就能竭泽而渔。过去最繁重的工作成为最轻松的了。有人可能掉以轻心，我却有我的忧虑。将来的文章由于资料丰满可能越来越长，而疏漏则可能越来越多。光盘不可能把所有的文献都吸引进去，而且考古发掘还会不时有新的文献呈现出来。这些文献有时候比已有的文献还更重要，万万不能忽视的。好多人都承认，现在学术界急功近利浮躁之风已经有所抬头，剽窃就是其中最显著的表现，这应该引起人们的戒心。我在这里抄一段朱子的话，献给大家。朱子说："圣人言语，一步是一步。近来一类议论，只是跳踯。初则两三步做一步，甚则十数步做一步，又甚则千百步作一步。所以学之者皆癫狂。"（《朱子语类》124）愿与大家共勉力戒之。

我现在想借这个机会廓清与我有关的几个问题。

辞"国学大师"

现在在某些比较正式的文件中，在我头顶上也出现"国学大师"这一灿烂辉煌的光环。这并非无中生有，其中有一段历史渊源。

约莫十几二十年前，中国的改革开放大见成效，经济飞速发展。文化建设方面也相应地活跃起来。有一次在还没有改建的大讲堂里开了一个什么会，专门向同学们谈国学，中华文化的一部分毕竟是保留在所谓"国学"中的。当时在主席台上共坐着五位教授，每个人都讲上一通。我是被排在第一位的，说了些什么话，现在已忘得干干净净。《人民日报》的一位资深记者是北大校友，"于无声处听惊雷"，在报上写了一篇长文《国学热悄悄在燕园兴起》。从此以后，其中四位教授，包括我在内，就被称为"国学大师"。他们三位的国学基础都比我强得多。他们对这一顶桂冠的想法如何，我不清楚。我自己被戴上了这一顶桂冠，却是浑身起鸡皮疙瘩。这情况引起了一位学者（或者别的什么“者”）的“义愤”，触动了他的特异功能，在杂志上著文说，提倡国学是对抗马克思主义。这话真是石破天惊，匪夷所思，让我目瞪口呆。一直到现在，我仍然没有想通。

说到国学基础，我从小学起就读经书、古文、诗词。对一些重要的经典著作有所涉猎。但是我对哪一部古典，哪一个作家都没有下过死工夫，因为我从来没想成为一个国学家。后来专治其他的学术，浸淫其中，乐不可支。除了尚能背诵几百首诗词和几十篇古文外；除了尚能在最大的宏观上谈一些与国学有关的自谓是大而有当的问题比如“天人合一”外，自己的国学知识并没有增加。环顾左右，朋友中国学基础胜于自己者，大有人在。在这样的情况下，我竟独占“国学大师”的尊号，岂不折煞老身（借用京剧女角词）！我连“国学小师”都不够，遑论“大师”！

为此，我在这里昭告天下：请从我头顶上把“国学大师”的桂冠摘下来。

辞学界（术）泰斗

这要分两层来讲：一个是教育界，一个是人文社会科学界。

先要弄清楚什么叫“泰斗”。泰者，泰山也；斗者，北斗也。两者都被认为是至高无上的东西。

光谈教育界。我一生做教书匠，爬格子。在国外教书十年，在国内五十七年。人们常说：“没有功劳，也有苦劳。”特别是在过去几十年中，天天运动，花样翻新，总的目的就是让你不得安闲，神经时时刻刻都处在万分紧张的情况中。在这样的情况下，我一直担任行政工作，想要做出什么成绩，岂不戛戛乎难矣哉！我这个“泰斗”从哪里讲起呢？

在人文社会科学的研究中，说我做出了极大的成绩，那不是事实。说我一点成绩都没有，那也不符合实际情况。这样的人，滔滔者天下皆是也。但是，现在却偏偏把我“打”成泰斗。我这个泰斗又从哪里讲起呢？

为此，我在这里昭告天下：请从我头顶上把“学界（术）泰斗”的桂冠摘下来。

辞“国宝”

在中国，一提到“国宝”，人们一定会立刻想到人见人爱憨态可掬的大熊猫。这种动物数量极少，而且只有中国有，称之为“国宝”，它是当之无愧的。

可是，大约在十来年前。在一次会议上，北京市的一位领导突然称我为“国宝”，我极为惊愕。到了今天，我所到之处，“国宝”之声洋洋乎盈耳矣。我实在是大惑不解。当然，“国宝”这一顶桂冠并没有为我一人所垄断。其他几位书画名家也有此称号。

我浮想联翩，想探寻一下起名的来源。是不是因为中国只有一个季羡林，所以他就成为“宝”。但是，中国的赵一钱二孙三李四等等，等等，也都只有一个，难道中国能有十三亿国宝吗？

这种事情，痴想无益，也完全没有必要。我来一个急刹车。

为此，我在这里昭告天下：请从我头顶上把“国宝”的桂冠摘下来。

三顶桂冠一摘，还了我一个自由自在身。身上的泡沫洗掉了，露出了真面目，皆大欢喜。

露出了真面目，自己是不是就成了原来蒙着华贵的绸罩的朽木架子而今却完全塌了架了呢？

也不是的。

我自己是喜欢而且习惯于讲点实话的人。讲别人，讲自己，我都希望能够讲得实事求是，水分越少越好。我自己觉得，桂冠取掉，里面还不是一堆朽木，还是有颇为坚实的东西的。至于别人怎样看我，我并不十分清楚。因为，正如我在上面说的那样，别人写我的文章我基本上是不读的，我怕里面的溢美之词。现在困居病房，长昼无聊，除了照样舞笔弄墨之外，也常考虑一些与自己学术研究有关的问题，凭自己那一点自知之明，考虑自己学术上有否“功业”，有什么“功业”。我尽量保持客观态度。过于谦虚是矫情，过于自吹自擂是老王，二者皆为我所不敢取。我在下面就“夫子自道”一番。

我常常戏称自己为“杂家”。我对人文社会科学领域内，甚至科技领域内的许多方面都感兴趣。我常说自己是“样样通，样样松。”这话并不确切。很多方面我不通；有一些方面也不松。合辙押韵，说着好玩而已。

我从事科学研究工作，已经有七十年的历史。我这个人在任何方面都是后知后觉。研究开始时并没有显露出什么奇才异能，连我自己都不满意。后来逐渐似乎开了点窍，到了德国以后，才算是走上了正路。但一旦走上了正路，走的就是快车道。回国以后，受到了众多的干扰，“十年浩劫”中完全停止。改革开放，新风吹起。我又重新上路，到现在已有二十多年了。

根据我自己的估算，我的学术研究的第一阶段是德国十年。研究的主要方向是原始佛教梵语。我的博士论文就是这方面的题目。在论文中，我论到了一个可以说是被我发现的新的语尾，据说在印欧语系比较语言学上颇有重要意义，引起了比较语言学教授的极大关怀。到了1965年，我还在印度语言学会出版的*lndian Linguisties Vo1. Ⅱ*发表了一篇*On the Ending-neatha for the Fuar Ruom Rlunel Atm, in the Budccher mixed Dialeer*。这是我博士论文的持续发展。当年除了博士论文外，我还写了两篇比较重要的论文，一篇是讲不定过去时的，一篇讲-am > o，u。都发表在哥廷根科学院院刊上。在德国，科学院是最高学术机构，并不是每一个教授都能成为院士。德国规矩，一个系只有一个教授，无所谓系主任。每一个学科全国也不过有二三十个教授，比不了我们现在大学中一个系的教授数量。在这样的情况下，再选院士，其难可知。科学院的院刊当然都是代表最高学术水平的。我以一个三十岁刚出头的异国的毛头小伙子竟能在上面连续发表文章，要说不沾沾自喜，那就是纯粹的谎话了。而且我在文章中提出的结论至今仍能成立，还有新出现的材料来证明，足以自慰了。此时还写了一篇关于解谈吐火罗文的文章。

1946年回国以后，由于缺少最起码的资料和书刊，原来做的研究工作无法进行，只能改行，我就转向佛教史研究，包括印度、中亚以及中国佛教史在内。在印度佛教史方面，我给与释迦牟尼有不共戴天之仇的提婆达多翻了案，平了反。公元前五六世纪的北天竺，西部是婆罗门的保守势力，东部则兴起了新兴思潮，是前进的思潮，佛教代表的就是这种思潮。提婆达多同佛祖对着干，事实俱在，不容怀疑。但是，他的思想和学说的本质是什么，我一直没弄清楚。我觉得，古今中外写佛教史者可谓多矣，却没有一人提出这个问题，这对真正印度佛教史的研究是不利的。在中亚和中国内地的佛教信仰中，我发现了弥勒信仰的重要作用。也可以算是发前人未发之覆。我那两篇关于“浮屠”与“佛”的文章，篇幅不长，却解决了佛教传入中国的道路的大问题，可惜没引起重视。

我一向重视文化交流的作用和研究。我是一个文化多元论者，我认为，文化一元论有点法西斯味道。在历史上，世界民族，无论大小，大多数都对人类文化做出了贡献。文化一产生，就必然会交流，互学，互补，从而推动了人类社会的进步。我们难以想象，如果没有文化交流，今天的世界会是一个什么样子。在这方面，我不但写过不少的文章，而且在我的许多著作中也贯彻了这种精神。长达约八十万字的《糖史》就是一个好例子。

提到了《糖史》，我就来讲一讲这一部书完成的情况。我发现，现在世界上流行的大语言中，“糖”这一个词儿几乎都是转弯抹角地出自印度梵文的sarkara这个字。我从而领悟到，在糖这种微末不足道的日常用品中竟隐含着一段人类文化交流史。于是我从很多年前就着手搜集这方面的资料。在德国读书时，我在汉学研究所曾翻阅过大量的中国笔记，记得里面颇有一些关于糖的资料。可惜当时我脑袋里还没有这个问题，就视而不见，空空放过，而今再想弥补，是绝对不可能的事情了。今天有了这问题，只能从头做起。最初，电子计算机还很少很少，而且技术大概也没有过关。即使过了关，也不可能把所有的古籍或今籍一下子都收入。留给我的只有一条笨办法：自己查书。然而，群籍浩如烟海，穷我毕生之力，也是难以查遍的。幸而我所在的地方好，北大藏书甲上庠，查阅方便。即使这样，我也要定一个范围。我以善本部和楼上的教员阅览室为基地，有必要时再走出基地。教员阅览室有两层楼的书库，藏书十余万册。于是在我八十多岁后，正是古人“含饴弄孙”的时候，我却开始向科研冲刺了。我每天走七八里路，从我家到大图书馆，除星期日大馆善本部闭馆外，不管是冬天，还是夏天；不管是刮风下雨，还是坚冰在地，我从未间断过。如是者将及两年，我终于翻遍了书库，并且还翻阅了《四库全书》中有关典籍，特别是医书。我发现了一些规律。首先是，在中国最初只饮蔗浆，用蔗制糖的时间比较晚。其次，同在古代波斯一样，糖最初是用来治病的，不是调味的。再次，从中国医书上来看，使用糖的频率越来越小，最后几乎很少见了。最后，也是最重要的一点，把原来是红色的蔗汁熬成的糖浆提炼成洁白如雪的白糖的技术是中国发明的。到现在，世界上只有两部大型的《糖史》，一为德文，算是世界名著；一为英文，材料比较新。在我写《糖史》第二部分，国际部分时，曾引用过这两部书中的一些资料。做学问，搜集资料，我一向主张要有一股“竭泽而渔”的劲头。不能贪图省力，打马虎眼。

既然讲到了耄耋之年向科学进军的情况，我就讲一讲有关吐火罗文研究。我在德国时，本来不想再学别的语言了，因为已经学了不少，超过了我这个小脑袋瓜的负荷能力。但是，那一位像自己祖父般的西克（E. sieg）教授一定要把他毕生所掌握的绝招统统传授给我。我只能向他那火一般的热情屈服，学习了吐火罗文 A 焉耆语和吐火罗文 B 龟兹语。我当时写过一篇文章，讲《福力太子因缘经》的诸异本，解决了吐火罗文本中的一些问题，确定了几个过去无法认识的词儿的含义。回国以后，也是由于缺乏资料，只好忍痛与吐火罗文告别，几十年没有碰过。20 世纪 70 年代，在新疆焉耆县七个星断壁残垣中发掘出来了吐火罗文 A 的《弥勒会见记剧本》残卷。新疆博物馆的负责人亲临寒舍，要求我加以解读。我由于没有信心，坚决拒绝。但是他们苦求不已，我只能答应下来，试一试看。结果是，我的运气好，翻了几张，书名就赫然出现：《弥勒会见记剧本》。我大喜过望。

于是在冲刺完了《糖史》以后，立即向吐火罗文进军。我根据回鹘文同书的译本，把吐火罗文本整理了一番，理出一个头绪来。陆续翻译了一些，有的用中文，有的用英文，译文间有错误。到了20世纪90年代后期，我集中精力，把全部残卷译成了英文。我请了两位国际上公认是吐火罗文权威的学者帮助我，一位德国学者，一位法国学者。法国学者补译了一段，其余的百分之九十七八以上的工作都是我做的。即使我再谦虚，我也只能说，在当前国际上吐火罗文研究最前沿上，中国已经有了位置。

下面谈一谈自己的散文创作。我从中学起就好舞笔弄墨。到了高中，受到了董秋芳老师的鼓励。从那以后的七十年中，一直写作不辍。我认为是纯散文的也写了几十万字之多。但我自己喜欢的却为数极少。评论家也有评我的散文的；一般说来，我都是不看的。我觉得，文艺评论是一门独立的科学，不必与创作挂钩太亲密。世界各国的伟大作品没有哪一部是根据评论家的意见创作出来的。正相反，伟大作品倒是评论家的研究对象。目前的中国文坛上，散文又似乎是引起了一点小小的风波，有人认为散文处境尴尬，等等，皆为我所不解。中国是世界散文大国，两千多年来出现了大量优秀作品，风格各异，至今还为人所诵读，并不觉得不新鲜。今天的散文作家大可以尽量发挥自己的风格，只要作品好，有人读，就算达到了目的，凭空作南冠之泣是极为无聊的。前几天，病房里的一位小护士告诉我，她在回家的路上一气读了我五篇散文，她觉得自己的思想感情有向上的感觉。这种天真无邪的评语是对我最高的鼓励。

最后，还要说几句关于翻译的话。我从不同文字中翻译了不少文学作品，其中最主要的当然是印度大史诗《罗摩衍那》。

以上是我根据我那一点自知之明对自己“功业”的评估，是我的“优胜纪略”。但是，我自己最满意的还不是这些东西，而是自己胡思乱想关于“天人合一”的新解。至少在十几年前，我就想到了一个问题。大自然中出现了不少问题，比如生态平衡破坏，植物灭种，臭氧出洞，气候变暖，淡水资源匮乏，新疾病产生等等，等等。哪一样不遏制，人类发展前途都会受到影响。我认为，这些危害都是西方与大自然为敌，要征服自然的结果。西方哲人歌德、雪莱、恩格斯等早已提出了警告。可惜听之者寡。情况越来越严重，各国政府，甚至联合国才纷纷提出了环保问题。我并不是什么先知先觉，只是感觉到了，不得不大声疾呼而已。我的“天人合一”要求的是人与大自然要做朋友，不要成为敌人。我们要时刻记住恩格斯的话：大自然是会报复的。

以上就是我的“夫子自道”，“道”得准确与否，不敢说。但是，“道”的都是真话。

此外，在提倡新兴学科方面，我也做了一些工作，比如敦煌学，我在这方面没有写过多少文章；但对团结学者和推动这项研究工作，我却做出了一些贡献。又如比较文学，关于比较文学的理论问题，我几乎没有写过文章，因为我没有研究。但是中国第一个比较文学研究会却是在北大成立的，可以说是开风气之先。此外，我还主编了几种大型的学术丛书，首先就是《东方文化集成》，准备出五百种，用高水平的研究成果，向世界人民展示什么叫东方文化。我还帮助编纂了《四库全书存目丛书》，取得了很大的成功。其余几种现在先不介绍了。我觉得有相当大意义的工作是我把印度学引进了中国，或者也可以说，在中国过去有光辉历史的有上千年历史的印度研究又重新恢复起来。现在已经有了几代传人，方兴未艾。要说从我身上还有什么值得学习的东西，那就是勤奋。我一生不敢懈怠。

总而言之，我就是通过这一些“功业”获得了名声，大都是不虞之誉。政府、人民，以及学校给予我的待遇，同我对人民和学校所做的贡献，相差不可以道里计。我心里始终感到疚愧不安。现在有了病，又以一个文职的教书匠硬是挤进了部队军长以上的高干疗养的病房，冒充了四十五天的“首长”。政府与人民待我可谓厚矣。扪心自问，我何德何才，获此殊遇！

就在进院以后，专家们都看出了我这一场病的严重性，是一场能致命的不大多见的病。我自己却还糊里糊涂，掉以轻心，溜溜达达，走到阎王爷驾前去报到。大概由于文件上一百多块图章数目不够，或者红包不够丰满，被拒收，我才又走回来，再也不敢三心二意了，一住就是四十五天，捡了一条命。

我在医院中是一个非常特殊的病人，一般的情况是，病人住院专治一种病，至多两种。我却一气治了四种病。我的重点是皮肤科，但借住在呼吸道科病房里，于是大夫也把我吸收为他们的病人。一次我偶尔提到，我的牙龈溃疡了。院领导立刻安排到牙科去，由主任亲自动手，把我的牙整治如新。眼科也是很偶然的。我们认识魏主任，他说要给我治眼睛。我的眼睛毛病很多，他作为专家，一眼就看出来了。细致的检查，认真的观察，在十分忙碌的情况下，最后他说了一句铿锵有力的话："我放心了！"我听了当然也放心了。他又说，今后五六年中没有问题。最后还配了一副我平生最满意的眼镜。

上面讲的主要是医疗方面的情况。我在这里还领略人情之美。我进院时，是病人对医生的关系。虽然受到院长、政委、几位副院长，以及一些科主任和大夫的礼遇，仍然不过是这种关系的表现。

但是，悄没声地这种关系起了变化。我同几位大夫逐渐从病人医生的关系转向朋友的关系，虽然还不能说无话不谈，但却能谈得很深，讲一些蕴藏在心灵中的真话。常言道："对人只讲三分话，不能闲抛一片心。"讲点真话，也并不容易的。此外，我同本科的护士长、护士，甚至打扫卫生的外地来的小女孩，也都逐渐熟了起来，连给首长陪住的解放军战士也都成了我的忘年交，其乐融融。

我的七十年前的老学生原301副院长牟善初，至今已到了望九之年，仍然每天穿上白大褂，巡视病房。他经常由周大夫陪着到我屋里来闲聊。七十年的漫长的岁月并没有隔断我们的师生之情，不也是人生一大快事吗？

我的许多老少朋友，包括江牧岳先生在内，亲临医院来看我。如果不是301门禁极为森严，则每天探视的人将挤破大门。我真正感觉到了，人间毕竟是温暖的，生命毕竟是可爱的，生活着毕竟是美丽的（我本来不喜欢某女作家的这一句话，现在姑且借用之）。

我初入院时，陌生的感觉相当严重。但是，现在我要离开这里了，却产生了浓烈的依依难舍的感情。"客房回看成乐园"，我不禁一步三回首了。

对未来的悬思

我于2002年8月15日入院，9月30日出院回家，带着捡回来的一条命，也可以说是301送给我的一条命。这四十五天并不长，却在我生命历程上划上了一个深深的痕迹。

现在回家来了，怎么办？

记得去年一位泰国哲学家预言我今年将有一场大灾。对这种预言我从来不相信，现在也不相信。但是却不能不承认，他说准了。我在上面已经提到过："大难不死，必有后福。"我还能有什么后福呢？

那些什么"相期以茶"，什么活一百二十岁的话，是说着玩玩的，像唱歌或作诗，不能当真的。真实的情况是，我已经九十二岁。是古今中外文人中极少见的了，我应该满意了。通过这一场大病，我认识到，过去那种忘乎所以的态度是要不得的，是极其危险的。老了就得服老，老老实实地服老，才是正道。我现在能做到这一步了。

或许有人要问：你读万卷书，行万里路，生平极多坎坷，你对人生悟出了什么真谛吗？答曰：悟出了一些，就是我上面说的那一些，真谛就寓于日常生活中，不劳远求。那一套"菩提本无树，明镜亦非台；本来无一物，何处染尘埃？"我是绝对悟不出来的。

现在身躯上的零件，都已经用了九十多年，老化是必然的。可惜不能像机器一样，拆开来涂上点油。不过，尽管老化，看来还能对付一些日子。而且，不管别的零件怎样，我的脑袋还是难得糊涂的。我就利用这一点优势，努力工作下去，再多写出几篇《新日知录》，多写出一些抒情的短文，歌颂祖国，歌颂人民，歌颂生命，歌颂自然，歌颂一切应该歌颂的美好的东西，鞠躬尽瘁，死而后已。

写到这里，最重要的问题我还没有说。老子是讲辩证法的哲学家。他那有名的关于祸福的话，两千年来，尽人皆知：福兮祸所伏，祸兮福所倚。我这一次重得新生，当然是福。但是，这个重得并非绝对的，也还并没有完成。医生让我继续服药，至少半年，随时仔细观察。倘若再有湿疹模样的东西出现，那就殆矣。这无疑在我头顶上用一根头发悬上了一把达摩克利斯之剑，随时都有刺下来的可能。其实，每一个人从出生的那一刹那开始，就有这样的利剑悬在头上，有道是：“黄泉路上无老少”嘛，只是人们不去感觉而已。我被告知，也算是幸运，让我随时警惕，不敢忘乎所以。这不是极大的幸福吗?

我仍然是在病中。

2002 年 10 月 3 日写毕

回　家

从医院里捡回来了一条命，终于带着它回家来了。

由于自己的幼稚、固执、迷信“癣疥之疾”的说法，竟走到了向阎王爷那里去报到的地步。也许是因为文件盖的图章不够数，或者红包不够丰满，被拒收，又溜达回来，住进了301医院。这一所医德、医术、医风三高的医院，把性命奇迹般地还给了我，给了我一次名副其实的新生。

现在我回家来了。

什么叫家？以前没有研究过。现在忽然间提了出来，仍然是回答不上来。要说家是比较长期居住的地方，那么，在欧洲游荡了几百年的吉卜赛人住在流动不居的大车上，这算不算家呢？

我现在不想仔细研究这种介乎形而上学和形而下学之间的学问。还是让我从医院说起吧。

这一所医院是全国著名的，称之为超一流，是完全名副其实的。我相信，即使是最爱挑剔的人也绝不会挑出什么毛病来。从医疗设备到医生水平，到病房的布置，到服务态度，到工作效率，等等，无不尽如人意。就是这样一个地方，我初搬入的时候，心情还浮躁过一阵，我想到我那在燕园垂杨深处的家，还有我那盈塘季荷和小波斯猫。但是住过一阵之后，我的心情平静了，我觉得住在这里就像是住在天堂乐园里一般。一个个穿白大褂的护士小姐都像是天使，幸福就在这白色光芒里闪烁。我过了一段十分愉快的生活。约莫一个月以后，病情已经快达到了痊愈的程度。虽然我的生活仍然十分甜美，手脚上长出来的丑类已经完全消灭，笔墨照舞照弄不误，我的心情却无端又浮躁起来。我想到，此地“信美非吾土”。我又想到了我那盈塘的季荷和小波斯猫。我要回家了。

回到朗润园的时候，已是黄昏时分。韩愈诗：“黄昏到寺蝙蝠飞。”我现在是：“黄昏到园蝙蝠飞。”空中确有蝙蝠飞着。全园还没有到灯火辉煌的程度。在薄暗中，盈塘荷花的绿叶显不出绿色，只是灰蒙蒙的一片。独有我那小波斯猫，不知是从什么地方窜了出来，坐下惊愕了一阵，认出了是我，立即跳了上来，在我的两腿间蹭来蹭去，没完没了。它好像是要说：“老伙计呀！你可是到哪里去了？叫我好想呀！”我一进屋，它立即跳到我的怀里，无论如何，也不离开。

第二天早晨，我照例四点多起床。最初，外面还是一片黢黑,什么东西也看不清。不久，东方渐渐白了起来，天蒙蒙亮了。早晨锻炼的人开始出来了。一个穿红衣服的小伙子跑步向西边去了。接着就从西面走来了那一位挺着大肚子的中年妇女，跟在后面距离不太远的是那一位寡居的教授夫人。这些人都是我天天早上必先见到的人物，今天也不例外。一恍神，我好像根本没有离开过这里。在医院里的四十六天，好像是在宇宙间根本没有存在过，在时间上等于一个零。

等到天光大亮的时候，我仔细观察我的季荷。此时，绿盖满塘，浓碧盈空，看了令人精神为之一振。“心有灵犀一点通”，中国人是相信人心是能相通的。我现在却相信，荷花也是有灵魂的，它与人心也能相通的。我的荷花掐指一算，我今年当有新生之喜；于是憋足了劲要大开一番，以示庆祝。第一朵花正开在我的窗前，是想给我一个信号。孤零零的一大朵红花，朝开夜合，确实带给了我极大的欢悦。可是荷花万没有想到，连我自己都没有想到嘛，我突然住进了医院。听北大到医院来看我的人说，荷花先是一朵，后是几朵，再后是十几朵，几十朵，上百朵，超过一百朵，开得盈塘盈池，红光照亮了朗润园。成了燕园中一道亮丽的风景线。可惜我在医院里不能亲自欣赏，只有躺在那里玄想了。

我把眼再略微抬高了一点，看到荷塘对岸的万众楼，依然雕梁画栋，金碧辉煌。楼名是我题写的。因为楼是西向的，我记得过去只有在夕阳返照中才能看清楚那三个金光闪闪的大字。今天，朝阳从楼后升起，楼前当然是黑的；但不知什么东西把阳光反射了回去，那三个大字正处在光环中，依然金光闪闪。这是极细微的小事，但是，我坐在这里却感到有无穷的逸趣。

与万众楼隔塘对峙是一座小山。出我的楼门，左拐走十余步就能走到。记得若干年前，一到深秋，山上的树丛叶子颜色一变，地上的草一露枯黄相，就给人以萧瑟凄清的感觉，这正是悲秋的最佳时刻。后来栽上了丰花月季，据说一年能开花十个月。前几年，一个初冬，忽然下起了一场大雪。小山上的树枝都变成了赤条条毫无牵挂。长在地上的东西都被覆盖在一片茫茫的白色之下。令我吃惊的是，我瞥见一枝月季，从雪中挺出，顶端开着一朵小花，鲜红浓艳，傲雪独立。它仿佛带给我了灵感，带给我了活力，带给我了无穷无尽的希望。我一时狂欢不能自禁。

小山上，树木丛杂，野草遍地，是鸟类的天堂。当前全世界人口爆炸，人与鸟兽争夺生存空间。燕园这一大片地带，如果从空中下看的话，一定是一片浓绿，正是鸟类所垂青的地方。因此，这里的鸟类相对来说是比较多的。每天早晨，最先出现的往往是几只喜鹊，在山上塘边树枝间跳来跳去，兴高采烈。接着出场的是成群的灰喜鹊，也是在树枝间蹦蹦跳跳，兴高采烈。到了春天，当然会有成群的燕子飞来助兴。此时，啄木鸟也必然飞来凑趣，把古树敲得砰砰作响，好像要给这一场万籁齐鸣的音乐会敲起鼓点儿。空中又响起了布谷鸟清脆的鸣声，由远到近，又由近到远，终于消逝在太空中。我感到遗憾的是，以前每天都看到乌鸦从城里飞向远郊，成百，上千，黑压压一片。今天则片影无存了。我又遗憾见不到多少麻雀。20 世纪 50 年代被某一个人无端定为四害之一的麻雀，曾被全国人民群起而攻之，酿成了举世闻名的闹剧。现在则濒于灭绝。在小山上偶尔见到几只，灰头土脑，然而却惊为奇宝了。

幼时读唐诗，读了“西塞山前白鹭飞”，“两个黄鹂鸣翠柳，一行白鹭上青天”，曾向往白鹭青天的境界，只是没有亲眼看见过。一直到1951 年访问印度，曾在从加尔各答乘车到国际大学的路上，在一片浓绿的树木和荷塘上面的天空里，才第一次看到白鹭上青天的情景，顾而乐之。第二次见到白鹭是在前几年游广东佛山的时候。在一片大湖的颇为遥远的对岸上绿树成林，树上都开着白色的大花朵。最初我真以为是花。然而不久却发现，有的花朵竟然飞动起来，才知道不是花朵而是白鸟。我又顾而乐之。其实就在我入医院前不久，我曾瞥见一只白鸟从远处飞来，一头扎进荷叶丛中，不知道在里面鼓捣了些什么，过了许久，又从另一个地方飞出荷叶丛，直上青天，转瞬就消逝得无影无踪了。我难道能不顾而乐之吗？

现在我仍然枯坐在临窗的书桌旁边，时间是回家的第二天早上。我的身子确实没有挪窝儿，但是思想却是活跃异常。我想到过去，想到眼前，又想到未来，甚至神驰万里想到了印度。时序虽已是深秋，但是我的心中却仍是春意盎然。我眼前所看到的，脑海里所想到的东西，无一不笼罩上一团玫瑰般的嫣红，无一不闪出耀眼的光芒。记得小时候常见到贴在大门上的一副对联“万物静观皆自得，四时佳兴与人同。”现在朗润园中的万物，鸟兽虫鱼，花草树木，无不自得其乐。连这里的天都似乎特别蓝，水都似乎特别清。眼睛所到之处，无不令我心旷神怡。思想所到之处，无不令我逸兴遄飞。我真觉得，大自然特别可爱，生命特别可爱，人类特别可爱，一切有生无生之物特别可爱，祖国特别可爱，宇宙万物无有不可爱者。欢喜充满了三千大千世界。

现在我十分清醒地意识到，我是带着捡回来的新生回家来了。

我的家是一个温馨的家。

2002 年 10 月 14 日

难得糊涂

清代郑板桥提出来的亦书写出来的“难得糊涂”四个大字，在中国，真可以说是家喻户晓，尽人皆知的。一直到今天，二百多年过去了，但在人们的文章里，讲话里，以及嘴中常用的口语中，这四个字还经常出现，人们都耳熟能详。

我也是难得糊涂党的成员。

不过，在最近几个月中，在经过了一场大病之后，我的脑筋有点开了窍。我逐渐发现，糊涂有真假之分，要区别对待，不能眉毛胡子一把抓。

什么叫真糊涂，而什么又叫假糊涂呢?

用不着做理论上的论证，只举几个小事例就足以说明了。例子就从郑板桥举起。

郑板桥生在清代乾隆年间，所谓康乾盛世的下一半。所谓盛世历代都有，实际上是一块其大无垠的遮羞布。在这块布下面，一切都照常进行。只是外寇来得少，人民作乱者寡，大部分人能勉强吃饱了肚子，“不识不知，顺帝之则”了。最高统治者的宫廷斗争，仍然是血腥淋漓，外面小民是不会知道的。历代的统治者都喜欢没有头脑没有思想的人；有这两个条件的只是士这个阶层。所以士一直是历代统治者的眼中钉。可离开他们又不行。于是胡萝卜与大棒并举。少部分争取到皇帝帮闲或帮忙的人，大致已成定局。等而下之，一大批士都只有一条向上爬的路——科举制度。成功与否，完全看自己的运气。翻一翻《儒林外史》，就能洞悉一切。但同时皇帝也多以莫须有的罪名大兴文字狱，杀鸡给猴看。统治者就这样以软硬兼施的手法，统治天下。看来大家都比较满意。但是我认为，这是真糊涂，如影随形，就在自己身上，并不“难得”。

我的结论是：真糊涂不难得，真糊涂是愉快的，是幸福的。

此事古已有之，历代如此。楚辞所谓“举世皆浊我独清，众人皆醉我独醒。”所谓“醉”，就是我说的糊涂。

可世界上还偏有郑板桥这样的人，虽然人数极少极少，但毕竟是有的。他们为天地留了点正气。他已经考中了进士。据清代的一本笔记上说，由于他的书法不是台阁体，没能点上翰林，只能外放当一名知县，“七品官耳”。他在山东潍县做了一任县太爷，又偏有良心，同情小民疾苦，有在潍县衙斋里所做的诗为证。结果是上官逼，同僚挤，他忍受不了，只好丢掉乌纱帽，到扬州当八怪去了。他一生诗书画中都有一种愤懑不平之气，有如司马迁的《史记》。他倒霉就倒在世人皆醉而他独醒，也就是世人皆真糊涂而他独必须装糊涂，假糊涂。

我的结论是：假糊涂才真难得，假糊涂是痛苦，是灾难。

现在说到我自己。

我初进301医院的时候，始终认为自己患的不过是癣疥之疾。隔壁房间里主治大夫正与北大校长商议发出病危通告，我这里却仍然嬉皮笑脸，大说其笑话。终医院里的四十六天，我始终没有危机感。现在想起来，真正后怕。原因就在，我是真糊涂，极不难得，极为愉快。

我虔心默祷上苍，今后再也不要让真糊涂进入我身，我宁愿一生背负假糊涂这一个十字架。

2002年12月2日在301医院于大夫护士嘈杂声中写成，亦一快事也。

糊涂一点，潇洒一点

最近一个时期，经常听到人们的劝告：要糊涂一点，要潇洒一点。

关于第一点糊涂问题，我最近写过一篇短文《难得糊涂》。在这里，我把糊涂分为两种，一个叫真糊涂，一个叫假糊涂。普天之下，绝大多数的人，争名于朝，争利于市。尝到一点小甜头，便喜不自胜，手舞足蹈，心花怒放，忘乎所以。碰到一个小钉子，便忧思焚心，眉头紧皱，前途暗淡，哀叹不已。这种人滔滔者天下皆是也。他们是真糊涂，但并不自觉。他们是幸福的，愉快的。愿老天爷再向他们降福。

至于假糊涂或装糊涂，则以郑板桥的“难得糊涂”最为典型。郑板桥一流的人物是一点也不糊涂的。但是现实的情况又迫使他们非假糊涂或装糊涂不行。他们是痛苦的。我祈祷老天爷赐给他们一点真糊涂。

谈到潇洒一点的问题，首先必须对这个词儿进行一点解释。这个词儿圆融无碍，谁一看就懂，再一追问就糊涂。给这样一个词儿下定义，是超出我的能力的。还是查一下词典好。《现代汉语词典》的解释是：“(神情、举止、风貌等)自然大方、有韵致，不拘束。”看了这个解释，我吓了一跳。什么“神情”，什么“风貌”，又是什么“韵致”，全是些抽象的东西，让人无法把握。这怎么能同我平常理解和使用的“潇洒”挂上钩呢？我是主张模糊语言的，现在就让“潇洒”这个词儿模糊一下吧。我想到中国六朝时代一些当时名士的举动，特别是《世说新语》等书所记载的，比如刘伶的“死便埋我”，什么雪夜访戴，等等，应该算是“潇洒”吧。可我立刻又想到，这些名士，表面上潇洒，实际上心中如焚，时时刻刻担心自己的脑袋。有的还终于逃不过去，嵇康就是一个著名的例子。

写到这里，我的思维活动又逼迫我把“潇洒”，也像糊涂一样，分为两类：一真一假。六朝人的潇洒是装出来的，因而是假的。

这些事情已经“俱往矣”，不大容易了解清楚。我举一个现代的例子。上一个世纪30年代，我在清华读书的时候，一位教授（姑隐其名）总想充当一下名士，潇洒一番。冬天，他穿上锦缎棉袍，下面穿的是锦缎棉裤，用两条彩色丝带把棉裤紧紧地系在腿的下部。头上头发也故意不梳得油光发亮。他就这样飘飘然走进课堂，顾影自怜，大概十分满意。在学生们眼中，他这种矫揉造作的潇洒，却是丑态可掬，辜负了他一番苦心。

同这位教授唱对台戏的——当然不是有意的——是俞平伯先生。有一天，平伯先生把脑袋剃了个精光，高视阔步，昂然从城内的住处出来，走进了清华园。园内几千人中这是唯一的一个精光的脑袋，见者无不骇怪，指指点点，窃窃私议，而平伯先生则全然置之不理，照样登上讲台，高声朗诵宋代名词，摇头晃脑，怡然自得。朗诵完了，连声高呼：“好！好！就是好！”此外再没有别的话说。古人说：“是真名士自风流。”同那位教英文的教授一比，谁是真风流，谁是假风流；谁是真潇洒，谁是假潇洒，昭然呈现于光天化日之下。

这一个小例子，并没有什么深文奥义，只不过是想辨真伪而已。

为什么人们提倡糊涂一点，潇洒一点呢？我个人觉得，这能提高人们的和为贵的精神，大大地有利于安定团结。

写到这里，这一篇短文可以说是已经写完了。但是，我还想加上一点我个人的想法。

当前，我国举国上下，争分夺秒，奋发图强，巩固我们的政治，发展我们的经济，期能在预期的时间内建成名副其实小康社会。哪里容得半点糊涂、半点潇洒！但是，我们中国人一向是按照辩证法的规律行动的。古人说：“文武之道，一张一弛。”有张无弛不行，有弛无张也不行。张弛结合，斯乃正道。提倡糊涂一点，潇洒一点，正是为了达到这个目的的。

2002年12月18日

再谈爱国主义

爱国主义这样一个题目，不知道有多少人写了文章，做过发言。我自己在过去的一些文章中也曾谈到过这个题目。如果说我对这个题目有什么贡献的话，那就是，我曾指出来，不要一看爱国主义就认为是好东西。爱国主义有两种：一种是正义的爱国主义，一种是邪恶的爱国主义。日寇侵华时中日两国都高呼爱国，其根本区别就在于一个是正义的，一个是邪恶的。如果有人已经做过这样的论断，那就怪我老朽昏庸，孤陋寡闻，务请普天下大方家原谅则个。

我既不是哲学家，也不是思想家，但好胡思乱想。俗话说：愚者千虑，必有一得。我希望，这一句话能在我身上兑现。简短直说，我想从国籍这个角度上来探讨爱国主义。按现在的国际惯例，每个人都必须有一个国籍。听说有人有双国籍，情况不明，这里不谈。国际法大概允许无国籍。二战期间，我滞留德国。中国南京汪伪政府派去了大使。我是绝对不能与汉奸沾边的，我同张维到德国警察局去宣布自己无国籍。

爱国的国字，如果孤立起来看，是一个模糊名词：哪里的国?谁的国?都不清楚。但是，一旦同国籍联系在一起，就十分清楚了。国就是这个国籍的国。再讲爱国的话，指的就是爱你这个国籍的国。

如果一个国家热爱和平，决不想侵略、剥削、压迫、屠杀别的国家，愿意同别的国家和平共处。这样的国家是值得爱的，非爱不行的。这样的爱国主义就是我上面所说的正义的爱国主义。反之，如果一个国家，特别是它的领导人，专心致志地侵略别的国家，征服别的国家，最终统一全球，天上天下，唯我独尊。这样的国家是绝对不能爱的，爱它就成了统治者的帮凶。爱国主义与国际主义是相通的，是互有联系的。保卫世界和平是两者共同的愿望。

要举具体的例子嘛，就在眼前。二战期间，西方一个德国，魁首是希特勒。东方一个日本，头子是东条英机。两国在屠杀别国人民的时候，都狂呼爱国主义。这当然就是我上面所说的邪恶的爱国主义。两个国家，两个头子的下场是众所周知的。

这种情况已经是俱往矣。然而到了今天，居然还有一个大国，亦步亦趋地步希特勒、东条英机的后尘，手舞大棒，飞扬跋扈，驻军遍世界，航空母舰游弋于几大洋。明明知道，别的国家是不可能从外面进攻它的，却偏搞什么导弹防御系统。任何国家屁大的事，它都要过问。不经过它的批准，就是非圣无法。联合国它根本看不起，它就是天下的主人。

有这个国家国籍的人们的爱国主义怎样表现?这个国家，特别是它的领导人值不值得爱？这是有这个国家国籍的人们要慎重考虑的问题。我一个局外人不敢越俎代庖。

2002 年 12 月 27 日

2003 年

季羡林在301医院

《中国少林寺》序

文化，是一个民族之所以能够持续传承发展的最重要的基石。文化传承的载体大别之不外两种，一种是古代流传下来的文献典籍，一种则是人工兴建的建筑物，万里长城是一个典型的例子。嵩山少林寺也属于这一类。

中华民族是伟大的民族。在过去几千年的历史上，我们在精神方面和物质方面都有很多发明创造。但是，我们决不吝啬，我们慷慨地奉行送去主义，把我们文化的精华送向世界，使全球共此凉热，分享我们的成果。仅以造纸术和印刷术两项而论，这两项技术大大地提高了世界文化传播的速度，扩大了传播的范围。其影响之深远，用什么词句来赞誉也不会过高，如果没有这两项技术，世界文化的发展与传布将会推迟以百年计的时间。

但是，在另一方面，我们又绝不故步自封，外国的好东西，只要对我们有用，我们就拿来为我所用。鲁迅的拿来主义是众所周知的。

时至今日，人类已经进入了 21 世纪。但是，新世纪并没有给人民带来新希望，环顾全球，狼烟四起；侵略公行，杀人越货；翻云覆雨，指鹿为马；手挥大棒，唯我独尊。然而，在全球许多地区，饿殍遍野，人民生活在水深火热之中。最令人不安的是，西方挟科技发展之余威，怀抱“征服自然”之壮志，对大自然诛求无厌，穷追不舍。目前在自然界中已经出现了众多的灾害，如臭氧出洞，气候转暖，生态平衡破坏，动植物灭绝的速度加快，如此等等，不一而足。恩格斯早就警告过人们，大自然是会报复的。上面列举的几种灾害不就是大自然的报复吗？人类倘再不悬崖勒马，改邪归正，则发展前途殆矣。

但是，归正必须有一个方向，而这个方向只有中国能指出，中华文化光辉灿烂，方面很广。目前谈中国文化者侈谈弘扬者多，而具体指出哪一方面应首先弘扬者尚未之见。我个人的意见，首先应该弘扬的是中华精神的精髓“和为贵”。历史上许多哲学家的学说，比如什么“天人合一”、民胞物与等等，体现的都是和为贵精神。连人工修建的长城，体现的也是这种精神。一个侵略者决不会修筑长城的。这是我对修筑长城意义的新解，自谓已得其神髓，绝无可疑。

长城和少林寺都是人工修建的东西，不会说话，不会出声，但是，此时无声胜有声。于无声处，人们可以体会出中华文化最根本的东西“和为贵”的精神。在少林寺中，我相信，无论是建筑与壁画，塔林与碑刻，体现的都是这一种精神。

现在又是我们中华民族奉行送去主义的大好时机了。这次我们送去的就是“和为贵”。世界人民企盼和平，如大旱之望云霓。

现在，中华书局推出了三卷本的《中国少林寺》，我看了一些图片之后，联想到若干年前我参观少林寺的印象，因而浮想联翩，想到了中华文化的和为贵的根本精神，真觉得这书是“好雨知时节”的好书。在欣慰之余，写了这一篇短序。

2003年1月8日

从小康谈起

稚珊命题作文，我应命试作。

我们现在举国上下正在努力建设小康社会。但是，什么叫“小康”？我还没有看到权威性的解释。现在，我不揣冒昧对这个词儿来做一番解释。

在发达国家的大城市，特别是首都中，居民约略可以分为三个阶层。第一是大款，收入极高，人数极少，享用奢侈，匪夷所思。第二是中间阶层，人数相当多，收入不甚丰而花费有余。他们想吃什么，就吃什么；想穿什么，就穿什么。来自五湖四海普天下的产品，他们都能得到。他们决不像大款那样，一次宴会开支万金；但是，日子过得颇为舒适，颇为惬意，他们是满足的。至于第三阶层，人数颇多，收入拮据，日子过得不能称心如意，还不能算是小康社会。

上面讲的第二阶层，我认为就算是“小康”。拿这个例子来同北京比较一下，北京中间阶层的人可以说是已经达到小康水平了。他们想要吃的，想要穿的，不管是来自天南，还是海北，而且还是一年四季的产品，他们都能够得到，难道这不就算是小康了吗？

但是，衡量小康的水平标准，不仅仅只有物质，而且还要有精神方面的东西，我们平常讲的人文素质就是指的精神方面的东西。一讲到人文素质，问题就复杂起来。我个人认为，有对全人类的要求，有对不同国家，不同民族的要求。前者的内容有：要正义不要邪恶；要和平不要战争；要友谊不要仇恨；要协商不要独断；要互助不要掠夺，如此等等，还可以列举许多。后者则复杂得多。国家不同，民族不同，文化和宗教的传统不同，人文素质的行为细则则必然不同。在这里需要的是相互理解，相互尊重。

如果拿世界上许多大都市已经进入小康境界的人们的人文素质的水平来同北京市（可能还有别的大城市）的我以为已经达到小康水平的人们的人文素质水平来比较一下的话，我就不禁英雄气短。有一些暴发的小康者，骄矜，浮躁，忘乎所以。就以市民的平均水平而论，也存在着不少问题。我将在上海《新民晚报·夜光杯》上连续发表四篇谈公德的文章来谈这个问题，希望能起点作用。我们中国在这方面要做的事情还有很多，这一点我们必须清醒。

我想在这里顺便谈一个问题。在现在这样消费高潮汹涌澎湃的时候，再谈节俭，是否已经过时，是否算是冥顽不灵？我认为不是这样，过去谈节俭是对个人，对自己的家庭而言。而我现在讲的节俭是对人类而言的，大自然提供给人类的生活日用资料，毕竟不是像江上之清风、山间之明月那样取之不尽，用之不竭的，一个国家用多了，别的国家就会用少。就必将影响世界上广大的人民群众共同进入真正的小康境界。

2003 年 1 月 11 日

《王琦医学丛书》序

中华民族是伟大的民族。我们对全人类做出了意义特别深远、影响特别广大的重大贡献。即以造纸术和印刷术两项发明而论，其影响人类文化之交流与传播，推动人类社会之前进，怎样颂赞也不会过高。

在医药方面，我们也有自己独特的体系。实践是检验真理的唯一标准。中国医药在中国及其周边几个国家经过了几千年的检验，认为是行之有效的，至今仍流行不辍。但是，直至今日，西方所谓发达国家在接受中医方面，仍在半推半就。西谚云：条条大路通罗马。通向真理的道路绝不止一条。然而以“天之骄子”自居的欧洲中心论者，却要以为，唯我独尊，唯我独正。即使承认了中医在某些方面确实有效，犹抱琵琶半遮面，窘态可掬。

要想真正来谈中西医的区别，应当从哲学的高度着手，从根本思维模式着手。西方主分析，中国求综合，这一点现在逐渐为人们所承认。十几年前，在一次国际会议上，我讲到了中西医。我当时说西医是头痛治头，脚痛治脚。中医是整体概念，普遍联系。这话虽然有点偏颇，但是说到了点子上。西医有自己的长处。主攻方面看准了，一丸入腹，立竿见影。中医开药方，据说有极多讲究。用药有主攻部队，有助攻部队，有防卫部队；万一错了一种药，还有解救部队。中医大夫眼前的病人是一个整体，同宇宙一样。西医大夫眼前的病人只是他身上有病的那一部分。这话也有点偏颇，实际上没有这样简单；但是大的框框恐怕确是这样。我自己不懂医学，以上所谈，不过是道听途说，野狐谈禅而已。

王琦大夫是著名的中医内科专家，誉满神州，名扬海外。中医是一个庞大的体系。王大夫对这个体系有精湛的研究。现在大家都在高唱弘扬中华优秀文化的口号；我认为是谈论多而行动少。中医无疑属于优秀文化之列。现在王大夫正以切实的行动，弘扬中华医药文化。这一套《王琦医学丛书》就是最好的证明。我们中华民族从来不吝啬，有好东西我们就送出去，造纸术和印刷术就是如此。我名之为送去主义。当然，我们也决不故步自封，外国有好东西，我们也拿来为我所用，我称之为拿来主义。送去主义与拿来主义相结合，就是爱国主义与国际主义相结合。我们中华民族做得恰到好处。对于《王琦医学丛书》而言，我们一方面要在国内弘扬。另一方面，我们则奉行送去主义，使中医之光能够照亮世界，使普天下芸芸众生能够共此凉热。

是为序。

2003 年 1 月 20 日

《华林博士文库》总序

博士一名，古已有之，几个朝代都使用过，指的是一种官名。现在我们使用的“博士”，则是舶来品，是英文 doctor（其他德法等语也一样）的翻译，旧瓶装新酒也。

欧美的教育制度，颇多不同之处。仅就我比较了解的德国而言，那里不大有“毕业”这个概念。一般的情况是，一个学生经过小学、中学、大学十几年的学习，最后在一个大学安定下来，选中了一个教授，参加了他的讨论班，最后被教授认可，愿意收为弟子，于是给学生一个博士论文题目，由学生自己去作。再经过几年时间，论文完成，教授同意，于是确定时间，进行答辩。答辩的范围共有四个：论文本身，一个主系和两个副系，共有教授三人。主席照例是文学院长，因此答辩委员会一般都由四人组成。委员们巍然高坐，有如法庭中的法官。学生是审问对象，教授提问有极大的自由，上天下地，苍蝇蚊子，无所不可。听说汉堡大学一位中国学生以汉语为副系，不过图省力而已，结果教授问：莎士比亚和杜甫谁早？学生答曰：莎士比亚。教授莞尔而笑，说道：“候补博士先生，对不起，你落第了。”我又听说，19 世纪后半叶德国医学权威 Rudolf Virchow（鲁道夫·菲尔绍），学生答辩时，他捧出了一盘猪肝，放在桌上，问学生这是什么。学生迟疑了半天，不敢答复。最后教授说：“这是猪肝。”学生说：“我也看着像猪肝，但是答辩会教授先生怎么能会拿猪肝出来呢？”最后教授说：“你做不了真正的科学家。既然认定是猪肝，为什么不敢说出来呢？”类似这样的故事，我还听过很多。你从中可以悟出研究学问的道理。

至于博士论文，这当然是获得学位的主要根据。这是一个学子展示才华，显露锋芒的最佳的地方。德国教授对论文的要求不算太低。一篇论文必须有点新东西，有点原创性。原创性当然有高低之别。但是，不管是高是低，你必须有，则是不可逆转的要求。否则东抄西抄，下笔万言，也只等于一堆废纸。德国这一点小小的经验，很值得我们中国学习。

我们中国实行博士生制度，不过只有二十来年的历史。但是，一实行，首先就碰到拦路虎，这一条虎就是教授膨胀。据报载，一个大学里的一个系共有七十名教员，其中有六十八位教授。这是不是事实，我不敢说。全国教授的总数，我也不知道，反正其数量是极大的。每一个教授都招博士生，势所不能。于是某一些人又充分发挥了创造力，制造了博士生导师，简称博导这样一个词儿。博导评审权最初掌握在国务院学位委员会手中。后来授权几个大学自己评审，于是出了一个匪夷所思的笑话。某大学某系论资排辈，某教授应该担任博导了，而该教授此时正想写论文投到某一位博导门下当博士哩。

笑话归笑话，我担心的是博士论文的质量，近十几年来，我读的博士论文不多，总共也不过三四十篇。总的来看，质量当然会是参差不齐的。但是其中颇多优秀之作。这证明了，我们实行博士生制度是成功的，对推进学术研究起了积极的作用。

对这一群博士论文的作者来说，至关重要的问题是论文的出版。试想一个青年人坐着冷板凳，开电灯以继晷，恒兀兀以穷年，好不容易制造出一篇论文，结果只有几个人看。他们郁闷和失望，不是很自然的吗？但是，出版又谈何容易。哪一家出版社也不肯斥巨资出版很难有销路的博士论文。十几年前，海峡对岸主持文津出版社的邱镇京教授鼎力相助，在大陆同仁的协助下，赔钱出版《大陆文史哲博士丛刊》，出了百余种之后，无法持续下去，只好停刊。我个人认为，邱教授这种善举实在是功德无量，将永远铭记在我们心中。

现在这样功德无量的善举又有人开始运作了。这是由两个机构共同促成的，一个是上海龙华古寺的“华林奖学金”，一个是北京的中华书局。这真是天造地设的好搭档。同这两个机构我都有诚挚的友谊。上海的龙华寺，以一个佛教千年古刹而关心当前我国人文科学的发展和研究工作，不能不令人感到由衷的敬佩。北京中华书局一身正气，我曾几次称之为“中流砥柱”，中华不出一本坏书，在目前出版界是难能可贵的，这非砥柱而何!在促成这一番功德无量的事业中起重要作用的几位朋友中，有几位我们无论如何也不应该忘记。“华林奖学金”方面是湛如博士大德，没有他的努力，这一件事是成不了的；中华书局方面则是宋一夫总经理和柴剑虹编审。没有他们的支持，这一件事照样完成不了。对以上几位朋友，我必须表达我最诚挚的敬意与感谢。

由于众所周知不言自明的原因，我们还不能把所有的博士论文都纳入我们的文库中。我希望，年轻的博士们，不管你的论文是否已经纳入文库，都要更上一层楼，锲而不舍，继续钻研，以便取得更新更大的成绩。你们都不要忘记李商隐的诗句：“桐花万里丹山路，雏凤清于老凤声。”你们要亮出你们清越的鸣声，与全国人民一起共庆升平。

2003年1月23日

三进宫

有道是“天有不测风云，人有旦夕祸福”。阴差阳错，不知是哪一路神灵规定了2001～2002年是我的患病年。对301医院来说，我已经唱过一次“二进宫”，现在又“三进宫”了。

这一次进宫，同二进宫一样，是属于抢救性质的。但是，抢救的是什么病，学说则颇多。有人说是小中风。我虽然没有中过风，但我对此说并不相信。

要想把事情的原委说明白，话必须从2002年11月23日说起。在那一天之前，我一切正常。晚饭时吃了一大碗凉拌大白菜心。当时就觉得吃得过了量；但因为嘴馋，还是吃了下去。吃完看电视新闻时，突然感到浑身发冷，仿佛掉进了冰窟窿里一样，身体抖个不停，上下牙关互相撞击，铿锵有声。身边的人赶快把我抱到床上。在迷迷糊糊中，我听到校医院的保健大夫来了，另外还来了几位大夫，我就说不清楚究竟是谁了。

第二天，也就是11月24日，一整天躺在床上，水米不曾沾牙。25日，有好转，但仍然不能吃东西。26日，大有好转。新江送来俄罗斯学者Litvinsky（李特文斯基）的《东土耳其斯坦佛教史》，这无异于雪中送炭，我顺便翻阅了几页。27日，我的学生刘波特别从西藏请来了一位活佛，为我念咒祈福。对此，我除了感谢刘波的真挚的师生情谊之外，不敢赞一辞。刘波坐在我身边，再三说：“你的身体没有问题!”他的话后来兑了现，否则我连这篇《三进宫》也写不成了。当天我的情况很好。但是，到了28日，情况突变。于是玉洁和杨锐，又同二进宫一样，硬是把我裹挟到了301医院。有了两次“进宫”的经历，我在这里已经成了熟人。一进门，二话没说，就进行抢救。我此时高烧三十九度四，对一个九十多岁的老人来说，这是相当高的高烧。我迷迷糊糊，只看到屋子里人很多，有人拿来冰枕，还有人拿来什么，我就感觉不到了。后来听说，是注射了一针值一千多元的药水，这大概起了作用，在短短的四五个小时之内，温度就到了三十六度多，基本上正常了。抢救于是胜利结束。

我被安排在南楼三楼十五号病房中。主治大夫是张晓英、段留法、朱兵。护士长是邢云芹，责任组长是赵桂景，看护勇琴歌。在以后一个月多一点的时间内，同我打交道的基本上就是这些人。

住进来的目的，据说是为了观察。我想，观察我几天，如果没有重大问题，我就可以打道回府了。可是事实上却不是这样，进房间的第二天就开始输液，有人信口称之为吊瓶子。输液每天三次：上午一次，下午一次，晚上八点钟以后一次，在平常日子，我不久就要上床睡觉了，现在却开始输液，有时候一直输到十点。最初，我还以为晚上输液只是偶一为之。到了晚上还向护士小姐打听，输不输液。意思是盼望躲过一次。后来才知道，每晚必输，打听也白搭了，我就听之任之。

我现在几乎完全是被动的。没有哪一个大夫告诉我，我究竟患的是什么病。这绝不是大夫的怠慢或者懒惰。经过短期的观察，我认为我的三位主治大夫，同大多数的301医院的大夫一样，在医德、医术、医风三个方面水平确是高的。但是，为什么对我实行的“政策”却好像是“病人可使由之，不可使知之”呢？是不是因为知之了以后，不利于疾病的治疗呢？不管怎样，他们的善意我是绝对相信的。我现在唯一合理的做法就是老老实实接受大夫的治疗，不应该胡思乱想。

但是，这并不容易。有输液经验的人都知道，带着针头的那一只手是不能随便乱动的。一不小心，针头错了位，就可能出问题。试想，一只手，以同样的姿势，一动不动地摆在床边上，半小时，能忍受；一个小时，甚至也能忍受。但是，一超过一小时，就会觉得手酸臂痛，难以忍受了。再抬眼看上面架子上吊的装药水的瓶子，还有些药水没有滴完。此时自己心中的滋味真正是不足为外人道也。只有一次，瓶子吊上，针头扎上，我遂即蒙眬睡去，等我醒来时，瓶子里的药水刚好滴完，手没有酸，臂没有痛，而竟过了一天，十分满意。可惜这样的经验后来再没有过。我也只有听之任之了。

我自己也想出了一些排遣的办法，比如背诵过去背过的古代诗、词和古文。最初还起点作用，后来逐渐觉得乏味，就不再背诵了。

但是，我总得想些办法来排遣那些万般无奈的输液时间。药水放在上面吊的瓶子中，下面有一条长管把药水输入我的体内，长管中间有一个类似中转站的构件，一个小长方盒似的玻璃盒；在这里面，上面流下来的药水一滴一滴地滴入下面的管子内，再输流下来。在小方盒内，一滴药水就像是一颗珍珠，有时还闪出耀目的光芒。我无端想起了李义山的诗："沧海月明珠有泪"。其间不能说没有一点联系。

有一回，针头扎在右手上，只许规规矩矩，不许乱说乱动。正在十分无聊之际，耳边忽然隐约响起了京剧《空城计》诸葛亮在城门楼上那一段有名的唱腔。马连良、谭富英、高庆奎、杨宝森、奚啸伯等著名的须生，大概都唱过《空城计》。我对京剧有点欣赏水平，但并不高。几个大家之间当然会有区别的，我也略能辨识一二。但是，估计唱词是会相同的。此时在我耳边回荡的不是诸葛亮的全部唱词，而只是其中几句："先帝爷，下南阳，御驾三聘；算就了，汉家业，鼎足三分。"这与我当前的处境毫无联系。为什么单单是这几句唱词在我耳边回荡，我自己也说不清楚。既然事实是这样，我也只有这样写了。

又有一次，在输液时，耳边忽然回荡起俄罗斯《伏尔加船夫曲》的旋律，我已经几十年没有听这首我特别喜爱的歌曲了。胡为乎来哉！我却真是大喜过望，沉醉在我自己幻想的旋律中，久久不停。我又浮想联翩，上下五千年，纵横十万里，无边无际地幻想起来。我想到俄罗斯这个民族确实有点令人难解。它一半在欧洲，一半在亚洲，论文化渊源，应该属于欧洲体系。然而同欧洲又有所不同。它在历史上崭露头角，时间并不长。却是一出台就光彩夺目。彼得大帝就不像一个平常的人。在他以后的一二百年内，俄罗斯出了多少伟大的文学家、艺术家、科学家等等。像门捷列夫那样的化学家欧洲就几乎没有人能同他媲美的。谈到文学，专以长篇小说而论。我们都很熟悉的法国和英国那几部大名垂宇宙的长篇小说，一提到它们，大家大都赞不绝口。但是，倘若仔细推敲起来，它们却像花木店里陈列的盆景，精心修剪，玲珑剔透，颇能招人喜爱。如果再仔细观察思考，却难免superficial（肤浅，一知半解）之感。回头再看俄罗斯的几部长篇小说，托尔斯泰的《战争与和平》固无论矣。即以陀思妥耶夫斯基的几部长篇而论，一谈起来，读者就像钻进了原始大森林，枝柯蔽天，蔓藤周匝；没有一点人工的痕迹，却令人感到有一种巨大的原始活力腾涌其中，令人气短，又令人鼓舞。这与法英的长篇小说形成了鲜明的对比。音乐方面的俄罗斯和西方的差异更为显著。不管是民歌，还是音乐家的其他创作，歌声一起，就给人以沉郁顿挫之感。这一首《伏尔加船夫曲》可以作为代表。我幻想中的旋律给了我极大的愉快，使我暂时忘记了输液的麻烦。

我自己很清楚，吊瓶输液是治病必不可少的手段。但是，吊得一多，心里的怪话就蠢蠢欲动。最后掠寻李后主，写了两句词："春花秋月何时了？吊瓶知多少。"这是谑而不虐，毫无恶意。我对三位老中青主治大夫十分尊敬，他们的话我都认真遵守，决不怠慢。

大家都知道，301医院是人民解放军的总医院，院长、政委、副院长统统由将军担任。院的规模极大，机构繁多，人员充实；内外科别，应有尽有。设备之先进、之周全，国内罕有其匹。这样一个庞大的医德、医术、医风三高的医疗机构，在几位将军院长的领导下，在全体医护人员和勤杂人员的真诚无私的配合下，一年一天也不间断地运作着，有条不紊，一丝不苟，令行禁止，雷厉风行，为成千上万的广大的军民群众救死扶伤，从而赢得了广泛的赞誉。在我三次进宫长达一百天的停留中，我真感到，能在这里工作是光荣的，是幸福的。能在这里做一名病人，也是光荣的，也是幸福的。

我已经九十二岁了。全身部件都已老化，这里有点酸，那里有点痛，可以说是正常的。有时候我漫不经心地流露出一点来，然而说者无心，听者有意，这瞒不了全心全意为病人服务的三位主治大夫。有一天，我偶尔谈到，我的牙在口腔内常常咬右边的腮帮子；到了医院以后，并没有专门去治，不知怎样一来，反而好了，不咬了。正如上面所说的，言者无心，听者有意。不知是哪一位大夫听到了“牙”字，认为我的牙有点问题，立即安排轮椅，把我送到牙科主任大夫的手术室中。那一位女大夫仔仔细细检查了我的牙齿，并立即进行补治，把没有必要的尖儿磨掉，用的时间相当久。旁边坐着一位魁梧的军人，可能是一位将军，在等候治疗。我占了这么多时间，感到有点内疚。又有一次我谈到便秘和外痔，不到一个小时，就来了一位泌尿科的大夫，给我检查有关的部位。所有这一切都让我既感动又不安。

从此以后，我学得乖了一点，我绝不再说身上这里痛那里酸。大夫和病人从而相安无事。偶尔还吊一次瓶子，但这已是比较稀见的事，我再没有“春花秋月何时了?”这样的牢骚了。

时间早已越过了十二月，向岁末逼近了。我觉得自己的身体已经恢复得差不多了。我常把自己的身体比作一只用过了九十二年的老表，怀表和手表都一样。九十二年不是一个短时期，表的部件都早已老化。现在进了医院，大夫给涂去了油泥，擦上了润滑油，这些老化的部件又能比较顺畅地运作起来。但是，所有这一切都只能治标。治本怎样呢?治本我认为就是返老还童，那是根本做不到的事情。世界上万事万物都不能返老还童。可是根据我的观察，我的三位主治大夫目前的努力方向正是这一件根本做不到的事情。他们想把我身上的大小病痛统统除掉，还我一个十全十美的健全的体格。这情况，我看在眼中，感在心中，使我激动得无话可说。

但是，我想回家。病已经治得差不多了，2002 年即将结束。我不愿意尝“一年将尽夜，万里未归人”的滋味。虽然不是“万里”，但究竟不在家中，我愿意在家里过年。况且家中不知已积压了多少工作，等待我去处理。我想出院，心急如焚。张大夫告诉我，我出院必须由我七十年前的老学生，301 医院的老院长牟善初批准，牟早已离休，不管这些事了；但是，对于我他却非管不行。为此我曾写过两封信，但都没有递交本人。有一天，张大夫告诉我，两天后我可以出院了。心中大喜。但是，过了不久，张大夫又告诉我，牟院长不同意，我只好收回喜悦，潜心静候。实际上，善初的用意同张大夫一样，是希望我多住几天，需要检查的地方都去检查一下，最后以一个健康的人的姿态走出医院。这一切都使我激动而且感动。一直到 2002 年 12 月 31 日下午我才离开了 301，完成了“三进宫”。

我国有十三亿人口，但是 301 只有一所。能住进普通病房，已属不易。像我这样以一个文职人员竟能住进南楼，权充首长，也许只有我这一份儿。其困难程度可想而知。我可是万万没有想到，想离开这里比进来还要难上加难。原因完全是善意的，已如上述。

写到这里，我的“三进宫”算是唱完了。不管我是多么怀念 301，不管我是怎样感激 301，不管我是多么想念那里的男女老少朋友们，我也不想像前三次进宫那样再来一次“四进宫”。

2003 年 2 月 6 日写完

让坏事变成好事

当前，全世界都让“非典”问题搅得一塌糊涂。中国对于抗击非典的工作更是特别注意，已经取得了很大的成绩，为全世界所赞赏。

抗击非典是一件好事，而非典的出现则是一件坏事。我们常讲让坏事变成好事。看看怎样把非典的出现变成好事。

据说，在东方国家中，日本没有非典。原因也并不难寻求：日本人最爱清洁。抛开人所共知的政治原因，在这方面我们应当向日本学习。

《参考消息》上说，北京社区家属委员会的老大妈们，也在抗击非典中起了作用。为了防止非典的扩散，她们不让生人进入社区。这当然也是功劳。但是，倘若她们进一步能了解非典的产生与不讲卫生有关。她们可以在楼里楼外，楼上楼下，旮旮旯旯儿下功夫，把平常不被人注意的地方让人注意起来，打扫得干干净净。让非典以及将来可能发生的任何丑类无所用其技。岂不猗欤休哉！

2003年5月26日于301医院

同胞们说话声音放低一点

这是多么怪的问题。

但是请先冷静一下，别先进行批判。听我慢慢道来。

先举例子。事实胜于雄辩嘛。

好多年前，我在《参考消息》上读到中国一个小有名气的音乐家，是什么院长，率领一个音乐家代表团到澳大利亚去访问。当然是住在高级饭店里。不久住同一楼的外籍人士就反应，他们要搬家。因为住同一层楼的中国客人说话声音实在太高，让人无法忍受。

我在德国的时候，一对中国夫妇生的一个小女孩，大概三岁了吧。一天忽然对父母说："Ihr zankt"（你们吵架）。大概父母尚保留"国习"，而女孩则由德国保姆带大，对"国习"很不习惯了。

我初到德国时，在柏林待了几个礼拜。我很少到中国饭馆去吃饭。因为此处是蒋宋孔陈冯居等要人的纨绔子弟或千金小姐会聚的地方。这批人我不敢说都不念书。但是，如果说，绝大部分不念书则是名副其实的。中国餐馆就是他们聚会之处。每到开饭时，一进门，一股乌烟瘴气，扑面而来。里面人声鼎沸，呱嗒嘴的声音，仿佛是给这个大混乱敲着鼓点。这情况在国内司空见惯，不图又见于异域柏林。我在大吃一惊之余，赶快逃走，另找一个德国饭馆去吃饭。

年来多病，频频住院。按道理说，医院是最需要肃静的地方。然而在住的医院中，男大夫们往往说话声音极高，护士们是女孩子，说话轻声细语。

我个人认为，说话是传递思想必要的工具。说话声音高到只要让对方（聋子除外）听懂就行了，不必要求每个人都是帕瓦罗蒂。

指责中国人民陋习的文章，古今中外，所在都有。有的是真正的陋习，如随地吐痰。有的也出于偏见。但是，不管有多少陋习，也无法掩去中华民族之伟大。可是，话又说了回来，有陋习，改掉之，不更能显出我们民族的伟大吗？

陋习的种类极多极多。不过把说话声音高也算做陋习，过去却没有见过。有之自不佞始。

2003年6月14日

护士长

八十多岁以前，我基本上没生大病，没有住过医院，没有见过什么护士。虽然“白衣天使”一类的词也出现在我的文章中，但那只不过是空洞的概念而已。

从去年起，运交华盖，开始生起比较严重的病来。由于我的一个老学生原 301 医院的副院长牟善初教授的指引，我才得以住进了遐迩闻名的 301 医院。由于病情屡变，我曾五次进出，我戏称之为“五进宫”。只是最近这一次“进宫”，虽然住得时间相当长，至今还是出宫无望。我由此而生苦恼。

在这医院里，我才看到了真正的护士，而且知道，还有一位护士长。

我在这里，患病的名目不止一个，所以颇换了几次病房。最后转到了骨科病房，就是我现在住的地方。这里当然也有一些护士，其中有一个护士长，算是群龙之首。她们都是青春妙龄，精力充沛。然而走动起来却是踏地细无声，这样的肃静是病人绝对需要的。看到了这样的护士，病人的病痛会减退几分的，我个人的经验就是这样。

在这里，我想特别讲一位护士长。

在医院里，人人都戴大口罩，一个人的庐山真面目是看不到的。对于这一位护士长，最初我只能看到大白口罩上两只灵动的大眼睛。只是到了若干天之后，她休假了，才改换了装束，真正的护士长我才得以看到，这是后话，暂且不表。

可是，我们的护士长不需要庐山真面目的，只听她的声音就够了。这声音的确与众不同——至少是在我的耳朵里。她的声音，像一串小银铃铛互相撞击从而发出了清脆悦耳的声音。这声音有极其细致入微的内涵，里面隐含着忠诚、同情、信赖、爱护，都是语言所难以表达的。每次听到这个声音，心中就暗暗地有一股暖流穿过。

可是，我却万万没有想到，有一天护士长问我刮不刮胡子。医院里的病人，大都忙活着治自己的病，至于脸上腮上的于思于思，从来不去管它。我此时已经两三个月没有理发，病房里没有镜子，我无法看清自己；但是，我想，“够瞧的”了。我自己起了一个别号，叫作“白毛老妖”。没有人出来反对。现在护士长居然关心我的胡子。她说，她要亲手给我刮。我真是惊喜之至了。问她工具何在。她说就用我在七十年前初到德国时买的那一套工具，有刀片，有刀片夹。我是不大买新东西的。这一套工具我用了七十多年，随我走遍大半个世界。不意在今天，在新世界，它又要在护士长手上显灵了。

虽然我并不放心，护士长却是信心十足。她拿起了老工具，在我脸上嘴巴上涂上肥皂沫，抬手就刮开了。你甭说，她还真有两下子，这个异域的老工具，在她手上，敬谨从命。说一句老实话。比我自己刮得要好。连鼻子和上唇之间那极小的地区，她无不刮到，而且刮得干净。我放了心，我服了。

从此以后，在几个月中，我的刮胡子的任务，就全由她一个人包办了。每隔一段时间，就刮一次，至今已经刮十多次，准确数目，谁也说不清了。

最令人感动的是，护士长在休假期间，我们以为她真休假了。可是有一天一个便装的年轻的姑娘忽然站在我眼前，我初极惊愕；但是那银铃般的笑声却是无法掩饰的，我知道是护士长。她并没有去休假，而是找我来刮胡子了。看她的年龄比盛装的护士长的年龄要差十岁。

大概在别的方面她的表现也特别突出。因此，在今年国际护士节时，院里把她列为全院仅有的三位模范护士长之一。

也许有人认为，这些都是芝麻绿豆般的小事，值不得大肆吹嘘。这种意思我是不能同意的。目前我国社会风尚颇多不尽如人意之处，原因确实很多，但是，其中之一就是大家都热衷于自己的“大”事，而对于朋友间的关心和照顾，则往往忽略。正是在这些地方，我们需要认真学习护士长。

这位护士长是谁呢?

她是 301 医院某楼的护士长，名字叫刘珍蓉。

2003 年 6 月 17 日于 301 医院

当时只道是寻常

这是一句非常明白易懂的话，却道出了几乎人人都有的感觉。所谓“当时”者，指人生过去的某一个阶段。处在这个阶段中时，觉得过日子也不过如此，是很寻常的。过了十几二十年或者更长的时间，回头一看，当时实在有不寻常者在。因此有人，特别是老年人，喜欢在回忆中生活。

在中国，这种情况更比较突出，魏晋时代的人喜欢做羲皇上人。这是一种什么心理呢？“鸡犬之声相闻，而老死不相往来”，真就那么好吗？人类最初不会种地，只是采集植物，猎获动物，以此为生。生活是十分艰苦的。这样的生活有什么可向往的呢！

然而，根据我个人的经验，发思古之幽情，几乎是每个人都有的。到了今天，沧海桑田，世界有多少次巨大的变化。人们思古的情绪却依然没变。我举一个具体的例子。十几年前，我重访了我曾待过十年的德国哥廷根。我的老师瓦尔特史米特教授夫妇都还健在。但已今非昔比，房子捐给梵学研究所，汽车也已卖掉。他们只有一个独生子，二战中阵亡。此时老夫妇二人孤零零地住在一座十分豪华的养老院里。院里设备十分齐全，游泳池、网球场等等一应俱全。但是，这些设备对七八十岁八九十岁的老人有什么用处呢？让老人们触目惊心的是，每隔一段时间就有某一个房号空了出来，主人见上帝去了。这对老人们的刺激之大是不言而喻的。我的来临大出教授的意料，他简直有点喜不自胜的意味。夫人摆出了当年我在哥廷根时常吃的点心。教授仿佛返老还童，回到了当年去了。他笑着说：“让我们好好地过一过当年过的日子，说一说当年常说的话!”我含着眼泪离开了教授夫妇，嘴里说着连自己都不相信的话：“过几年，我还会来看你们的。”

我的德国老师不会懂“当时只道是寻常”的隐含的意蕴，但是古今中外人士所共有的这种怀旧追忆的情绪却是有的。这种情绪通过我上面描述的情况完全流露出来了。

仔细分析起来，“当时”是很不相同的。国王有国王的“当时”，有钱人有有钱人的“当时”，平头老百姓有平头老百姓的“当时”。在李煜眼中，“当时”是“车如流水马如龙，花月正春风”游上林苑的“当时”。对此，他没有别的办法，只有哀叹“天上人间”了。

我不想对这个概念再进行过多的分析。本来是明明白白的一点真理，过多的分析反而会使它迷离模糊起来。我现在想对自己提出一个怪问题：你对我们的现在，也就是眼前这个现在，感觉到是寻常呢还是不寻常？这个“现在”，若干年后也会成为“当时”的。到了那时候，我们会不会说“当时只道是寻常”呢？现在无法预言。现在我住在医院中，享受极高的待遇。应该说，没有什么不满足的地方。但是，倘若扪心自问：“你认为是寻常呢，还是不寻常?”我真有点说不出，也许只有到了若干年后，我才能说：“当时只道是寻常”。

2003年6月20日

输　液

简捷明了一句话：我对输液有意见。

大家都知道，在西医的医院中——有人反对西医这个词儿，我还认为中医、西医对称好——把药物送入病人体中的手段无非两种：一种是吃药，一种就是输液。

因此，对输液只能拥护，不能反对。我的态度也是这样。但是，对眼前一些具体措施我却是颇有意见的。这些措施对别的病人有什么影响，我说不出。对我影响却是极大的。我是闻输液而色变，看吊瓶而魂飞。早晨，医院刚一开始活动，护士小姐就把一大堆大大小小的输液用的瓶子挂在床旁的杆子上，有时能达到六七个之多。我心里想：这够你半天吃的了。

瓶子吊好。护士小姐就在手上或腿上（原来不知道），扎上一针，把一个极细的针管对准你的血管扎在里面。这个针管后面有长管一直通到一丈多高吊瓶上，吊瓶里面的药水就通过这根长管慢慢流入你的体内。针管的尖只能对准血管，稍一歪，就刺入肌肉中去，从吊瓶上流下来的药水不能流入血管，只能流入肌肉内，肌肉是没有承受能力的，药水一多，就“鼓”了起来，拳头或腿部就会肿了起来，十分可怕。

这还没完。吊瓶一挂，就是吊瓶第一，别的工作都必须给它们让路。你要吃饭了，一瓶还没有输完，你必须枵腹等待。你要睡觉了，一瓶还没有输完，你必须忍困恭候。这样十分不方便，是很明显的。

其实这个问题并不难解决。只要稍稍加强一点计划性，就万事亨通了。一瓶药水输入能用多少时间，这个心中有了底，大小瓶之间的安排就有了根据。输液同别的活动之间的矛盾，也就迎刃而解了。岂不是一举数得吗？

最后，我还想一个在内行人眼中十分幼稚可笑的问题。每一次在众输液瓶威慑下我蜷曲着身体不敢吭一声的时候，我就要问自己：我的肚子，我整个的身躯就这么一点点大，能容得下输液瓶中那样多的药水吗？有的药水是不是可以减少一下分量？

2003 年 6 月 21 日于 301 医院

安装心脏起搏器

听说个别老友安装了起搏器。

我也是有心脏病的，学名大概是心律不齐。这一点玉洁是知道的。于是她也让我安装。

我答应了。

我这个人好胡思乱想。一看到起搏器，我立即莫名其妙地想到了马克思。几十年前，我读过一本书，讲到马克思的死：他孤零地坐在一间屋子里，被人发现时已经死去。用常识来答：只能由于心脏突然停止跳动或脑血管出了问题，如果当年已经有了起搏器，而马克思又已装上了的话，他一定不会这样愉快地“无痛而终的”。他能够继续活下来，继续写他的《资本论》，写到什么程度，那就很难说。反正可以免掉恩格斯的许多麻烦。

2003年6月23日于301医院

中西医学的结合问题

中国医药学的发展，有极其悠久的历史。一般都追溯到黄帝时代，可见其时间之久。

我不是什么哲学家，但是对许多问题往往有自己的想法。我一向认为，世界文化可以分为东西两大体系。东西之区分决定于它们的思维模式。东综合而西分析。我在这里必须说明一下，综合与分析都是就其大体而言，在细微的地方则是你中有我，我中有你。

这种东西之分也表现在医药学上。中国医药学经过几千年的发展，到了今天，形成了独立的体系，一般称之为中医。与之相提并论者，则是以近代西方科技为基础的几乎统一了世界的现代化的医学，在中国统称之为西医。中国一些少数民族也有自己的医学，比如藏医等。我个人认为，在今天的中国社会中，中西医学以及少数民族的医学都有存在的价值与能力，不能妄加评断。几十年前，中国也曾有过否定中医的论调，那不会带来什么好处的。

上面讲到，中医发展已有极其悠久的历史。在发展过程中曾受到多方面的外来的影响。周秦以前的情况，渺茫难言矣。大概是到了汉代，西方中亚一带的影响就开始显露。带“海”字的一些东西都是洋玩意儿，“海”后来变为“洋”。根据陈寅恪先生的意见，中国的“岐伯”可能同印度的 Jivaka 有关。就连以刮骨疗毒著名的华佗，也可能与印度有关。到了唐代，西方的影响更扩大了。《外台秘要》中有许多外国（主要是印度）成分。印度的眼科大夫，徒步转游四方，也来到了中国，并且给大诗人刘禹锡治疗眼病。此时，波斯的医学也传入中国，结果是《海药本草》等著作的出现。

到了明朝末年，西方（欧洲）的医学开始传入中国，后来称之为西医，与中国传统医学，所谓中医，相提并论，并行不悖。现在中国农村医疗情况，我不大清楚。沿海地区和内陆恐怕不会是一样的。在我的家乡是联合几个邻近乡村，组成一个诊所，医疗手段大概是不中不西，亦中亦西。这同解放前已经有天壤之别了。

总而言之，目前在中国存在着两大医疗体系：一中一西。双方都有自己的研究院，也都有自己的医院。我没有做过详细的统计，我的印象是，以西医为基础的医院其数目远远超过以中医为基础的医院。有的以西医为基础的大医院中，也请上一位中医。这本来是件好事，但是，这一位中医大夫既不临床号脉，对症下药，也不来了解病情，而是每天送给病员一罐熬好的中药，这样的药必然是四平八稳，既治不了病，也要不了命的玩意儿。这样的中医大夫形同虚设，毫无意义。

现在有一个问题明显地摆在我们眼前：既然存在着两大体系，为什么不把它俩结合融为一体产生一种崭新的医学呢？这样现成的题目，我想，一定会有不少人尝试过了。因为没有成果，所以不为人知。

我不研究医学史，八十岁以前基本上不生病，没有住过医院。因此，对我在上面提出来的医学两大体系融合的问题，从来没有考虑过。现在让我来考虑，结论已经摆在眼前：一不可能，二没有必要。除了在小的设施方面可以互相学习以外，理论方面，因为所依据的思维模式不同，可以任其按照自己的路数自由发展下去。数百年上千年以后会发展成为什么样子，现在无法预言。

我倒是有一个建议，在某个以西医为基础的大医院中认真聘请几位真正学有专长的中医大夫，与西医大夫待遇完全平等。可以时不时地选择几个有典型意义的病员，让中西大夫各根据自己的理论和治疗方法加以治疗，看看谁能够治好病。实践是检验真理的唯一标准。在治疗同一个病人的过程中，中西医不会有什么矛盾的，中医什么仪器都不需要。在内行人眼中，我这种想法也许是非常可笑的、幼稚的。我个人却并不这样认为。

2003年6月23日于301医院

唐·常建的一首诗

前一个阶段，每当我在输液众瓶威慑之下吓得连呼吸都有点战战兢兢的时候，我的脑袋一躺在枕头上，唐代诗人常建的一首诗（《题破山寺后禅院》）便浮现到我的眼前：

清晨入古寺，
初日照高林。
曲径通幽处，
禅房花木深。
山光悦鸟性，
潭影空人心。
万籁此俱寂，
但馀钟磬音。

异哉！怪哉！胡为乎来哉！我同这一首诗相别恐怕已有几十年的时间了。哪里会想到，它竟光临了301医院，在这里恭候我哩。

细想起来，其中也似乎有道理。诗中的“曲径通幽”四个字，常在文人学士的笔下出现。这代表了一种生活情趣，一种审美情趣，为西方文人所无法理解的。

中国古代没有纯粹的山水诗，我的看法是，有之自六朝始，而应以谢灵运为鼻祖。这同佛教的传入和印度文化的影响有密切的关联。印度的佛祖就住在灵鹫山上。在中国，到了唐代，山水诗蔚成大观，王维的那一些山水诗遂独步天下了。唐代许多诗人都创作山水诗。唐代以后，这个传统继续发展。宋代诗中也有大量的山水诗。这个爱山水诗的传统一直存在下来，直至近现代。清新秀丽的山山水水，能在人们心中唤起心旷神怡的感情。这种感情是每一个人都需要的，更何况此时躺在病床上输液的我呢。

2003 年 6 月 24 日于 301 医院

大自然的报复

恩格斯在《自然辩证法》一书中说过一段话，意思是说：我们不要过分陶醉于我们对自然的胜利，因为每一次大自然都进行了报复。

这一段话说得何等好啊！何等准确，何等透彻!一直到今天，一百多年以后了，读起来还那样虎虎有生气。

从历史上来看，人类最初也属于大自然。一种什么动物（猿之类？）闹独立性，终于变成了人，公然与大自然分庭抗礼了。在中国思想史上，这称之为天人关系，“天”在这里代表的就是大自然。我在别的地方讲过：人一生有三大任务，正确处理天人关系，正确处理人与人的关系，也就是所谓社会关系，正确处理个人心中思想感情的矛盾问题。

人类要想生存，必须有衣食住行等方面的物质供应，这种供应只取之于大自然。这里就出现了一个对待大自然的态度问题。态度千差万别；但是综而观之，不出两途：一东一西。东方主张“天人合一”，人与大自然要成为朋友，不要成为敌人。宋代大儒张载说：“民，吾同胞；物，吾与也。”充分体现了这种精神。西方一般倾向于“征服自然”，这是由东西两土文化体系的根本思维模式所决定的。

西方，特别是在产业革命以后，热衷于征服自然。征服的确有成绩，科学技术飞速发展，人民生活迅速改善。但是，大自然的报复也随之而来。例子俯拾皆是，比如物种灭绝、生态失衡、人口爆炸、地球变暖、淡水匮乏、新疾病产生、臭氧出洞等等。这些弊端发展下去，将会影响人类发展的前途，这是十分明显的。前一阵子，世界上一些国家遭受"非典"（SARS）的袭击，不也应该看作是大自然的报复手段之一吗？

救之之方并不复杂，无非是改弦更张，改恶向善，同大自然交朋友，不再征服自然。

2003年6月24日于301医院

论怪论

怪论这个名词，人所共知。其所以称之为怪者，一般人都不这样说，而你偏偏这样说，遂成异议可怪之论了。

我却要提倡怪论。

但我也并不永远提倡怪论。

历史的经验告诉我们，一个国家、一个民族，需要不需要怪论，是完全由当时历史环境所决定的。如果强敌压境，外寇入侵，这时只能全民一个声音说话，说的必是驱逐外寇，还我山河之类的话，任何别的声音都是不允许的。尤其是汉奸的声音更不能允许。

国家到了承平时期，政通人和，国泰民安，这时候倒是需要一些怪论。如果仍然禁止人们发出怪论，则所谓一个声音者往往是统治者制造出来的，是虚假的。二战期间德国和意大利的法西斯，是最好的证明。

从世界历史上来看，中国的春秋战国时代，怪论最多。有的甚至针锋相对，比如孟子讲性善，荀子讲性恶，是同一个大学派中的内部矛盾。就是这些异彩纷呈的怪论各自沿着自己的路数一代一代地发展下去，成为中华民族文化的渊源和基础。

与此时差不多的是西方的希腊古代文明。在这里也是怪论纷呈，发展下来，成为西方文明的渊源和基础。当时东西文明两大瑰宝，东西相对，交相辉映，共同照亮了人类文明发展的前途。这个现象怎样解释，多少年来，东西学者异说层出，各有独到的见解。我于此道只是略知一二。在这里就不谈了。

怪论有什么用处呢?

某一个怪论至少能够给你提供一个看问题的视角。任何问题都会是极其复杂的，必须从各个视角对它加以研究，加以分析，然后才能求得解决的办法。如果事前不加以足够的调查研究而突然做出决定，其后果实在令人担忧。我们眼前就有这种例子，我在这里不提它了。

现在，我们国家国势日隆，满怀信心向世界大国迈进。在好多年以前，我曾预言，21 世纪将是中国的世纪。当时我们的国力并不强。我是根据近几百年来欧美依次显示自己的政治经济力量、科技发展的力量和文化教育的力量而得出的结论。现在轮到我们中国来显示力量了。我预言，五十年后，必有更多的事实证实我的看法，谓予不信，请拭目以待。

我希望，社会上能多出些怪论。

2003 年 6 月 25 日于 301 医院

记北大1930年入学考试

1930年，我高中毕业。当时山东只有一个高中，就是桿石桥山东省立高中，文理都有，毕业生大概有七八十个人。除少数外，大概都要进京赶考的。我之所谓“京”是一个形象的说法，就是指的北京，当时还叫“北平”。山东有一所大学：山东大学，但是名声不显赫，同北京的北大、清华无法并提。所以，绝大部分高中毕业生都进京赶考。

当时北平的大学很多。除了北大、清华以外，我能记得来的还有朝阳大学、中国大学、郁文大学、平民大学、辅仁大学、燕京大学等。还有一些只有校名，没有校址的大学，校名也记不清楚了。

有的同学大概觉得自己底气不足，报了五六个大学的名。报名费每校三元，有几千学生报名，对学校来说是一笔不小的收入。我本来是一个上不得台盘的人，新育小学毕业就没有勇气报考一中。但是，高中一年级时碰巧受到了王寿彭状元的奖励。于是虚荣心起了作用：既然上去，就不能下来！结果三年高中，六次考试，我考了六个一名。心中不禁“狂”了起来。我到了北平，只报了两个学校：北大与清华。结果两校都录取了我。经过反复的思考，我弃北大而取清华。后来证明我这个判断是正确的。否则我就不会有留德十年。没有留德十年，我以后走的道路会是完全不同的。

那一年的入学考试，北大就在沙滩，清华因为离城太远，借了北大的三院做考场。清华的考试平平常常，没有什么特异之处。北大则极有特色，至今忆念难忘。首先是国文题就令人望而生畏，题目是

"何谓科学方法?试分析评论之"。又要"分析",又要"评论之",这究竟是考学生什么呢?我哪里懂什么"科学方法"。幸而在高中读过一年逻辑,遂将逻辑的内容拼拼凑凑,写成了一篇答卷,洋洋洒洒,颇有一点神气。北大英文考试也有特点。每年必出一首旧诗词,令考生译成英文。那一年出的是:"别来春半,触目愁肠断。砌下落梅如雪乱,拂了一身还满。"所有的科目都考完以后,又忽然临时加试一场英文 dictation。一个人在上面念,让考生整个记录下来。这玩意儿我们山东可没有搞。我因为英文单词记得多,整个故事我听得懂,大概是英文《伊索寓言》一类书籍抄来的一个罢。总起来,我都写了下来。仓皇中把 suffer 写成了 safer。

我们山东赶考的书生们经过了这几大灾难才仿佛井蛙从井中跃出,大开了眼界,了解到了山东中学教育水平是相当低的。

2003 年 6 月 28 日

一幕小闹剧

今年 5 月 21 日，早晨五点，我们刚起床，抬头看窗外，瞥见一个小女孩，大概有十七八岁吧，肩上扛着一辆自行车，在车库前面的广场上来回奔跑。我认为，她是在进行体育锻炼，看上去颇为吃力的样子。我在心里就说起怪话来："这医院真抠门儿，不肯出钱为职工体育锻炼搞一些设备！"

我继续看下去，情况有了变化。少女坐在地上，身旁有一辆自行车，她做偷窃状，但身躯如木雕泥塑，一点也不许动。大家可以想象，时间短了，这个姿势还可以忍受，时间一长，谁能受得了呢？不能忍受，也得忍受，她身旁就站着一位监督人。

这一件小事，不用打听就能够明白全部内容。这是惩罚偷自行车的小姑娘的一幕闹剧。偷自行车不能算是大罪，但是，对于失主来说，有时是非常不愉快的。我就有过这样的经验。正应邀去开一个紧急的会，到了门外才发现自行车不翼而飞了。这时候我心里急的绝不是自行车的价钱，而是一个重要的会，我却迟到。

在某一个大学里面，偷自行车不算是偷窃行为。反正我拿出了一辆自行车，算是投资，加入到这一个互偷的大军里，并没有占任何人的便宜。自己的车被别人骑走了。旁边正有一辆没有上锁的车，我顺手拿过来，骑上便走。

因此，现在看到这一个小女孩因偷车被罚，我既没有感到有什么不妥之处，对小女孩也没有丝毫同情心。

2003 年 7 月 1 日

忆念宁朝秀大叔

我六岁以前，住在山东省清平县（后归临清）官庄。我们的家是在村外，离开村子还有一段距离。我家的东门外是一片枣树林，林子的东尽头就是宁大叔的家，我们可以说是隔林而居。

宁家是贫农，大概有两三亩地。全家就以此为生。人口只有三人：宁大叔、宁大婶和宁大姑。至于宁大姑究竟多大，要一个六岁前的孩子说出来，实在是要求太高了。宁家三口我全喜欢，特别喜欢宁大姑，因为我同她在一起的时候最多。我当时的伙伴，村里有杨狗和哑叭小。只要我到村里去，就一定找他俩玩。实际上也没有什么可玩的，无非是在泥土地里滚上一身黄泥，然后跳入水沟中去练习狗爬游泳。如此几次反复，终于尽欢而散。

实际上，我最高兴同宁大姑在一起。大概从我三四岁起，宁大姑就带我到离开官庄很远的地方去拾麦穗。地主和富农土地多，自己从来不下地干活，而是雇扛活的替他们耕种，他们坐享其成。麦收的时候，宁大姑就带我去拾麦穗。割过的麦田里间或有遗留下来的小麦穗。所谓“拾麦子”，就是指捡这样的麦穗。我煞有介事地提一个小篮子，跟在宁大姑身后捡拾麦穗。每年夏季一个多月，也能拾到十斤八斤麦穗。母亲用手把麦粒搓出来，可能有斤把。数量虽小，可是我们家里绝对没有的。母亲把这斤把白面贴成白面糊饼（词典上无此词），我们当时只能勉强吃红高粱饼子，一吃白面，大快朵颐，是一年难得的一件大事。有一年，不知道母亲是从哪里弄来了一块月饼。这当然比白面糊饼更好吃了。

夏天晚上，屋子里太热，母亲和宁大婶、宁大姑，还有一些住在不远的地方的大婶们和大姑们，凑到一起，坐在或躺在铺在地上的苇子席上，谈一些张家长李家短的琐事。手里摇着大蒲扇驱逐蚊虫。宁大姑和我对谈论这些事情都没有兴趣。我们躺在席子上，眼望着天。乡下的天好像是离地近，天上的星星也好像是离人近，它们在不太辽远的天空里向人们眨巴眼睛。有时候有流星飞过，我们称之为“贼星”，原因不明。

西面离开我们不太远，有一棵大白杨树，大概已有几百年的寿命了。浓阴匝地，枝头凌云，是官庄有名的古树之一。我母亲现在就长眠在这棵大树下。愿她那在天之灵能够得到幸福，能看到自己的儿子，她的儿子没有给她丢人。

我在过去七八十年中写过很多篇怀念母亲的文章。但是，对母亲这个人还从来没有介绍过。现在我想借忆念宁朝秀大叔的机会来介绍一下我的母亲。

母亲姓赵，五里长屯人，离官庄大概有五里路。根据一个五六岁的孩子的观察，赵老娘家大概很穷。我从来不记得她给我过什么好吃的东西。她家的西邻是一家专门杀牛卖酱牛肉的屠户。我只记得，一个冬天，从赵老娘家提回来了一罐子结成了冻儿的牛肉汤。我生平还没有吃过肉，一旦吃到这样的牛肉汤，简直可以比得上龙肝凤髓了。母亲只是尝了一小口，其余全归我包圆儿了。我自己全不体会母亲爱子之情，一味地猛吃猛喝。母亲活了一辈子，连个名字都没捞到，临走时还是一个季赵氏。可怜我那可怜的母亲，可怜兮兮地活了一辈子，最远的长途旅行是从官庄到五里长屯，共五华里，再远的地方没有到过。至于母亲是什么模样，很惭愧，即使我是画家，我也拿不出一幅素描来。1932 年母亲去世的时候，我痛不欲生，曾写过一幅类似挽联的东西：“为母子一场，只留得面影迷离，入梦浑难辨，茫茫苍天，此恨曷极！”可见当时已经不清楚了。现在让我全部讲清楚，不亦难乎？但是，有一点我是完全可以肯定的。在八十多年以前，在清平官庄夏季之夜里，母亲抱着我，一个胖墩墩的男孩，从场院里抱回家里放在坑头上睡觉。此时母亲的心情该是多么愉快，多么充实，多么自傲，又是多么丰盈。然而好景不长，过了没有几年，她这一个宝贝儿子就被“劫持”到了济南。这是母亲完全没有料到的，也是完全无能为力的。此后，由于家里出了丧事，我回家奔丧，曾同母亲小住数日。最后竟至八年没有见面。我回家奔母亲之丧时，棺材盖已经钉死，终于也没有能见到母亲一面，抱恨终天矣。我只知道儿子想念母亲的痴情，何曾想到母亲倚闾望子之痴情。我把宝押在大学毕业上。只要我一旦毕业，立即迎养母亲进城。古人说：“树欲静而风不止，子欲养而亲不俟。”正应到我身上。我在外面是有工作的，不能够用全部时间来怀念母亲，而母亲是没有活可干的。她几乎是用全部时间来怀念儿子。看到房门前的大杏树，她会想到，这是儿子当年常爬上去的。看到房后大苇坑里的水，她会想到，这是儿子当年洗澡的地方。回顾四面八方，无处不见儿子的影子。然而这个儿子却如海上蓬莱三山之外的仙山，不可望不可即了。奈之何哉！奈之何哉！

我曾写过很多篇怀念母亲的文章，自谓一个做儿子的所应做的事情，我都已做到了。现在才知道，我对母亲思子之情并不了解。现在才稍稍开了点窍。

上面我借写宁朝秀大叔的机会，介绍了一下我的母亲。

现在仍然回头来写宁大叔。

我在上面已经说过，宁大叔家是贫农，只有两三亩地。宁大婶和宁大姑都是妇道人家，参加不了种地的活。所有种地的活都靠宁大叔一个人。耕地要牛，人之常识。但是，有牛又谈何容易。官庄前街有牛的人家屈指可数。首先是大地主张家楼张家，住在一条胡同里，家里有五条牛。主人从来不走出家门。其次一家就是我的二大爷，是举人的第二个儿子，属于富农，有两头牛和一个扛活的。至于杨家和马家是否有牛，我就不清楚了。

反正宁大叔家里只有他，没有牛。在这种情况下，只有把人变成牛，才能种庄稼。“锄禾日当午，汗滴禾下土。谁知盘中餐，粒粒皆辛苦。”至于宁大叔是怎么操作的，我没有看到过，不敢乱说。

不知是由于什么原因，也不知是从什么时候起，我们家长期保留着三分地。早先是怎么耕种，我不清楚。自我父亲去世到我母亲去世长达八年的时间内，耕种都由宁大叔一人承担，这是非常清楚的。在这八年内，母亲一文钱的收入也没有，靠的就是这三分地。如果我是一个脑筋灵活的人，每年给母亲寄三四十元钱，这能力我还是有的。可怜我的脑筋是一个死木头疙瘩，把希望统统放在大学毕业上，真是其愚不可及也。

在农民中，我们家算是什么成分呢？我一直不清楚。土改时，宁大叔当时是贫协主席，还给我们家分了地，对我母亲和我而言，我认为，这是公正的。但是，对是家长的我父亲而言，却是不公正的。

我现在就来谈一谈我的父亲。我不奉行那种为尊者讳，为贤者讳的教条。反正你不说，人家也都知道。这些事情都已经成了历史，历史是无法改变的。我在官庄的上一辈，大排行十一人。只有一、二、七、九、十一留在关内，其余六人全因穷下了关东。我的父亲排行七、济南的叔父行九、与行十一的一叔是同母所生。一叔生下后，父母双亡，他被送了人，改姓刁。父亲和叔父，无父无母，留在官庄，饿得只能以捡掉在地上的干枣果腹。日子实在无法过下去，便商量到济南去闯荡。二人大概很受了不少的苦，当过巡警，扛过大件。最终叔父在济南立定了脚跟。兄弟二人便商议，父亲回家，好好务农。叔父留在济南挣钱，寄回家去。有朝一日，二人衣锦荣归，消泯胸中那一团郁闷之气。完全出人意料，这样的机会不久就得到了。叔父在东北中了湖北水灾头奖，十分之一共三千元。在当时，三千元是一个极大的数目。当时我还没有下生。后来听说，雇人用车往官庄推制钱。可见钱之多。现在兄弟俩真是衣锦还乡了，好不神气！父亲要盖大宅子。碰巧当时附近砖瓦窑都没有开窑。父亲便昭告天下：有谁拆了自己的房子，出卖砖瓦，他将用十倍的价钱来收购。结果宅子盖成了：五间北房，东西房各三间，大门朝南，极有气派。一时颇引起了轰动，弟兄俩算是露了脸。但是，时隔没有多久，父亲把能挥霍的都挥霍光了，最后只能打房子的主意。整个地卖，没有人买得起；分开来卖，没有人买。于是自留西房三间，其余北房五间，东房三间统统拆掉，卖砖卖瓦，没有人买，只好把价钱降到最低，等于破砖烂瓦。

我讲到父亲的挥霍，其实他既不酗酒、嗜赌，也不嫖、吃，自己没有什么嗜好。据我观察，他的唯一嗜好是充大爷。有点孟尝君的味道。他能在庙会上大言宣布："今天到会的，我都请客!"他去世的时候，我奔丧回家，为他还账，只是下酒吃的炸花生米钱就有一百多元。那时候一百元是个大数目。大学助教每月工资八十元，这些东西当然都不是他自己吃的，而是他那些酒友。

父亲认字，能读书，年幼的时候，他那中了举的大伯大概教他和九叔念书认字。他在农村算是什么成分，我说不清。他反正从来也没有务过农，没有干过庄稼活。我到了济南以后，有很多年，他在农村把钱挥霍光了，就进城找叔父要钱。直到有一年，他又进城来要钱。他坐在北屋里，婶母在西屋里使用了中国旧式妇女传统的办法，扬声大喊，指桑骂槐，把父亲数落了一阵。父亲没有办法，只有走人，婶母还当面挽留。从此父亲就几乎不到济南来了。他在农村怎样过日子，我不知道。我自己寄人篱下，想什么都没有用了。

父亲卧病的时候，叔父还让我陪他回官庄一趟。此时，父亲已经不能说话，难兄难弟，只能相对而泣而已。我叔父对他这一位败家能手的哥哥，尽悌道可谓尽到了百分之百。这给我留下了毕生难忘的印象，认为是常人难以做到的。

这一篇文章本来是写宁朝秀大叔的，结果是鹊巢鸠占，大部分篇幅都让老季家占了。我在这里介绍了我的母亲，介绍了我的父亲，介绍了父亲和叔父的关系，把一个宁大叔不知挤到哪里去了。事实上，我奔父丧回家的时候，天天见到宁大叔，还有宁大婶和宁大姑。离开官庄以后，直到母亲逝世长达八年的时间内，我不但没能看到宁家一家人，连想到他们的时间也几乎没有。我奔母丧回到官庄，当然天天同宁家一家见面。宁大姑特别怀念当年挎一个小篮子随着她去拾麦穗的情景，想不到我一转眼竟变成了大人。当时我们家已经没有了主妇，事情大概都由宁大婶操办。

我离开官庄后，在欧洲待了十年多。回国后不久，就迎来了解放。家乡的情况极不清楚。一直到今天，自己已经九十多岁了。但是想到宁大叔一家的时间却越来越多。宁大叔一家将永远活在我的记忆中。

2003年7月7日于301医院

九三述怀

前几天，在医院里过了一个生日，心里颇为高兴；但猛然一惊：自己已经又增加了一岁，现在是九十三岁了。

在五十多年前，当我处在四十岁阶段的时候，九十三这个数字好像是一个天文数字，可望而不可即。我当时的想法是：我大概只能活到四五十岁。因为我的父母都没有超过这个年龄，由于X基因或Y基因的缘故，我决不能超过这个界限的。

然而人生真如电光石火，一转瞬间已经到了九十三岁。只有在医院里输液的时候感到时间过得特别慢以外，其余的时间则让我感到快得无法追踪。

近两年来，运交华盖，疾病缠身，多半是住在医院中。医院里的生活，简单而又烦琐。我是因一种病到医院里来的。入院以后，又患上了其他的病。在我入院前后所患的几种病中最让人讨厌的是天疱疮。手上起泡出水，连指甲盖下面都充满了水，是一种颇为危险的病。从手上向臂上发展，发展到一定的程度，就有性命危险。来到301医院，经李恒进大夫诊治，药到病除，真正是妙手回春。后来又患上了几种别的病。有一种是前者的发展，改变了地方，改变了形式，长在了右脚上，黑黢黢脏兮兮的一团。大概有一斤多重。我自己看了都恶心。有时候简直想把右脚砍掉，看你这些丑类到何处去藏身!幸亏老院长牟善初的秘书周大夫不知从哪里弄到了一种平常的药膏，抹上，立竿见影，脏东西除掉了。为了对付这一堆脏东西，301医院曾组织过三次专家会诊，可见院领导对此事之重视。

你想到了死没有？想到过的，而且不止一次。不这样也是不可能的。人类是生物的一种。凡是生物，莫不好生而恶死，包括植物在内，一概如此。人们常说：好死不如赖活着。江淹《恨赋》中说："自古皆有死，莫不饮恨而吞声。"我基本上也不能脱这个俗。但是，我有我的特殊经历，因此，我有我的生死观。我在"十年浩劫"中，实际上已经死过一次。在《牛棚杂忆》中对此事有详细的叙述。我在这里不再重复。现在回忆起来，让我吃惊的是，临死前心情竟是那样平静，那样和谐。什么"饮恨"，什么"吞声"，根本不沾边儿。有了这样的独特的经历，即使再想到死，一点恐惧之感也没有了。

总起来说，我的人生观是顺其自然，有点接近道家。我生平信奉陶渊明的四句诗："纵浪大化中，不喜亦不惧。应尽便须尽，无复独多虑。"在这里一个关键的字是"应"。谁来决定"应""不应"呢？一个人自己，除了自杀以外，是无权决定的。因此，我觉得，对个人的生死大事不必过分考虑。

我最近又发明了一个公式：无论什么人，不管是男是女，不管是外国人还是中国人，也不管是处在什么年龄阶段，同阎王爷都是等距离的。中国有两句俗话："阎王叫你三更死，不能留人到五更。"这都说明，人们对自己的生死大事是没有多少主动权的。但是，只要活着，就要活得像个人样子。尽量多干一些好事，千万不要去干坏事。

人们对自己的生命也并不是一点主观能动性都没有的。人们不都在争取长寿吗？在林林总总的民族之林中，中国人是最注重长寿，甚至长生的。在过去几千年的历史上，我们创造了很多长寿甚至长生的故事。什么"王子去求仙，丹成入九天。山中方七日，世上几千年。"这实在没有什么意义。一些历史上的皇帝，甚至英明之主，为了争取长生，"为药所误"。唐太宗就是一个好例子。

中国古代文人对追求长生有自己的表达方式。苏东坡词："谁道人生无再少？门前流水尚能西。休将白发唱黄鸡。"在这里出现"再少"这个词儿。肉体上的再少，是不可能的。时间不能倒转的。我的理解是，如果老年人能做出像少年的工作，这就算是"再少”了。

我现在算不算是“再少”，我自己不敢说。反正我从来不敢懈怠，从来不倚老卖老。我现在既向后看，回忆过去的九十年；也向前看，看到的不是八宝山，而是活过一百岁。眼前就有我的好榜样。上海的巴金，长我七岁；北京的臧克家，长我六岁，都仍然健在。他们的健在给了我信心，给了我勇气，也给了我灵感。我想同他们竞赛，我们都会活到一百多岁的。

但是，我并不是为活着而活着。活着不是我的目的，而是我的手段。前辈学人陈翰笙先生，当他一百岁时人们为他在人民大会堂祝寿的时候，他眼睛已经失明多年，身体也不见得怎么好。可是，请他讲话的时候，他第一句话就是：“我要工作。”全堂为之振奋不已。

我觉得，中国人民在过去几千年的历史上成就了许多美德，其中一条是：“鞠躬尽瘁，死而后已。”（出自《三国志·蜀志·诸葛亮传》）这能代表我们中华民族伟大的一个方面。在几千年的历史上起着作用，至今不衰。

在历史上，我们的先人对人生还有一些细致入微而又切中要害的感悟。我举一个例子。多少年来，社会上流传着两句话：不如意事常八九，能与言人无二三。根据我们每一个人的亲身体会，这两句话是完全没有错的。在我们的生活中，在我们的社会交往中，尽管有不少令人愉快的如意的事情，但也不乏不愉快不如意的事情。年年如此，月月如此，天天如此。这个平凡的真理也不是最近才发现的。宋代的伟大词人辛稼轩就曾写道：“肘后俄生柳，叹人生，不如意事，十常八九。”这颇能道出古今人人心中都会有的想法。我们老年人对此更应该加强警惕。因为不如意事有的是人招惹出来的。老年人，由于生理的制约，手和脑都会不太灵光，招惹不如意事的机会会更多一些。我原来的原则是随遇而安，近来我又提高了一步：知足常乐，能忍自安。境界显然提高了一步。

写到这里，我想写一个看来与我的主题无关而实极有关的问题：中西高级知识分子比较研究。所谓高级知识分子，无非是教授、研究员、著名的艺术家——画家、音乐家、歌唱家、演员等等。这个题目，在过去似乎还没有人研究过。我个人经过比较长期的思考，觉得其间当然有共性，都是知识分子嘛；但是区别也极大。简短截说，西方高级知识分子大多数是自了汉，就是只管自己那一亩三分地里的事情，有点像过去中国老农那一种“老婆、孩子、热炕头，外加二亩地、一头牛”的样子。只要不发生战争，他们的工资没有问题，可以安心治学，因此成果显著地比我们多。他们也不像我们几乎天天开会，天天在运动中。我们的高知继承了中国自古以来知识分子(士)的传统，家事、国事、天下事，事事关心。中国古代的皇帝们最恨知识分子这种毛病。他们希望士们都能夹起尾巴做人。知识分子偏不听话，于是在中国历史上，所谓“文字狱”这种玩意儿就特别多。很多皇帝都搞文字狱。到了清朝，又加上了个民族问题。于是文字狱更特别多。

最后，我还必须谈一谈服老与不服老的辩证关系。所谓服老，就是，一个老人必须承认客观现实。自己老了，就要老实承认。过去能做到的事情，现在做不到了，就不要勉强去做。但是，如果完完全全让老给吓住，什么事情都不做，这无异于坐而待毙，是极不可取的行为。人们的主观能动性的能量是颇为可观的，真正把主观能动性发挥出来，就能产生一种不服老的力量。正确处理服老与不服老的关系并不容易，二者之间的关系有点恍兮惚兮，其中有物。但是，这个物是什么，我却说不清楚。领悟之妙，在于一心。普天下善男信女们会想出办法的。

我已经写了不少。为什么写这样多呢？因为我感觉到，我们的生活环境和生活条件日益改善，将来老年人会越来越多。我现在把自己的一点经历写了出来，供老人们参考。

千言万语，不过是一句话：我们老年人不要一下子躺在老字上，无所事事。我们的活动天地还是够大的。

有道是：

走过独木桥，
跳过火焰山。

豪情依然在，
含笑颂九三！

2003年8月18日于301医院

给“拆”字亮红灯

根据我长期的观察和思考，我认为，必须立刻给“拆”字亮红灯。“拆”者，拆古迹也，拆城墙也，拆比较大的建筑也。

在飞速建设我们国家的时候，拆一些东西是不可避免的。但是，我认为，现在是拆过了头。

我之所谓“古迹”，并不专指名胜古迹，一个城市的原始风貌，也属于古迹一类。试问，如果一个外国人要了解我们这一座世界名城北京的原始风貌，你除了故宫、天坛、颐和园等地以外，还能领他到什么地方去呢?

在这方面，我们不是没有前车之鉴的。当年拆北京城墙的时候，虽然也有不少人反对；但是在拆风劲吹之下，还是拆掉了。后来这一位主持拆墙的市长，自己也承认，城墙是完全可以不拆的。在城外找个地方发展经济，是并不困难的。

北京城墙事件发生以后，有什么机构做了一次调查，全国城墙保存完整的不多，最著名的是湖北的江陵。西安拆城墙保留了四分之一，也受到了关注和表扬。我并不主张城墙非保留不行。如果不妨碍大局，保留一下，留一点旧日的风貌，也是有益无害的。

我曾访问过亚、欧、非三洲的许多著名的古老的大学。在几所长达六七百年的大学中，古树参天，浓阴匝地，在古老建筑物的窗子上，碧萝密布，草色当然不能入帘青了，但仍能让人感到草色的存在，在这样的大厅里读书、写文章，书焉能读不进去，文章又焉能不梦笔生花呢?

中国办教育有几千年的历史，兴办最高学府太学、国子监等等，至少也有两千来年的历史了。上述外国大学的情况到哪里去找呢？

这只能归罪于一个“拆”字。

今年是北京城建城八百五十周年，试问我们今天到北京什么地方能感受到这样古老历史的气氛呢？

这又不能不归罪一个“拆”字。

我不鼓励人们到处发思古之幽情。总起来说，我们应该向前看，向未来看，那里才是我们希望之所在。但是，在紧张劳动之余，能够有机会发点思古之幽情，能使我们头脑清醒，灵魂沉静。清醒与沉静大有利于再战。

根据我的观察，现在拆势未减，似乎也没有人想到这个问题。

我们必须给“拆”字亮红灯。

2003 年 9 月 24 日

2004年

季羡林在病房翻阅他的新书

一个预言的实现

大约在十几二十年前，我曾讲过一个预言：21 世纪将是中国的世纪。

我没有研究过新兴科学预言学，我也不会算卦占卜，我不是季铁嘴、季半仙，但也并非全无根据。我根据只是一点类似地缘政治学的世界历史地理常识。

我发现，在这个地球村中，每一个时代都有自己的政治经济文化中心，有的在东方，有的在西方，存在的时间长短不一，影响的程度也深浅不一。而这个中心不是一成不变的，而是有规律地变动着。拿最近几百年的世界史来看，就可以看出下面的规律：17、18 世纪，它是在欧洲大陆法、德等国，19 世纪在英国，20 世纪在美国，21 世纪按规律应该在中国。所以我说：21 世纪将是中国人民的世纪。这绝不是无知妄言，也不出于狭隘的爱国主义，而是规律使然。可在当时，颇有一些什么什么之士嗤之以鼻。我并不在乎，是嗤之以鼻，还是嗤之以屁股，那是他们的事，与我无干。

值得庆幸的事是，我在十几二十年前提出来的预言完全说对了。中华民族所固有的大气磅礴的创造力，被种种内在的和外在的力量堵塞了几百年；现在，一旦乘机迸发，有如翻江倒海，势不可挡。例子多得不胜枚举。我只举一个看似虽小而意义实大的例子：“中国制造”（made in china）的商品现在流传全世界，包括美国在内，这在以前无论如何也是难以想象的。中国报刊以“中国和平崛起，世界拍案惊奇”等类的词句来表达这种感情。

中国人不喜欢“老王卖瓜，自卖自夸”。认为这是没有出息的事。我现在从外国请一位贵宾来，帮着夸上几句。英国前外交大臣杰弗里·豪曾说过几句话：“过去二十五年，中国发生了巨大变化，它不仅确立了自己是国际社会一个稳定且负责任的成员的地位，它的政治制度及人民的聪明才智和能量已经产生了举世瞩目的经济成就，绝大多数人的生存条件和日常生活大大改善。”这一位英国绅士肯说几句真话，值得我们钦佩。我引用他的话来抹掉自己的自卖自夸之嫌。

2004年2月13日

痛悼克家

克家走了，永远永远地走了。有人认为是意内之事：一个老肺病，能活到九十九岁，才撒手人寰，不能不算是一个奇迹。在这个奇迹中建立首功者是克家夫人郑曼女士。每次提到郑曼，北大教授邓广铭则赞不绝口。他还利用他的相面的本领，说郑曼是什么“南人北相”。除了相面一点我完全不懂外，邓的意见我是完全同意的。

克家和我都是山东人，又都好舞笔弄墨。但是认识比较晚，原因是我在欧洲滞留太久。从1935年到1946年，一去就是十一年。我们不可能有机会认识。但是，却有机会打笔墨官司。在他的诗集《烙印》中，有一首写洋车夫的诗，其中有两句话：

> 夜深了不回家，
> 还等什么呢？

这种连三岁孩子都能懂得的道理——无非是想多拉几次，多给家里的老婆孩子带点吃的东西回去。而诗人却浓墨重彩，仿佛手持宝剑追苍蝇，显得有点滑稽而已。因此，我认为这是败笔。

类似这样的笔墨官司向来是难以做结论的。这一场没有结论的官司导致了我同克家成了终身挚友。我去国十一年，1946年夏回到上海，没有地方可住，就睡在克家的榻榻米上。我生平第一次，也是唯一的一次喝醉了酒，地方就在这里，时间是1946年的中秋节。

此时，我已应北京大学任教授之聘。下学期开学前，我无事可做。克家是有工作的，只在空闲的时候带我拜见了几位学术界的老前辈。在上海住够了，卖了一块瑞士表，给家寄了点钱，又到南京去看望长之。白天在无情的台城柳下漫游，晚上就睡在长之的办公桌上。六朝胜境，恍如烟云。

到了三秋树删繁就简的时候，我们陆续从上海、南京迁回北平。但是，他住东城赵堂子胡同，我住西郊北京大学，相距大概总有七八十里路。平常日子，除了偶尔在外面参加同一个会，享受片刻的晤谈之乐之外，要相见除非是梦里相逢了。

然而，忘记了是从什么时候起，我们有了一个不言的君子协定：每年旧历元旦，我们必然会从西郊来到东城克家家里，同克家、郑曼等全家共进午餐。

克家天生是诗人，脑中溢满了感情，尤其重视友谊，视朋友逾亲人。好朋友到门，看他那一副手欲舞足欲蹈的样子，真令人心旷神怡。他里表如一，内外通明。你无论如何也不会想到有半句假话会从他的嘴中流出。

就连那不足七八平米的小客厅，也透露出一些诗人的气质。一进门，就碰到逼人的墨色。三面壁上挂着许多名人的墨迹，郭沫若、冰心、王统照、沈从文等人的都有。这就证明，这客厅真有点像唐代刘禹锡的“陋室”，“谈笑有鸿儒，往来无白丁”，这两句有名的话，也确实能透露出客室男女主人做人的风范。

郑曼这一位女主人，我在上面已经说了一些好话，但是还没有完。她除了身上有那些美德外，根据我的观察，她似乎还有一点特异功能。别人做不到的事她能做到，这不是特异功能又是什么呢?我举一个小例子 —— 种兰花。兰花是长在南方的植物，在北方很难养。我事前也并不知道郑曼养兰花。有一天，我坐在“陋室”中，在不经意中，忽然感到有几缕兰花的香气流入鼻中。鼻管里没有多大地方，容不下多少香气。人一离开赵堂子胡同，香气就随之渐减。到了车子转进燕园深处后湖十里荷香中时，鼻管里已经恍兮惚兮，但是其中有物无物却不知道了。

明眼人一看就知道，上面的说法，或者毋宁说是幻想，是没有人会认真付诸实践的。既然不能去实行，想这些劳什子干嘛?这就如镜中月、水中花，聊以自怡悦而已。

写到这里我偶然想到克家的两句诗，大意是：有的人在活着，其实已经死了。有的人死了，其实还在活着。

克家属于后者，他永远永远地活着。

2004 年 10 月 22 日

东学西渐与“东化”

我一向特别重视文化交流的问题，既主张拿来主义，也主张送去主义。对中国与外国的文化交流，我的基本观点是“拿来”与“送去”。我认为，文化一旦产生，其交流就是必然的。没有文化交流，就没有文化发展。交流是不可避免的，无论谁都挡不住。从古代到现在，在世界上还找不到一种文化是不受外来影响的。交流也有坏的，但坏的交流对人类没有益处，不能叫文化。对人类有好处的、有用的、物质、精神两方面的东西交流，才叫“文化交流”。文化不论大小，一旦出现，就会向外流布。全人类都蒙受文化交流之利。如果没有文化交流，我们简直无法想象，人类会是什么样子。

一种文化既有其民族性，又有时代性。一个民族自己创造文化，并不断发展，成为传统文化，这是文化的民族性。一个民族创造了文化，同时在发展过程中它又必然接受别的民族的文化，要进行文化交流，这就是文化的时代性。民族性与时代性有矛盾，但又统一，缺一不可。继承传统文化，就是保持文化的民族性；吸收外国文化，进行文化交流，就是保持文化的时代性。所以文化的民族性与时代性这个问题是会贯彻始终的。

为了保持文化的时代性，自20世纪以来，出现了一种提倡“全盘西化”的观点。“全盘西化”和文化交流有联系。现在，整个的社会，不但中国，而且是全世界，都是西方文化占垄断地位。这是事实，眼前哪一样东西不是西方文化？电灯电话，楼上楼下，就说我们这穿的，从头顶到鞋，全是西方化了。这个西化不是坏事情。“西化”要化，不“化”不行，创新、引进就是“化”。但“全盘西化”不行，不能只有经线，没有纬线。“全盘西化”在理论上讲不通，在事实上办不到。

就目前来说，我们对西方文化和外国文化，当然要重视“拿来”，就是把外国的好东西“拿来”。这里涉及有关文化的三个方面，物的部分、心物结合的部分、心的部分，都要拿。“物”的部分，当然要拿，咖啡、沙发、啤酒、牛仔裤、喇叭裤，这一系列东西，只要是好的，都拿。我们吃的、喝的、穿的、戴的，乘的、坐的、住的、用的，有哪一件是完完全全是中国土生土长的？汽车、火车、飞机、轮船，我们古代有吗？可可、咖啡、纸烟、可口可乐、啤酒、香槟、牛排、面包，我们过去有吗？我们吃的土豆、玉米、菠菜、葡萄，以及许许多多的水果、蔬菜，都是外来的。这菠菜的“菠”字，本身是音译，不是意译，它叫菠薐、菠薐菜，是印度、尼泊尔一带产生的。茉莉花也是外来的，甚至连名字都不是中国固有的。我们用的乐器，胡琴、钢琴、小提琴、琵琶，也都是外来的。拿来，完全正确。现在我们确实拿来了，拿来的真不少，好的坏的都拿来了。连艾滋病也拿来了，这是不应该的。心、物结合的部分比方说制度，也可以学习。最重要的还是心的部分，要拿价值观念、民族性格。因为我们的价值观念、思想方式，不能马马虎虎，得把弱点克服，要不克服的话，我们的生产力就发展不了。从长期的历史研究中，我得出一个非常可贵的经验：在我们国力兴盛，文化昌明，经济繁荣，科技先进的时期，比如汉唐兴盛时期，我们就大胆吸收外来文化，从而促进了我们文化的发展和生产力的提高。到了见到外国东西就害怕，这也不敢吸收，那也不敢接受，这往往是我们国势衰微，文化低落的时代。

但是，我们不能只讲西化，不讲“东化”。“东化”，报纸上没有这个词儿，是我发明的。我们知道，汉唐的时候，是“东化”的。因为世界的经济中心、文化中心当时在中国。在明末清初以前确实有过东学西渐。不能只重视“西学东渐”而忽视“东学西渐”。根据历史事实，在中西文化交流史上，“东学西渐”从来就没有中断过。中华文化的博大精深吸引了西方传教士、外籍华人、留学生、商人等的注意，并通过他们广泛传播到世界各地。

在文化交流方面，中国是一个很有特色的国家。从蒙昧的远古起，几乎是从一有文化开始，中国文化中就有外来文化的成分。中国人向来强调“有容乃大”，不管是物质的，还是精神的，只要对我们有利，我们就吸收。海纳百川，所以成就了中国文化之大。中外文化的交流，一直没有中断过。最大的两次是佛教的传入和西学东渐。佛教传入的结果是形成了中国佛教。而明末清初以来西方文化在我国广泛传播，则是“西学东渐”。从此，我们才有了“中学”和“西学”这样的名称，才有了“东方文化”和“西方文化”这样的说法。“西学”的先遣部队是天主教。天主教入中国，不自明末始。但是，像明末清初这样大规模的传入，还是第一次。唐代有所谓三教的说法，指的是儒、释、道。此时又来了一个新三教。道家退出，增添了一个天主教。新三教之间有过矛盾和撞击，方豪先生的《中西交通史》第五章《欧洲宗教与神哲等学之东传》叙述颇详，我不赘述。

我们中国不但能够拿来，也能够送去。历史上，我们不知道有多少伟大的发明创造送到外国去，送给世界人民。从全世界的历史和现状来看，人类文明之所以能发展到今天这个样子，中国人与有力焉。可惜的是，在一片西化之声洋洋乎盈耳之时，西方人大都自我感觉极为良好，他们以“天之骄子”自居，在下意识之中，认为自古以来就是这样，今后也将永远是这个样子。今天的中国，对西方的了解远远超过西方人对中国的了解。在西方，不但是有一些平民百姓对中国不了解，毫无所知，甚至个别人还认为中国人现在还在裹小脚，吸鸦片。连一些知识分子也对中国懵懂无知，连鲁迅都不知道。既然西方人不肯来拿我们的好东西，那我们只好送去了。鉴于此，我们组织了一套《东方文化集成》，计划出五百多种，六百多部，从20世纪90年代开始出版，现在还在继续编辑出版。我还和王宁主编了一套《东学西渐丛书》，1999年由河北人民出版社出版，总共七部，包括朱谦之先生早先写成的《中国哲学对欧洲的影响》，还有其他作者的新著：王宁的《中国文化对欧洲的影响》、王兆春等的《中国军事科学的西传及其影响》、韩琦的《中国科学技术的西传及其影响》、刘岩的《中国文化对美国文学的影响》、史彤彪的《中国法律文化对西方的影响》、孙津的《中国现代化对西方的影响》。丛书出版之后，有人发表评论，说这套丛书，可以增强我们变革和发展的信心，说这套丛书的价值得到了充分展现。从这套丛书中，我们可以清楚地看到，公元16、17世纪以前的欧洲，在文明的发展中与中国有多么大的差距。而他们向中国文明的学习，与后来中国人接受欧洲文明的顺序是相似的，即先从科学技术开始，这不仅包括造纸、印刷、火药、指南针“四大发明”，还包括陶瓷、冶金、纺织等技术，以及军事技术和兵法等。之后，又逐步深入到文化，即价值观、思想和道德，再就是哲学，进而是对中国社会制度的理性思考。2000年刘登阁、周云芳著的《西学东渐与东学西渐》，由中国社会科学出版社出版。看来，东学西渐在学术界引起了相当程度的重视。

我认为21世纪应该是“东化”的世纪。西方文化从文艺复兴以来，昌盛了几百年，把社会生产力提高到了空前的水平，促使人类社会进步也达到了空前的速度，光辉灿烂，远迈前古，世界人民无不蒙受其利。但它同世界上所有的文化一样，也是决不能永世长存的，迟早也会消逝的。20世纪20年代前后，西方的有些学者已经看出西方文化衰落的端倪，如德国施宾格勒在1917年开始写作的《西方的没落》一书，预言当时如日中天的西方文化也会没落。此书一出版，马上洛阳纸贵，产生了巨大的影响。英国著名历史学家汤因比受其影响，也反对西方中心论。他们的观点是值得肯定的，因为，西方文化同世界上所有的文化一样，也是决不能永世长存的，迟早也会消逝的。在今天，它已逐渐呈现出强弩之末的样子，大有难以为继之势了。具体表现是西方文化产生了一些威胁人类生存的弊端，其荦荦大者，就有生态平衡的破坏、酸雨横行、淡水资源匮乏、臭氧层破坏、森林砍伐、江河湖海污染、动植物种不断灭绝、新疾病出现等等，都威胁着人类的发展甚至生存。

西方文化产生这些弊端的原因，是植根于西方的基本思维模式。因为思维模式是一切文化的基础，思维模式的不同，是不同文化体系的根本不同。简而言之，我认为，东方的思维模式是综合的，它照顾了事物的整体，有整体概念，讲普遍联系，接近唯物辩证法。用一句通俗的话来说就是，既见树木，又见森林，而不是只注意个别枝节。中国“天人合一”的思想，印度的“梵我一体”的思想，是典型的东方思想。而西方的思维模式则是分析的。它抓住一个东西，特别是物质的东西，分析下去，分析下去，分析到极其细微的程度。可是往往忽视了整体联系，这在医学上表现得最为清楚。西医是头痛医头，脚痛医脚，完全把人体分割开来。用一句现成的话来说就是，只见树木，不见森林。而中医则往往是头痛治脚，脚痛治头，把人体当作一个整体来看待。两者的对立，十分明确。但是不能否认，世界上没有绝对纯的东西，东西方都是既有综合思维，也有分析思维。然而，从宏观上来看，这两种思维模式还是有地域区别的：东方以综合思维模式为主导，西方则是以分析思维为主导。这个区别表现在各个方面，具体来说，东方哲学中的“天人合一”思想，就是以综合思维为基础的。西方则是征服自然，对大自然穷追猛打。表面看来，他们在一段时间内是成功的，大自然被迫满足了他们的物质生活需求，日子越过越红火，但是久而久之，却产生了以上种种危及人类生存的种种弊端。这是因为，大自然虽既非人格，亦非神格，却是能惩罚、善报复的，诸弊端就是报复与惩罚的结果……

我主张“三十年河东，三十年河西”，21 世纪是东方文化的世纪，东方文化将取代西方文化在世界上占统治地位。而取代不是消灭。全面一点的观点是：西方形而上学的分析已快走到尽头，而东方文化寻求综合的思维方式必将取而代之。以分析为基础的西方文化也将随之衰微，代之而起的必然是以综合为基础的东方文化。这种代之而起，是在过去几百年来西方文化所达到的水平的基础上，用东方的整体着眼和普遍联系的综合思维方式，以东方文化为主导，吸收西方文化中的精华，把人类文化的发展推向一个更高的阶段。这种“取代”，在 21 世纪可见分晓。所以结论是：21 世纪是东方文化的时代，这是不以人们的主观愿望为转移的客观规律。用东方“天人合一”的思想和行动，济西方“征服自然”之穷，就可以称之为“东西文化互补论”。东方的“天人合一”是带有普遍性的一种思想，中国、印度都有。即以中国儒家为例，《易经》中有“大人者与天地合其德，与日月合其明，与四时合其序，与鬼神合其吉凶。先天而天弗违，后天而奉天时”。《中庸》有“能尽人之性，则能尽物之性；能尽物之性，则可以赞天地之化育，则可以与天地参矣”。《孟子》有“莫之为而为者，天也；莫之致而致者，命也”，“尽其心者，知其性也；知其性，则知天也”。董仲舒的“天人之际，合而为一”。张载的“民，吾同胞；物，吾与也”更是典型的“天人合一”思想。这些都是综合思维方式的典型例子。

2001 年 10 月，七十六位中华文化研究者，其中也有我，发表了《中华文化复兴宣言》，肯定：亚洲四小龙的崛起和日本的高速发展，都吸收了中华文化思想的智慧。当前西方一些有远见之士都在尽力研究中华文化，并提出“西方的病，东方的药来医”，形成了“东学西渐”。这些都说明了中华文化在当今世界仍有无穷的价值！

我们知道，16 至 18 世纪的“东学西渐”给欧洲思想界带来了巨大而深刻的影响，中国哲学对法国启蒙运动和德国古典哲学产生了巨大的影响。根据收入“东学西渐丛书”的朱谦之先生的《中国哲学对于欧洲的影响》，法国启蒙思想家卢梭、伏尔泰、孟德斯鸠、狄德罗、霍尔巴赫等人都受到中国文化的影响，重农学派的主要代表人物、经济学家魁奈甚至有“欧洲孔夫子”之称。儒家的理性精神和人道原则，无神论和“人性本善”的思想，都被启蒙思想家用来作为同基督教神学做斗争的武器；道家崇尚自然的原则也对法国唯物主义产生了明显的积极影响。德国哲学家莱布尼茨能以平等的心态来对待中国哲学，他不讳言，自己的二进制直接受到《易经》中的阴阳八卦卦序的启发。其大弟子沃尔弗同样热爱中国文化，曾因发表《中国的实践哲学》的讲演而受到迫害。德国古典哲学的开创者康德，是莱布尼茨—沃尔弗学派的嫡传，他的“理性”一词被认为来源于宋明理学的“理”和老子的“道”。

中国与欧洲的文化交流，传教士起的作用不可抹杀。随着西方传教士的东来，西学逐渐地传到了中国。与此同时，中国的传统文化也通过传教士传到了西方。传教士在中国居住后，对中国的传统文化或多或少都有了解。他们把中国的古代文化典籍译成西方的文字传到欧美，诸如《大学》《中庸》《论语》《易经》等。在东学西渐中，有两个人与青岛有联系，是值得注意的，一个是卫礼贤（Richard Wilhelm，1873～1930年），一个是翟理斯（Her-bet Giles，1845～1935年）。

卫礼贤原名理查德·威廉，因为酷爱中国文化，便给自己取了个中文名字卫礼贤。他是德国基督教同善会的一名传教士，1899年来中国，在青岛传教，也从事于教育和慈善事业，在中国生活了二十余年，1924年回德国。在华期间，曾与康有为有交往，与劳乃宣相识颇深，并在劳乃宣的帮助下，着手翻译《易经》，在德国以德文出版。他还创办了礼贤书院，潜心研究中国儒家学说。从1903年起，卫礼贤发表了大量有关中国和中国文化的论文，并着手翻译中国古代哲学经典。已出版的有《论语》（1910年）《老子》《列子》（1911年）《庄子》（1912年）《中国民间故事集》（1914年）和《易经》（1924年）《吕氏春秋》（1928年）和《礼记》（1930年）等。回国后，在德国莱茵河畔的法兰克福创立中国研究所，出版杂志《中国的科学与艺术》，成为“中国在西方的精神使者”。德国的学者们给予卫礼贤高度和充分的肯定，法兰克福大学授予他汉学荣誉博士，他成了中国古代圣人的诠释者。通过他，西方思想界的一大批代表人物接触了中国文化，从中得到了或多或少的启迪。如荣格认为从他那儿得到的教益比从其他任何人得到的都多。对卫礼贤翻译的《周易》，荣格说：《易经》中包含着中国文化的精神和心灵；几千年中国伟大智者的共同倾注，历久而弥新，仍然对理解它的人，展现着无穷的意义和无限的启迪。通过《易经》的帮助和启发，荣格提出了“共时性原则”，并将这种“共时性原则”，作为自己的分析心理学发展的内在基石，认为建立在共时性原则基础上的思维方式，在《易经》中表现最为充分，是中国思维方式最集中的体现。而对于西方人来说，这种思维方式，从赫拉克利特之后，便在哲学史上消失，只是在莱布尼兹那里出现过一些低微的回声。

英国汉学家翟理斯在青岛居住并游学，1903年青岛啤酒创立，译名就是采用他和威妥玛式拼音，而为Tsintao Beer。他在中国担任过多处英国领事，后来担任英国剑桥大学第二任中文教授，治学勤，著作多，有“其书满架”之誉。他对东学西渐有很大贡献。他著有《中国历史及其他概述》。他编的《华英辞典》，提到很多中国文人，附有各个汉字的广东、客家、福州、温州、宁波等九个方言区的方音拼法。他著《古今姓氏族谱——中国人名大辞典》，介绍了从先秦到19世纪的中国历史人物，其中有不少是文学家。另著《中国文明》《中国文学史》,鲁迅的《中国小说史略》提到过这部外国人写的中国文学史。他翻译的作品也很多，有《英译汉诗》，1898年他从《聊斋志异》的四百五十五个故事中选译了一百六十四个故事，并根据其中的《梦》(即《莲花公主》)改写了一部芭蕾舞剧《蜜蜂》，1916年该剧上演后在欧洲引起轰动。他还有两次重译的《佛国记》(1877年、1923年),1905年写《中国绘画艺术概要》，1911年编《古今图书集成索引》。厦门大学第一任校长兼国学院院长林文庆在1929年完成《离骚》的英译时，他和印度著名诗人泰戈尔(R. Tagore)作了序。他还著有《儒家及其竞争者》(1915年)，并对《论语》《孟子》《老子》《庄子》等思想经典作了部分翻译。他和他的儿子对《庄子》都很有兴趣，各有自己的《庄子》节译本。1957年，英国出版了他用八年时间编成的《大英博物馆藏敦煌汉文写本目录》。他的知名度很高，孙中山1897年春复函给他(时任剑桥大学教授)，并应其所请写了一篇自传，谈到自己初次出国的感受：“始见轮舟之奇，沧海之阔，自是有慕西学之心，穷天地之想。”“至于教则崇拜耶锦，于人则仰中华之汤武暨美国华盛顿矣。”孙中山的这些感受与文化交流有关。

在翟理斯和卫礼贤几十年之后，21世纪的第四年，青岛大学《东方论坛》又开设了“东学西渐”的专栏，这不知是巧合，还是策划者事先有意安排的。我希望这个栏目能够吸引更多的学者参加，都来关注文化交流。我希望把这个栏目办好，办成一个有特色的栏目。

2004年

2005 年

2005 年，301 医院医护人员给季羡林过生日

悼巴老

巴金老人离开我们，走了，永远永远地走了。此事本在意内，因为他因病卧床不起有年矣。但又极出意外，因为，只要他还有一口气活着，一盏明灯就会照亮中国的文坛。鼓励人们前进，鼓励人们向上。

论资排辈，巴老是我的师辈，同我的老师郑振铎是一辈人。我在清华读书时，就已经读过他的作品，并且认识了他本人。当时，他是一个大作家，我是一个穷学生。然而他却一点架子都没有，不多言多语，给人一个老实巴交的印象。这更引起了我的敬重。

我觉得，一个作家最重要的品德是爱祖国，爱人民，爱人类。在这三爱的基础上，那些皇皇巨著才能有益于人，无愧于己。

巴老一生创作了大量的作品，在国内外广泛流传。特别是他晚年那些随笔，爱国爱民的激情，炽燃心中，而笔锋又足以力透纸背，更引起了广泛的注意和反响。

巴老！你永远永远地走了。你的作品和人格却会永远永远地留下来。在学习你的作品时，有一个人决不会掉队，这就是九十五岁的季羡林。

2005 年

白衣天使新赞

我曾写过一篇赞白衣天使的短文。目标只停留在护士身上，所见不广，所论必浅。

最近一两年来，我自己申报为生病专业户。皇天后土，实加佑护。身上这里起个泡，明天那里又起了包。看起来眼花缭乱，实际上性命却丢不了。我衷心窃自怡悦，觉得这个职业算是选对了。

有生病专业户，就必然有它的对立面治病专业户，这就是广义的白衣天使。这一个群体，到处救死扶伤，治病救人，毫不利己，专门利人，她们是最可爱的人。

我甚至想入非非，觉得这一批天使，在他们决心学医的时候，就证明他们是有宿根、夙愿的，这种宿根、夙愿，与“我不入地狱，谁入地狱”有密切联系。

我在上面提到，毫不利己，专门利人，这两句话是我们有时会听到的。几十年来，我们从大小领导人嘴里常常听到这两句话。然而这两句话究竟有多大分量呢？好像不大有人去考虑过。

人是动物之一，一切动物的本能就是，一要生存，二要温饱，三要发展（传宗接代）。要想克服这些本能性的东西，谈何容易！

根据我多年来的观察和体验，我觉得，在多少年来形成的成百上千的职业行当中，最与毫不利己，专门利人接近的是大夫，也就是白衣天使。试想，一个病人和一个大夫相对而坐。此时病人的唯一愿望是把病治好，大夫唯一的愿望也是把病人的病治好，两个人的愿望完全一致，欲不毫不利己，专门利人，岂可得乎？

近几年来，自从我申报为生病专业户以后，我都住在医院中，具体地说就是301医院。我天天接触到的人就是大夫、护士等一大群白衣天使。他(她)们那种毫不利己，专门利人的风度时时在熏染着我。他们既治了我身上的病，也治了我心头的病。

但是，想把这一个光辉灿烂的群体中每一个人都一一加以叙述，是非常困难的，无已，我只能从中选出一个代表，加以叙述，以概其余。

我选的是宋守礼大夫。

一直到今天，我们中国老百姓嘴里还常听到使用"缘分"二字。他们说："有缘千里来相会，无缘对面不相识。""缘分"这玩意儿看不着，摸不着；但是它确确实实存在，谁都否认不掉。我同宋大夫似乎就有缘分，不然的话，为什么首先遇见他，而不是别人呢？哲学上可能叫作"偶然性"。意思是一样的。

不管是出于什么原因，我们相遇了，我们认识了，我们好像是互相了解了。在医院里，普遍存在的关系，是大夫与病人的关系。而在我们中间，这种普遍存在的关系，好像慢慢地质变，向朋友和朋友之间的关系逐渐转变了。

我上面这一大堆话，都属于叙述的范畴。叙述是必要的，但是，过多了，则流于肤泛，非我所取。我举一个简单的例证。

我年已九十有五，在病员中也许能考取年龄状元。双腿又不良于行，只能坐轮椅。在楼中活动的时候，握轮椅的任务，玉洁和小护工当然当仁不让。出楼活动，还要转上救护车，则非她们力量所能及的。这时候，开救护车的军人司机走到车后，又约了一个小伙子，力量仍然不够。站在旁边的宋大夫并没有袖手旁观，而是毅然走上前去，献出了自己的肩膀。我的轮椅终于爬上了救护车。这是一件小事，可也算是一件大事。难道它不同毫不利己，专门利人密切联系吗？

我不是说，所有的白衣天使都毫不利己，专门利人。也不是说，白衣天使以外没有人毫不利己，专门利人。我只是想说，白衣天使们，由于职业关系，更容易接近毫不利己，专门利人而已。

白衣天使们有福了。

一方面，我们都要向白衣天使们学习。另一方面，也希望白衣天使们不要局限在目前的水平上，而是要前进，再前进，给我们提供更有影响，更有说服力的榜样。

2005 年 6 月 29 日

漫谈“毫不利己，专门利人”

——赠301医院宋守礼大夫

中国是一个最注重伦理道德和个人修养的国家。经过几千年的传承和发展，我们提出了不少的教条。有的明白易行，所以就流行开来。这大大有助于我们社会的发展。

但是有一些教条，提得过于苛细，令人望而却步。比如“毫不利己，专门利人”就是。

我们平常常用“好人”和“坏人”这样的词儿。中学读过的伦理学这一门学科好像也没有给出明确的定义。最后是一笔糊涂账，只能由个人的理解来决定。

根据我自己的观察和实践，我觉得，在现如今社会上存在的成百上千的职业行当中，最接近毫不利己，专门利人这个标准的是医生。病人到医院里来是想把病治好，大夫的唯一的职责是治好病，这就给毫不利己专门利人打下了基础。

如果我们再把思路放宽，再想得远一点，想到眼前这一群英气勃勃的男女大夫以及护士小姐们当年下决心学医的时候，他们的动机何在？我们医学行道以外的人，当然回答不出来。连他们自己也未必能说得清楚。但是，我认为，倘若拿出毫不利己，专门利人这两把尺子来衡量一下，则虽不中不远矣。这两句短语所表现的，是极高的人生精神境界，是极高的道德规范，还得加上一点天赋，不是唾手可得的，万不可掉以轻心。

理论易找，事实难寻。其实，事实也并不难寻。远在天边，近在眼前。现在坐在我面前的 301 医院的宋守礼大夫，就是一个活生生的标本。

2005 年 6 月 29 日

《季羡林序跋集》序

听说有人要出我的序跋集，在欢喜之余，赶快抢先写一篇序。我为什么对于序这样喜欢呢？不，“喜欢”二字是不够的，应该说，为什么这样热爱呢?其中并没有什么深文奥义，只有一点零星的感受。

我舞笔弄墨七八十年于兹矣，几乎贯穿了我整个一生。从今天看起来，我生的不算晚，但也只是当了几个月的大清臣民，没有赶上写八股文考秀才。我从小学起写作文用文言文，一直到高中前半。读的是唐宋八大家，中间也读了不少桐城派的古文，据我看，桐城派的古文和八股文，实在是一丘之貉。只是八股文必须代圣人立言，而桐城派古文则多少可以抒发点自己的感情和思想而已。写这样的文章，仿佛必然峨冠博带，装模作样，装腔作势，带着枷锁跳舞，而这些枷锁是自己装到身上来的。

在这样的情况下，如果偶尔给自己的一本书，或别人的一本书写一篇不太长的序或跋，则创作心态立即改变。在这里，装模作样，峨冠博带派不上用场。代之而来的是直抒胸臆，山巾野服。如果让我在这二者间选取一个的话，我选取哪一个，不是很明白吗?

这就是我热爱序跋的原因。

但是，我写的序并不都是一模一样的。除了上面谈到的比较短的序以外，我也写过几篇比较长的序。比如《胡适全集》《赵元任全集》的序，都有将近两万字的篇幅。这与平常的短序不一样，实际上都是学术论文，不能与短序相提并论也。

2005年11月

2006 年

季羡林与儿子季承在301医院留影

狗年元旦抒怀

鸡年退位，狗年登场。

天增岁月人增寿，春满乾坤福满门。第一句话是没有错的。天和人确实都增了寿。

寿，在中国是一个非常吉祥的词儿。有什么人不喜欢增寿呢?过去，我也是这个意见。但是，宛如电光石火一般，九十五岁之年倏然而至。现在再听到增寿这样的词句，别有一番滋味在心头。我现在已是百岁老人，离开生命的极限，还有多长多远，我自己实在说不清楚，反正是不会太远了。现在再说增寿一年，就等于说，向生命的极限走近了一年，这个道理不是一清二楚吗?

然而，我并不悲观。有寿可增，总是好事，我现在最感到幸福、感到兴奋的是，我有幸活在当前的中国。自从五十多年前所谓解放以来，第一阵兴奋波一过，立即陷入苦恼和灾难中，什么事情都要搞运动。什么叫运动呢?就是让一部分人（老知识分子除外）为所欲为，丢掉法律和道德，强凌弱，众暴寡。对于这种情况，我不是空口说白话，我有现身的经历。因此，全国人民对今天的中国都感到幸福，而我这个过来人更特别感到幸福。国家领导人从来不搞大轰大嗡，而是不声不响地为全国人民做实际需要的工作，全国人民如处春风化雨中。

我写这篇短文的心情，就是春风化雨。

今天是狗年元旦。这个元旦同其他年的元旦是大同小异。但是，对我来说，却还有不同的意义。今年是我回国六十周年纪念，是我参加北京大学工作六十周年纪念，是我创办东方语言文学系六十周年纪念。虽然说了三项六十周年；在时间上只有一个六十周年。这个六十周年一过，我已经走到了九十五岁了，而且还要走上前去，一直走到不能再走的时候。

年轻时候，读过胡适之先生的一首诗：

略有几根白发
心情微近中年
既成过河卒子
只有奋勇向前

我不理解，适之先生的“过河卒子”从何而来。因此也没有过河卒子的感觉。但是，不管你是不是过河卒子，反正你必须奋勇向前。

2006年1月1日于301医院

元旦思母

又一个新的元旦来到了我的眼前。这样的元旦，我已经过九十几个。要说我对它没有新的感觉，不是恰如其分吗？

但是，古人诗说："每逢佳节倍思亲。"当前的元旦，是佳节中最佳的节。"天增岁月人增寿，春满乾坤福满门。"还能有比这更有意义的事情吗？还能有比这更佳的佳节吗？我是一个富有感情的人，感情超过需要的人，我焉得而不思亲乎？

思亲首先就是思母亲。

母亲逝世已经超过半个多世纪了。我怀念她的次数却是越来越多，灵魂的震荡越来越厉害。我实在忍受不了，真想追母亲于地下了。

不知是出于什么原因，最近几年以来，我每次想到母亲，眼前总浮现出一张山水画：低低的一片山丘，上面修建了一座亭子，周围植绿竹十余竿，幼树十几株，地上有青草。按道理，这样一幅画的底色应该是微绿加微黄，宛然一幅元人倪云林的小画。然而我眼前的这幅画整幅显出了淡红色，这样一个地方，在宇宙间是找不到的。可是，我每次一想母亲，这幅画便飘然出现，到现在已经出现过许多许多次，从来没有一点改变。胡为而来哉！恐怕永远也不会找到答案的。也或许是说，在这一幅小画上的我的母亲，在这一元复始，万象更新之际，让这一幅小画告诫我，永远不要停顿，要永远向前，千万不能满足于当前自己已经获得的这一点小小的成就。要前进，再前进，永不停息。

2006年1月3日

试拟小学教科书一篇课文

我们都有两个母亲。

我们平常只知道，我们有一个母亲，就是生身之母。

仔细考虑起来，应该说，我们都有两个母亲。除了生身之母外，还有一个养身之母，这就是我们的祖国。我们出生以后，由小渐长，所有的衣食住行之所需，都是祖国大地生长出来的东西。称祖国为养身之母，是非常恰当的。

2006 年 1 月 3 日

漫谈“再少”问题

——向普天下老年人祝贺春节

宋代大文学家苏东坡有一首词《浣溪沙》，东坡自述写作来由：游蕲水清泉寺，寺临兰溪，溪水西流。

山下兰芽短浸溪。松间沙路净无泥。萧萧暮雨子规啼。谁道人生无再少？门前流水尚能西。休将白发唱黄鸡。

我生平涉猎颇广；但是，“再少”这个词儿或者概念，在东坡以前的文献中，却从来没有见到过。这个词儿或这个概念，东坡应该说是首创者。

再少的现象，不能在年龄上，也就是时间上来体现。因为年龄和时间，一旦逝去，就永远逝去。要它回转一秒半秒，也是绝不可能的。

再少的现象或者希望，只能体现在心理状态方面。我们平常的说法是自六十岁起算是老年。一个人的血肉之躯，母亲生下来以后，经过了六十年的风吹雨打，难免受些伤害：行动迟缓了，思维不敏锐了，耳朵和眼睛都不太灵便了，走路也有困难了，如此等等，不一而足。首先，我们必须承认这些客观现象，努力适应这些客观现象。不承认不努力适应是不行的。

但是，承认和适应并不等于屈服。这里就能用上我们常说的主观能动性。主观能动性这种现象，有时候看起来，作用不大。其实，如果运用得当，则能发挥出极大的力量。中国古人说：“精诚所至，金石为开。”指的就是这种现象。

对于苏东坡所说的“再少”应该这样来理解。

总之，我是相信“再少”的。愿与全国老年人共勉之。

2006年1月21日

时年九十有五

笑着走

走者，离开这个世界之谓也。赵朴初老先生，在他生前曾对我说过一些预言式的话。比如，1986年，朴老和我奉命陪班禅大师乘空军专机赴尼泊尔公干。专机机场在大机场的后面。当我同李玉洁女士走进专机候机大厅时，朴老对他的夫人说："这两个人是一股气。"后来又听说，朴老说：别人都是哭着走，独独季羡林是笑着走。这一句话给我留下了很深的印象。我认为，他是十分了解我的。

现在就来分析一下我对这一句话的看法。应该分两个层次来分析：逻辑分析和思想感情分析。

先谈逻辑分析。

江淹的《恨赋》最后两句是："自古皆有死，莫不饮恨而吞声。"第一句话是说，死是不可避免的。对待不可避免的事情，最聪明的办法是，以不可避免视之，然后随遇而安，甚至逆来顺受，使不可避免的危害性降至最低点。如果对生死之类的不可避免性进行挑战，则必然遇大灾难。"服食求神仙，多为药所误"，秦皇、汉武、唐宗等等是典型的例子。既然非走不行，哭又有什么意义呢?反不如笑着走更使自己洒脱满意喻快。这个道理并不深奥，一说就明白的。我想把江淹的文章改一下：既然自古皆有死，何必饮恨而吞声呢?

总之，从逻辑上来分析，达到了上面的认识，我能笑着走，是不成问题的。

但是，人不仅有逻辑，他还有思想感情。逻辑上能想得通的，思想感情未必能接受。而且思想感情的特点是变动不居。一时冲动，往往是靠不住的。因此，想在思想感情上承认自己能笑着走，必须有长期的磨炼。

在这里，我想，我必须讲几句关于赵朴老的话。不是介绍朴老这个人。“天下谁人不识君”，朴老是用不着介绍的。我想讲的是朴老的“特异功能”。很多人都知道，朴老一生吃素，不近女色，他有特异功能，是理所当然的。他是虔诚的佛教徒，一生不妄言。他说我会笑着走，我是深信不疑的。

我虽然已经九十五岁，但自觉现在讨论走的问题，为时尚早。再过十年，庶几近之。

2006年3月19日

赠中石[1]

学习逻辑辩证法
氍毹台上显才华
劝君莫忘雕龙术
书法神州第一家

2006年6月1日

① 中石，即书法家欧阳中石。

赠301医院

301是中国的标志，
301是中国的符号。
301是中国的光荣，
301是中国的骄傲。

我能够在此养病，
也分得了光荣一份，
既治好了我的病，
也治好了我的心。

2006年6月

九十五岁初度

又碰到了一个生日。一副常见的对联的上联是："天增岁月人增寿。"我又增了一年寿。庄子说：万物方生方死。从这个观点上来看，我又死了一年，向死亡接近了一年。

不管怎么说，从表面上来看，我反正是增长了一岁，今年算是九十五岁了。

在增寿的过程中，自己在领悟、理解等方面有没有进步呢？

仔细算，还是有的。去年还有一点叹时光之流逝的哀感，今年则完全没有了。这种哀感在人们中是最常见的，然而也是最愚蠢的。"人间正道是沧桑。"时光流逝，是万古不易之理。人类，以及一切生物，是毫无办法的。"夫天地者，万物之逆旅；光阴者，百代之过客。"对于这种现象，最好的办法是听之任之，用不着什么哀叹。

我现在集中精力考虑的一个问题是：如何避免"当时只道是寻常"的这种尴尬情况。"当时"是指过去的某一个时间。"现在"，过一些时候也会成为"当时"的。这样一来，我们就会永远有这样的哀叹。我认为，我们必须从事实上，也可以说是从理论上考察和理解这个问题。我想谈两个问题，第一个是如何生活？第二个是如何回忆生活？

先谈第一个问题。

一般人的生活，几乎普遍有一个现象，就是倥偬。用习惯的说法就是匆匆忙忙。"五四"运动以后，我在济南读到了俞平伯先生的一篇文章。文中引用了他夫人的话："从今以后，我们要仔仔细细过日子了。”言外之意就是嫌眼前日子过得不够仔细，也许就是日子过得太匆匆的意思。怎样才叫仔仔细细呢？俞先生夫妇都没有解释，至今还是个谜。我现在不揣冒昧，加以解释。所谓仔仔细细就是：多一些典雅，少一些粗暴；多一些温柔，少一些莽撞。总之，多一些人性，少一些兽性，如此而已。

至于如何回忆生活，首先必须指出：这是古今中外一个常见的现象。一个人，不管活得多长多短，一生中总难免有什么难以忘怀的事情。这倒不一定都是喜庆的事情，比如洞房花烛夜，金榜题名时之类，这固然使人终生难忘；反过来，像夜走麦城这样的事，如果关羽能够活下来，他也不会忘记的。

总之，我认为，回想一些俱往矣类的事情，总会有点好处。回想喜庆的事情，能使人增加生活的情趣，提高向前进的勇气；回忆倒霉的事情，能使人引以为鉴，不致再蹈覆辙。

现在，我在这里，必须谈一个无论如何也绕不过去的问题：死亡问题。我已经活了九十五年。无论如何也必须承认这是高龄。但是，在另一方面，它离开死亡也不会太远了。

一谈到死亡，没有人不厌恶的。我虽然还不知道，死亡究竟是什么样子，我也并不喜欢它。

写到这里，我想加上一段非无意义的话。对于寿命的态度，东西方是颇不相同的。中国人重寿，自古已然。汉瓦当文延年益寿，可见汉代的情况。人名李龟年之类，也表示了长寿的愿望。从长寿再进一步，就是长生不老。李义山诗：“嫦娥应悔窃灵药，碧海青天夜夜心。”灵药当即不死之药。这也是一些人，包括几个所谓英主在内，所追求的境界。汉武帝就是一个狂热的长生不老的追求者。精明如唐太宗者，竟也为了追求长生不老而服食玉石散之类的矿物，结果是中毒而死。

上述情况，在西方是找不到的。没有哪一个西方的皇帝或国王会追求长生不老。他们认为，这是无稽之谈，不屑一顾。

我虽然是中国人，长期在中国传统文化熏陶下成长起来的；但是，在寿与长生不老的问题上，我却倾向西方的看法。中国民间传说中有不少长生不老的故事，这些东西侵入正规文学中，带来了不少的逸趣，但始终成不了正果。换句话说，就是，中国人并不看重这些东西。

中国人是讲求实际的民族。人一生中，实际的东西是不少的。其中最突出的一个东西就是死亡。人们都厌恶它，但是却无能为力。

上文中我已经涉及死亡问题，现在再谈一谈。一个九十五岁的老人，若不想到死亡，那才是天下之怪事。我认为，重要的事情，不是想到死亡，而是怎样理解死亡。世界上，包括人类在内，林林总总，生物无虑上千上万。生物的关键就在于生，死亡是生的对立面，是生的大敌。既然是大敌，为什么不铲除之而后快呢？铲除不了的。有生必有死，是人类进化的规律。是一切生物的规律，是谁也违背不了的。

对像死亡这样的谁也违背不了的灾难，最有用的办法是先承认它，不去同它对着干，然后整理自己的思想感情。我多年以来就有一个座右铭："纵浪大化中，不喜亦不惧。应尽便须尽，无复独多虑。"是陶渊明的一首诗。"该死就去死，不必多嘀咕。"多么干脆利落！我目前的思想感情也还没有超过这个阶段。江文通《恨赋》最后一句话是："自古皆有死，莫不饮恨而吞声。"我相信，在我上面说的那些话的指引下，我一不饮恨，二不吞声。我只是顺其自然，随遇而安。

我也不信什么轮回转世。我不相信，人们肉体中还有一个灵魂。在人们的躯体还没有解体的时候灵魂起什么作用，自古以来，就没有人说得清楚。我想相信，也不可能。

对你目前的九十五岁高龄有什么想法？我既不高兴，也不厌恶。这本来是无意中得来的东西，应该让它发挥作用。比如说，我一辈子舞笔弄墨，现在为什么不能利用我这一支笔杆子来鼓吹升平，增强和谐呢？现在我们的国家是政通人和、海晏河清。可以歌颂的东西真是太多太多了。歌颂这些美好的事物，九十五年是不够的。因此，我希望活下去。岂止于此，相期以茶。

2006年8月8日

在“翻译文化终身成就奖”表彰大会上的书面发言

感谢中国翻译协会授予我“翻译文化终身成就奖”。得此殊荣我很荣幸，也很高兴。

我一生都在从事与促进中外文化交流相关的工作，我深刻体会到翻译在促进不同民族、语言和文化交流中的重要作用。自从人类有了语言，翻译便应运而生。在世界文明发展的历史长河中，在中华民族伟大复兴的进程中，翻译，始终都是不可或缺的先导力量。中华几千年的文化之所以能永盛不衰，就是因为，通过翻译外来典籍使原有文化中随时能注入新鲜血液。可以说，没有翻译，就没有社会的进步；没有翻译，世界一天也不能生存。

中国两千多年丰厚的翻译文化史无与伦比，中国今天翻译事业的进步有目共睹。2008年世界翻译大会将在中国召开，这是中国翻译界的光荣，我这样的老兵为你们感到鼓舞，我更希望年轻一代能够后来居上，肩负起历史使命和社会责任。

我总认为，翻译比创作难。创作可以随心所欲，翻译却囿于对既成的不同语言文本和文化的转换。要想做好翻译，懂外语，会几个外语单词，拿本字典翻翻是不行的，必须下真功夫，下大功夫。

提高翻译质量，不能只停留在口头上，少讲大道理，多做实事，拿出真凭实据来，开展扎实的翻译批评和社会监督。

未来是你们的，希望看到翻译事业人才辈出，蒸蒸日上。

2006年9月26日

未注明写作时间

季羡林在301医院

病房杂忆

住到全国最有名的医院之一的301医院的病房里来，已经两年多了。要说有什么致命的大病，那不是事实。但是，要说一点病都没有，那也不是事实。一个人活到了九十五岁而一点病都没有，那不成了怪事了吗？我现在的处境是，有一点病而享受一个真正病人的待遇，此我的心之所以不能安也。

我今年已经九十五岁，几乎等于一个世纪，而过去这一个世纪，又非同寻常。光是世界大战，就打过两次。虽然第一次没有打到中国来，但是，中国人民也没有少受罪。在第二次世界大战期间，日本一大撮“浪人”（大家都会理解，我为什么只提“浪人”，实际上不止这些人）乘机占领了中国大片土地，烧杀掳掠，无所不用其极。以至杀人成山，流血成河，中国人民陷入空前的灾难中。

此后是一个长达几十年的漫长的时间过程。

盼星星

盼月亮

盼到东方出太阳

盼到狗年旺旺旺

盼到我安然坐在这大病房中，光亮又宽敞

现在我的回忆特别活跃。上下五千年，纵横十万里，旮旮旯旯，我无所不忆。回忆是一种思想活动。大家都知道，思想这玩意儿，最无羁绊，最无阻碍，这可以说是思想的特点和优点。胡适之先生提倡大胆的假设，小心地求证。这话是绝对没有错的。假设越大胆越好，求证越小心越好。这都是思维活动。世界科学之所以能够进步，就因为有这种精神。

是不是思想活动要有绝对的自由呢?关于这个问题，大概有不同意见。中国过去，特别是在古典小说中，有时候把思想活动称之为心猿。一部《西游记》的主角是孙悟空，就是一只猴子。这一只猴子，本领极大，法力无边。从花果山造反，打上天宫，视天兵天将如草芥。连众神之主的玉皇大帝，他都不放在眼中，玉皇为了安抚他，把他请上天去，封他为弼马温。他嫌官小，立即造反，大闹天宫，把天宫搞得一塌糊涂。结果惊动了西天佛祖、南海菩萨，使用了大法力，把猴子制服，压在五行山下，等待唐僧取经时，才放他出来，成为玄奘的大弟子。又怕他恶性难改，在他头上箍上了一圈铁箍。又把紧箍咒教给了唐僧。一旦猴子猴性发作，唐僧立即口中念念有词，念起紧箍咒来。猴头上的铁箍随之紧缩起来，让猴子疼痛难忍，于是立即改恶向善，成为一只服从师父教导的好猴子。

写到这里，我似乎听到了批评的意见：你不是写病房杂忆吗？怎么漫无边际，写到了紧箍咒和孙行者身上来了？这不是离题万里了吗？我考虑了一下，敬谨答曰：没有离题。即使离的话，也只有一里。那九千九百九十九里，是你硬加到我头上来的。我不过想说，任何人，任何社会，都必须有紧箍意识。法院和警察局固然有紧箍的意义，连大马路上的红绿灯不也有紧箍的作用吗?

绕了一个小弯子，让我们回到我们的原题上：病房杂忆。“杂”者，乱七八糟之谓也。既然是乱七八糟，更需要紧箍的措施。我们必须在杂中求出不杂的东西，求出一致的东西。绝不能让回忆这玩意儿忽然而天也，忽然而地也，任意横行。我们必须把它拴在一根柱子上。我现在坐在病房里就试着拴几根柱子。目前先拴两根：

一、小姐姐

回想起来，已经是八十年前的事情了。那时，我们家住在济南南关佛山街柴火市。我们住前院，彭家住后院。彭家二大娘有几个女儿和男孩子。小姐姐就是二大娘的二女儿。比我大，所以称之为姐姐；但是大不了几岁，所以称之为小姐姐。

我现在一闭眼，就能看到小姐姐不同凡俗标致的形象。中国旧时代赞扬女性美有许多词句。什么沉鱼落雁，什么闭月羞花。这些陈词滥调，用到小姐姐身上，都不恰当，都有点可笑。倒是宋词里面有一些丽词秀句，可供参考。我在下面举几个例子：

苏东坡《江城子》：

腻红匀脸衬檀唇，
晚妆新，暗伤春。
手捻花枝，谁会两眉颦？

苏东坡《雨中花慢》：

嫩脸羞蛾，
因甚化作行云，
却返巫阳。

苏东坡《三部乐》：

美人如月，
乍见掩暮云，
更增妍绝。
算应无恨，
安用阴晴圆缺。

苏东坡《鹧鸪天》：

罗带双垂画不成，
殢人娇态最轻盈。

酥胸斜抱天边月，
玉手轻弹水面冰。
无限事，
许多情。
四弦丝竹苦丁宁。
饶君拨尽相思调，
待听梧桐叶落声。

类似的例子还可举出一些来，我不再列举了。我的意思无非是想说，小姐姐秀色天成。用平常的陈词滥调来赞誉，反而适得其反。倘若把宋词描绘美人的一些词句，拿来用到小姐姐身上，将更能凸显她的风采。我在这里想补充几句：宋人那一些词句描绘的多半是虚无缥缈的美人，而小姐姐却是活灵活现，真实存在的人物。倘若宋代词人眼前真有一个小姐姐，他们的词句将会更丰满，更灵透，更有感染力。

小姐姐是说不完的。上面讲到的都是外面的现象，在内部，她有一颗真诚、热情、同情别人、同情病人的心。大家都知道，麻风病是一种非常凶恶，非常可怕的病。在山东济南，治疗这种病的医院，不让在城内居留，而是在南门外千佛山下一片荒郊中修建的疗养院中，可见人们对这种恶病警惕性之高。然而，小姐姐家里却有一位患麻风病的使女，自我认识小姐姐起就在她家里。我当时虽然年小，懂事不多，然而也感到有点别扭。这位使女一直待在小姐姐家中，后来不知所终。我也没有这个闲心，去刺探研究——随它去吧。

但是，对于小姐姐，我却不是这样随便。小姐姐是说不完的。在当时，我语不惊人，貌不压众，只不过是寄人篱下的一只丑小鸭。没有人瞧得起，没有人看得上。连叔父也认为我没有多大出息，最多不过是一个邮务生的材料。他认为我不闯实，胆小怕事。他哪里知道，在促进我养成这样的性格过程中，他老人家就起了不小的作用。一个慈母不在跟前的孩子，哪里敢飞扬跋扈呢。我在这里附带说上几句话：不管是由于什么原因，出于什么动机，毕竟是叔父从清平县穷乡僻壤的官庄把我带到了济南。我因此得到了念书的机会，才有了今天的我。我永远感谢他。

闲言少叙，书归正传。话头仍然又回到小姐姐身上。但是，在谈小姐姐之前，我先粗笔勾画一下我那几年的情况。在小学和初中时期，我贪玩，不喜欢念书，也并无什么雄心壮志，不羡慕别人考甲等第一。但是，不知道是由于哪一路神仙呵护，我初中毕业考试平均分竟达到了九十七分，成为文理科十几个班之冠。这一件个人大事，公众小事，触动了当时的山东教育厅长前清状元王寿彭老先生。他亲自命笔，写了一副对联和一个扇面给我，算是对我的奖励。我也是一个颇有点虚荣心的人，受到了王状元这样的礼遇，心中暗下决心：既然上来了，就不能再下去。于是，奋发图强，兀兀穷年。结果是，上了三年高中，六次期考，考了六个甲等第一。高中最后一年，是在桿石桥那个大院子里度过的。此时，我已经小有名气。国文，被国文教员董秋芳先生评为全校之冠（同我并列的还有一个人王俊岑，后入北大数学系）；英文，我被大家称为 Great home（大家，戏笑之辞，不足为训）。我当时能用英文写相当长的文章。我现在回想起来，自己都有点惊诧。当我看到英文教员同教务处的几位职员在一起谈到我的英文作文，那种眉开眼笑的样子，我真不禁有点飘飘然了。

上面这些情况，都是我们家搬离柴火市以后发生的，此时，即使小姐姐来走娘家，前面院子也已经是人去屋空。那一位小兄弟也已杳若黄鹤，不知飞向何处去了。事实上，我飞的真不能算近。我于1935 年离开祖国，到了德国，一住就是十年。一直到 1946 年，才辗转回国。当时国内正在进行战争。我从上海乘轮船到了秦皇岛，又乘火车到了北京。此时正是秋风吹昆明（湖），落叶满长安（街）的深秋。离京十载，一旦回来，心中喜悦之情，不足为外人道也。

然而小姐姐却仍然见不到。

我被聘为北京大学教授，兼东方语言文学系主任。时间是 1946 年。1946 年和 1947 年两年，仍然教书。此时战争未停，铁路不通。航空又没有定期航班，只能碰巧搭乘别人定好的包机。这种机会是不容易找的。我一直等到 1948 年（应为 1947 年——编者），才碰到了这样的好机会。于是我就回到了阔别十三年的济南，见到了我家里的人，也见到了小姐姐。

二、大宴群雌

那一年，我三十七岁。若以四十岁为分界线的话，我还不到中年，还是一个青少年。然而，当时知识分子最高的追求有二：一个是有一个外国博士头衔（当时中国还没有授予博士的办法）。第二个是有大学教授的称号。这两件都已是我囊中之物。旧时代所谓“少年得志”差堪近之。要说没有一点沾沾自喜，那不是真话。此时，工资也相当高，囊中总是鼓鼓囊囊的。我处心积虑，想让大家痛快一下。在中国，率由旧章，就是请大家吃一顿。这对我来说并不困难，我想立即付诸实施。

但是，且慢。在中国请客吃饭是一门学问。中国智慧（Chinese Wisdom）有一部分就蕴藏在这里面。家人父子，至亲好友，大家随便下个馆子，撮上一顿，这里面没有很深的哲学。但是，一旦请外人吃饭，就必须考虑周详：请什么人？为什么请？怎样请？其中第一个问题最重要。中国有一句俗话：“做菜容易请客难。”对我来说，做菜确实很容易，请客也并不难。以我当时的身份和地位，请谁，他也会认为是一个光荣。可是，一想到具体的人，又须伤点脑筋。第一个，小姐姐必须请，这毫无问题，无复独多虑。第二个就是小姐姐的亲妹妹，彭家四姑娘，我叫她“荷姐”的。这个人比漂亮，虽然比不上她姐姐的花容月貌；但也似乎沾了一点美的基因，看上去赏心悦目，伶俐，灵活，颇有一些耐看的地方。我们住在佛山街柴火市前后院的时候，仍然处于丑小鸭阶段；但是四姐和我的关系就非常好。她常到我住的前院北屋同我闲聊，互相开点玩笑。说心里话，她就是我心向往的理想夫人。但是，阻于她母亲的短见，西湖月老祠的那两句话没有能实现在我们俩身上。现在，隔了十几二十年了，我们又会面了。她知道，我有几个博士学位，便嬉皮笑脸地开起了玩笑。左一声“季大博士”，右一声“季大博士”。听多了，我蓦地感到有一点凄凉之感发自她的内心。胡为乎来哉！难道她又想到了二十年前那一段未能成功的姻缘吗？我这个人什么都不迷信，只迷信缘分二字，有缘千里来相会，无缘对面不相识。我们俩之间的关系难道还不是为缘分所左右的吗？奈之何哉！奈之何哉！

我继续考虑要邀请的客人。但是，考虑来，考虑去，总离不开妇女这个圈子。群雄哪里去了呢？群雄是在的。在我们的亲戚朋友中，我这个年龄段的小伙子有二十多个人。家庭经济情况不同，有的蛮有钱的，他们的共同情况是不肯念书。有的小学毕业，就算完成了学业。有的上到初中，上高中者屈指可数。到北京来念书，则无异于玄奘的万里求法矣。其中还有极少数人，用小学时代学到的那一点文化知识，在社会上胡混。他们有不同的面孔：少爷、姑爷、舅爷、师爷，如此等等。有如面具一般，拿在手里，随时取用，现在要我请这样的人吃饭，我实在脸上有点发红，下不了这个决心。我考虑来，考虑去，最后桌子一拍，下了决心。各路英雄，暂时委屈，我现在只请英雌了。

我选定济南最著名的大饭店之一的聚丰德，定了几桌上好的翅子席（有鱼翅之谓也），最后还加了几条新捉到的黄河鲤鱼。我请了二十来位青年妇女，其中小姐姐姊妹当然是心中的主客。宴会极为成功，大家都极为满意。我想，她们中有的人生平第一次吃这样的好饭，也许就是最后一次。我每次想到那种觥筹交错、杯盘齐鸣的情况，就不禁心满意足。

我的美人观

说清楚一点，就是我怎样看待美人。

纵观动物世界，我们会发现，在雌雄之间，往往是雄的漂亮、高雅，动人心魄，惹人瞩目。拿狮子来说，雄狮多么威武，雄壮，英气磅礴。如果张口一吼，则震天动地，无怪有人称之为兽中王。再拿孔雀来看，雄的倘一开屏，则遍体金碧耀目，非言语所能形容。仪态万方，令人久久不能忘怀。

但是，一讲到人美，情况竟完全颠倒过来。我们不知道，造物主囊中卖的是什么药。她（他，它）先创造人中雌（女人）。此时她大概心情清爽，兴致昂扬，精雕细琢，刮垢磨光。结果是创造出来的女子美妙、漂亮、悦目、闪光。她看到了自己的作品，左看右看，十分满意，不禁笑上脸庞。

但是，她立刻就想到，只造女人是不行的。这样怎么能传宗接代呢？必须再创造人中雌的对应物人中雄。这样创造活动才算完成。

这样想过，她立即着手创造人中雄。此时，她的心情比较粗疏，因此手法难以细腻。结果是，造出来的人中雄，一反禽兽的标格，显得有点粗陋。连她自己都并不怎样满意。但是，既然造出来了，就只能听之任之，不必再返工了。

到了此时，造物主老年忽发少年狂，决心在本来已经很秀丽、美妙、赏心悦目的人中雌中再创造几个出类拔萃、傲视群雌的超级美人。于是人类中就出现了西施、明妃、赵飞燕、貂蝉、二乔、杨贵妃、柳如是、董小宛、陈圆圆等等出类拔萃的超级美人。这样一来，

5. 欧阳修《桃源忆故人》

妒云恨雨腰肢袅，眉黛不堪重扫。薄幸不来春老，羞带宜男草。

6. 赵长卿《昭君怨·春日寓意》

隔叶乳鸦声软。号（啼）断日斜阴转。杨柳小腰肢，画楼西。

7. 贺方回《采桑子》

吴都佳丽苗而秀，燕样腰身，按舞华茵。

8. 秦观《淮海集·满江红》

越艳风流。占天上、人间第一。须信道，绝尘标致，倾城颜色。翠绾垂螺双髻小。柳柔花媚娇无力。笑从来，到处只闻名，今相识。

9. 辛弃疾《临江仙》

小靥人怜都恶瘦，曲眉天与长颦。沉思欢事惜腰身。枕添离别泪，粉落却深匀。

宋词里面讲到细腰的地方，大体就是这样。遗漏几个地方，无关大局，不影响我的推论。

中国其他古典诗词中，也有关于细腰的叙述。因为同我要谈的主要问题无关，我就不谈了。

我现在的首要任务是解释一下，为什么细腰这个现象会同美联系起来。简捷了当地说一句话，我是想使用德国心理学家 Lipps 的“感情移入”的学说来解决这个问题。比如说，你看一个细腰的美女走在你的眼前，步调轻盈，柔软，好像是曹子建眼中的洛神。你一时失神，产生了感情移入的效应，仿佛与细腰女郎化为一体，得大喜悦，飘飘欲仙了。真诚的喜悦，同美感是互相沟通的。

两个母亲

平常人都知道，我们有一个母亲，并且只有一个。这就是生我们的那个母亲。她对于我们的存在，有举足轻重的作用。因为，没有她，我们就来不到这个世界上。

这就是我所说的第一个母亲，这可称作生身之母。

但是，一个人，并不是一生下来就算完成了任务，后面还有一个或长或短的生命过程在等待着他。想要完成这个过程，需要有“利养”，说句大白话，就是需要吃东西。一说到吃，同外国人比起来，就有突出的特点。我们胆子大，选择精，五谷杂粮，各种蔬菜，牛羊犬豕，鱼鳖虾蟹，天上飞的，水中游的，地上跑的，地下藏的，只要进入我们的注意圈内，就难逃出我们那血盆大口。

所有这一些养人的东西，我们的生身之母，我们的第一个母亲，除了用钱买一点以外，是不能够生产的。生产这些东西的，是我们的祖国大地。在这个意义上来说，祖国就成了我们的养身之母，我们的第二个母亲。

泰山颂

巍巍岱宗，五岳之巅。
雄踞神州，上接九天。
吞吐日月，呼吸云烟。
阴阳变幻，气象万千。
兴云化雨，泽被禹甸。
齐青未了，养育黎元。
鲁青未了，春满人间。
星换斗移，河清海晏。
人和政通，上下相安。
风起云涌，处处新颜。
暮春三月，杂花满山。
十月深秋，层林红染。
三十三天，海中三山。
伊甸乐园，人间桃源。
处处名胜，谁堪比肩。
登高望岳，壮思绵绵。
国之魂魄，民之肝胆。
屹立东方，亿万斯年。

天上人间

大家一看就知道，这个题目来自南唐李后主的词："流水落花春去也，天上人间。"这是表示他生活中巨大的落差的：从一个偏安的小君主一落而为宋朝的阶下囚，这落差真可谓大矣。我们平头老百姓是没有这些福气的。

但是，比这个较小的生活落差，我们还会有的。我现在已住在医院中，是赫赫有名的301医院。这一所医院规模大、设备全、护士大夫水平高、敬业心强。

在这里治病，当然属于天上。

现在就让我在北京找一个人间的例子，我还真找不出来，因为我没有到过几家医院。

在这里，我只有乞灵于回忆了。

大约在六七十年以前，当时还在济南读书，父亲在故乡清平官庄病倒了。叔父和我不远数百里回老家探亲。父亲直挺挺地躺在土炕上，面色红润，双目甚至炯炯有光，只是不能说话。

那时候，清平官庄一带没有医生，更谈不到医院。只有北边十几里路的地方，有一个地主大庄园，这个地主被誉为医生。谁也不会去打听，他在哪里学的医。只要有人敢说自己是医生，百姓就趋之若鹜了。我当然不能例外。我从二大爷那里要了一辆牛车。隔几天上午就从官庄乘牛车，嘎悠嘎悠走十多里路去请大夫，决不会忘记在路上某一小村买一木盒点心。下午送大夫回家的时候，又不会忘记到某一小村去抓一服草药。

当时正是夏天，青纱帐茁起，正是绿林大王活动的好时候，青纱帐深处好像有许多只不怀好意的眼睛在瞅着我们，并不立即有什么行动，但是威胁是存在的。我并不为我自己担心，我贫无立锥之地，不管山大王或山小王，都不会对我感什么兴趣；但是坐在车里面的却有大地主身。平常时候，青纱帐一起，他就蛰伏在大庄园内，绝不出门。现在为了给我这个大学生一个面子，冒险出来，给我父亲治病。

但是，结果怎样呢？结果是：暑假完了，父亲死了，牛车不再嘎悠了，点心匣子不再提了，秋收完毕，青纱帐消失了，地主可以安居大庄园里了。总之，父亲生病和去世这个过程，正好提供了一个与今天 301 医院相反的例子。现在是天上，那时是人间。如此而已。

我的座右铭

多少年以来，我的座右铭一直是：

纵浪大化中，不喜亦不惧。
应尽便须尽，无复独多虑。

老老实实的、朴朴素素的四句陶诗，几乎用不着任何解释。

我是怎样实行这个座右铭的呢？无非是顺其自然，随遇而安而已，没有什么奇招。

"应尽便须尽，无复独多虑。"（到了应该死的时候，你就去死，用不着左思右想）这句话应该是关键性的。但是在我几十年的风华正茂的期间内，"尽"什么的是很难想到的。在这期间，我当然既走过阳关大道，也走过独木小桥。即使在走独木桥时，好像路上铺的全是玫瑰花，没有荆棘。这与"尽"的距离太远太远了。

到了现在，自己已经九十多岁了。离开人生的尽头，不会太远了。我在这时候，根据座右铭的精神，处之泰然，随遇而安。我认为，这是唯一正确的态度。

我不是医生，我想贸然提出一个想法。所谓老年忧郁症恐怕十有八九同我上面提出的看法有关，怎样治疗这种病症呢？我本来想用"无可奉告"来答复。但是，这未免太简慢，于是改写一首打油，题曰《无题》：

人生在世一百年，
天天有些小麻烦。
最好办法是不理，
只等秋风过耳边。

我现在的座右铭是：

老骥伏枥，志在十里。
烈士暮年，壮心难已。

读起来一副老调，了无新意。新意，其实是有的。即以“志在十里”而论，为什么不写上百里、千里，甚至万里呢？那有多么威武雄壮呀！其实，如果我讲“志在半里”，也是瞎吹。我现在不能走路，活动全靠轮椅，是要别人推的。我说“十里”，是指一个棒小伙子一口气可以达到的长度。

无 题

自从盘古开天地，三皇五帝到于今，没有哪一个正人君子，给自己的小人敌人脸上抹黑，造作流言蜚语，把他们“搞臭”，以取得自己的胜利。这些卑鄙的勾当是小人的专利，是小人的特长。小人如此为之，此正人君子之所以不为也。

拿这一点极其简单朴素的真理当一面镜子，照一照文化大革命，可以发现，无论是发动者，还是操纵者、追随者，他们都是一丘之貉，使用的都是这一套卑鄙的手段。这一套卑劣的东西，影响绝不能低估。“文革”结束后，曾清算过一次；但是，投鼠忌器，只是走了一个过场。至今余毒未尽，影响了整个社会。

《罗摩衍那》的汉译问题

《罗摩衍那》和《摩诃婆罗多》，并称印度两大史诗。从内容上来看，从使用的诗律来看，二者并没有什么区别。大概都是古代民间艺人到处行吟卖艺所用的脚本，恐怕还没有书写的东西。印度字母起源比较晚，脚本就印在艺人的头脑中，有了字母以后才写了下来的。脚本不可能十分固定的，艺人兴之所至，这里加几句，那里减几句，也是完全可能的。可是印度的传统却偏偏在二者之间制造出一个区别。他们认为，《摩诃婆罗多》是没有作者的，而《罗摩衍那》则是有作者的，他的名字叫蚁垤，他被称为 Adikavi，“最初的诗人”，而《罗摩衍那》则被称为 Adikavya“最初的诗”。此事真伪难辨，可能有一个叫蚁垤的人，对《罗摩衍那》某一些部分加过工。这些现在却说不清了。

我这篇短文的目的，不是在研究这些问题。关于《罗摩衍那》各方面的问题，我曾在一本拙作《〈罗摩衍那〉初探》中做了扼要的说明。有兴趣的朋友们可以参阅该书（外国文学出版社，1979 年出版）。

我的目的是在寻求一种适合于翻译世界几大史诗的语言形式或者文体。这个问题从翻译一开始，就困扰着我。在翻译过程中，在长达几年的时间内，它一直困扰着我，一直到今天。

打开窗户说亮话，我先亮一亮我对翻译文体的观点。我坚决反对用散文来翻译本来是韵文的原著。我觉得，这是对原著最大的不忠，对原著的亵渎。即使你的散文译文水平超过唐宋八大家，也无济于事。译者的任务是，殚精竭虑，把原著的形与神尽可能真实地转达给使用另外一种语言的民族或人民，使他们大体上能够领略到原著的真实面貌。

关于翻译理论，我多少了解一点。中国古代译经大师已经创立了一些翻译理论。明清以来，虽译书极多，但翻译理论，除严复“译事三难：信、达、雅”外，则几为一片空白。几十年前，有一段时间，社会流行《中国翻译史》，有大量同名的著作。我看过几种，互相抄袭，了无新意。大概都是为了向科学进军的号召表示忠心而已。据说，近来欧美国家颇有一些学者研究翻译理论。详细情况，不甚清楚。我对西方的主义和理论，特别是文艺理论，多抱怀疑态度。试问自“五四”运动以后，西方的文艺理论已经多少主义，主义，主义，一直主义下来，现在已经不知道主义到什么程度。可惜寿命都不长。“江山年有才人出，各领风骚数十天。”这样的主义还有什么意义呢？

对于翻译理论，我是一个顽固的保守派。说一千，道一万，都不如严又陵的“信、达、雅”三个字，言简意赅，要言不烦。他的“信”，当然是指忠实于原文。至于是否忠实于原文的形式或体裁，他没有说明，我不敢乱说。后来有人提出了“形神兼备”，这里的“形”当然指的是形式。这样说就比较周全。

现在回头再来谈《罗摩衍那》。此书原文是诗，我必须用诗体来译，这是我的根本大法，动摇不得的。但是，一讲到诗体，我们又碰到了另一个拦路虎，另一个硬核桃，什么叫诗？诗之所以为诗的标志是什么？就很难说得清楚。世界各国莫不有诗。但是，诗的标准却是五花八门，错综复杂，令人眼花缭乱。这是个大问题，我们在这里无法深入去谈。我只谈与我现在要讲的问题有关的中国和印度的诗律和诗体。印度的，我在《(罗摩衍那)初探》(九·诗律)中已有扼要的介绍，这里不再重说。而中国的诗律也是错综复杂的，非三言两语所能说清的，要想说清，必须另行专文叙述，我这里也不准备再谈了。

同其他一些国家比较起来，中国翻译外来典籍的量最大，这使我们在历史上得到了极大的益处，使我们的传统文化，随时可以得到新鲜的血液，发展有活力，一直延续了几千年。今天来研究这些文化遗产，还有其现实的意义。

封笔问题

旧日的学者，活到了一定的年龄，觉得自己精力不济了，写作有困难了，于是就宣布封笔。封笔者，把笔封起来，不再写作之谓也。

到了什么年龄，封笔最恰当？各个人、各个时代都不同。大抵时代越近，封笔越晚。这与人们寿命的长短有关。唐代的韩愈到了五十岁，就哀叹而发苍苍，而视茫茫，而齿牙摇动。看样子已经到了该封笔的时候了。

我脑筋里还残留着许多旧东西，封笔就是其中之一。我现在虽然真正达到了耄耋之年，但是，我自己曾在脑袋中做过一次体检，结果是非常完满。小毛病有点儿，大毛病没有。岂止于米，相期以茶，对我来说，绝不是一句空话。在这样的情况下，封笔的想法竟然还在脑筋里蠢蠢欲动，岂不是笑话！

我不能封笔。

再环顾一下我们的生活环境。从全世界来看，中国的崛起已成定局，谁也阻挡不住。十几年前，我就根据我了解的那一点地缘政治的知识，大胆地做了一个预言：21世纪是中国的世纪。虽然遭到了不少人的反对，我却坚持如故，而且信心日增，而且证据日多。

总之，从全世界形势来看，对中国来说是一个伟大的时代。

我怎么能封笔！

再从我们身边的生活来看，也会看到空前未有的情况。我们的行政领导人是完全可以信赖的。我们真可以说是政通人和、海晏河清。

我不能封笔。

像我这样的老知识分子，差不多就是文不如司书生，武不如救火兵。手中可以要的只有一支笔杆子。我舞笔弄墨已有七十来年的历史了，虽然不能说一点东西也没有舞弄出来，但毕竟不能算多。我现在自认还有力量舞弄下去。我怎能放弃这个机会呢？

我不能封笔。

这就是我的结论。